血衣安娜

凱德兒．布雷克——著 卓妙容——譯

Anna Dressed in Blood

Kendare Blake

Q小說 2

血衣安娜 Anna Dressed in Blood

作　　者　凱德兒・布雷克（Kendare Blake）
譯　　者　卓妙容
封面設計　莊謹銘
責任編輯　黃亦安

業　　務　陳玫潾
行銷企畫　陳彩玉、蔡宛玲
總 編 輯　劉麗真
總 經 理　陳逸瑛
發 行 人　凃玉雲

城邦讀書花園
www.cite.com.tw

出　　版　臉譜出版
台北市中山區民生東路二段141號5樓 02-25007696

發　　行　城邦文化事業股份有限公司
英屬蓋曼群島商家庭傳媒股份有限公司城邦分公司
台北市中山區民生東路二段141號11樓
讀者服務專線：02-25007718；25007719
服務時間：週一至週五上午09:30～12:00；下午13:30～17:00
24小時傳真專線：02-25001990；25001991
讀者服務信箱E-mail：service@readingclub.com.tw
劃撥帳號：19863813　戶名：書虫股份有限公司
城邦讀書花園網址：http://www.cite.com.tw
臉譜推理星空網址：http://www.faces.com.tw

香港發行　城邦（香港）出版集團
香港灣仔駱克道193號東超商業中心1樓
電話：852-25086231／傳真：852-25789337
Email：hkcite@biznetvigator.com

馬新發行　城邦（馬新）出版集團 Cite (M) Sdn Bhd
41, Jalan Radin Anum, Bandar Baru Sri Petaling,
57000 Kuala Lumpur, Malaysia.
電話：603-90578822／傳真：603-90576622
Email：cite@cite.com.my

初版一刷　2013年6月 4日
初版四刷　2013年7月 2日

I S B N　978-986-235-258-8
定價299元
（本書如有缺頁、破損、倒裝，請寄回本社更換）

國家圖書館出版品預行編目資料

血衣安娜／凱德兒・布雷克（Kendare Blake）著；卓妙容譯. -- 初版. -- 臺北市：臉譜出版：家庭傳媒城邦分公司發行, 2013.06
面；　公分. --（Q小說；2）
譯自：Anna dressed in blood
ISBN 978-986-235-258-8（平裝）

874.57　　102009341

各界佳評

《血衣安娜》是個錯綜複雜的陰森故事。書中的英雄以搏殺亡魂為天職，卻又不能自己地愛上了亡魂。但在你看完這本書前，你也會有一樣的感受。

——暢銷系列《骸骨之城》作者卡珊卓拉・克蕾兒大推

當我終於看完這本書時，馬上就又迫不及待地翻回第一頁重讀。男孩遇見女孩的故事，只不過這男孩是個偏執且奮不顧身的亡靈殺手，一心想要為父報仇。而女孩卻是個被關在自己家裡的殺人惡鬼，和所有被她殺死的受害者關在一起。不用說，卡斯和安娜是我現在最喜歡的一對。

——《紐約時報》暢銷系列《奇幻精靈事件簿》作者荷莉・布萊克按讚

畫面感十足、令人讚嘆！布雷克將鮮血和羅曼史結合得恰到好處，絕對能吸引《暮光之城》的粉絲群。

——《書單》（*Booklist*）

令人毛骨悚然，卻又悲傷浪漫。《血衣安娜》絕對不是一般的鬼故事，「她」令人無法自拔、讓讀者無法呼吸，讀完最後一頁後還遲遲無法從中抽離。

——美國國家公共廣播電台（NPR）

從第一句就緊緊抓住讀者。這本小說充滿了機智和恐怖，絕對會讓讀者停不下來。

——浪漫時潮書評網（RT Book Reviews）

我根本把自己黏在書頁上了。

——超自然書評網（Paranormal Book Reviews）

令人驚艷的原創性、娛樂性十足！絕對能擠身最佳恐怖小說之列。我們要看續集！

——《科克斯書評》（*Kirkus Review*），星級評論

這是本非常有娛樂性的小說——節奏緊湊、和《向達倫》一樣恐怖、充滿令人愉快的機智諷刺，以及又苦又甜的浪漫愛情。

——我愛這本書！書評App程式（We Love This Book）

《血衣安娜》是我最喜歡的小說之一。它完全符合我的期待：炫麗、血腥、令人心碎、無情卻又精彩刺激到了極點。正是我等不及要一睹為快的好書！

——**寇特妮・艾莉森・穆特**（Courtney Allison Moulton），**《天使之焰》**（*Angelfire*）**作者**

我愛卡斯！他存在的世界是這麼萬分逼真，栩栩如生。做好開燈睡覺的心理準備，因為這本書不僅有牙齒，而且是超級鋒利的那種。

——**史黛西・康德**（Stacey Kade），**《女鬼與哥德少年》**（*The Ghost and the Goth*）**作者**

作者凱德兒・布雷克的寫作就像特技表演，精準無畏，讓讀者屏息期待下一段表演。她的作品是個奇蹟。

——**安・阿吉雷**（Ann Aquirre），**《今日美國》暢銷系列**《*Enclave*》**作者**

今年最佳青少年小說書單之一！……為了繼續往下看，我等不及要衝回家了！

——**美國亞馬遜**TOP500**最佳書評家**Christina（Ensconced in YA）

布雷克讓我連聲讚嘆：「哇天啊！」如果她看得到這則書評……拜託續集寫快點！

——**美國亞馬遜試讀本專屬會員**Derrick Dodson

我非常享受閱讀這本小說：文筆絕佳、令人毛骨悚然卻又放不下書。

——美國亞馬遜TOP1000最佳書評家K.Sozaeva

我被這本小說的美麗和恐怖完全吸進去了……令人無法自拔。

——電子書癡書評網（KindleObsessed.com）

天啊。我只能說：天啊。

——FWIW書評網（FWIWreviews.net）

鮮明又真實的故事。

——英國書袋書評網（Bookbag）

1

平整的油頭徹底出賣了他。

鬆垮褪色的皮衣，雖不像兩邊的鬢角那麼明顯，卻也都是線索。他的頭上下點著，手上的芝寶打火機隨著點頭的節奏開開闔闔，又是另一個漏洞。他真該去參加《西城故事》歌舞團的。

話說回來，我對這種事很敏感，我知道破綻在哪兒，因為幾乎你想像得到的妖魔鬼怪，我大概都遇過。

便車客出沒在蜿蜒的北卡羅萊納州的公路上。路邊大都是未上漆的半圓木圍籬，四周一片空曠。

缺乏戒心的駕駛大概會因為開車無聊便載了他，認為他不過是個看太多凱魯亞克公路小說[1]的大學生罷了。

「我的女朋友在等我。」他語調興奮，彷彿越過下個山頭，就能見到她。他把打火機用力地在儀表板上敲了兩下。我瞄了一眼，確定他沒在上面留下任何痕跡。這不是我

1 Jack Kerouac（1922-1969），美國公路小說家，最知名的作品是《在路上》（*On the Road*）。

的車。為了借車，我花了八個星期，努力幫鄰街的狄恩先生除草。他是個退役上校，我從沒見過腰桿挺得這麼直的七十歲老人。如果有時間，我很願意花上一整個夏天聆聽越戰的有趣故事。但我只是盡責地清掉灌木，為新的玫瑰花整理出八乘十呎的花圃。那段時間，他仔細觀察我，確定這個穿著老舊滾石T恤、戴著媽媽園藝手套的十七歲小伙子真的可以照顧好他的寶貝。

老實說，想到車子是借來幹什麼的，讓我不禁有點罪惡感。這是一輛一九六九年出廠的深藍色科邁羅大黃蜂跑車，完好如新。駕馭起來流利順暢，過彎時卻咆哮有力。即使幫他整理了院子，我還是不敢相信他願意把車子借給我。不過，謝天謝地，他答應了。如果沒有它，我就沒戲唱了。便車客特別喜歡這型的車，值得他費心費力地從地下爬出來。

「她一定很棒！」我興趣缺缺地說。

「沒錯，老兄，沒錯。」從五英里前我讓他上車到現在，這句話他已經說了不下百次。我在想，怎麼會有人沒發現他是死人呢？他說話的樣子就像在演詹姆士·狄恩的電影。還有他身上的味道。不是腐爛，但絕對是潮濕陳舊的味道，像霧一樣籠罩在他四周。怎麼會有人誤以為他還活著呢？怎麼會有人留他在車子裡這麼久？久到讓他到達十英里外的蘿倫橋後搶過方向盤，將車子和駕駛一起開進河裡？他們可能早就被他的衣服、聲音和骨頭的味道嚇到了（雖然他們大概從沒聞過，但心裡應該很明白）。不過，到那時就已經太遲了。他們決定要讓便車客上車，可不想自己嚇自己地趕人下車，於是他們決定將恐懼合理化。實在不該那麼做的。

坐在副駕駛座的便車客，繼續用他空洞的聲音談論他的女朋友，一個名叫麗莎的女孩。說她擁有一頭世界上最閃亮的金髮、最甜美的笑容。說他一路從佛羅里達搭便車回來，以及他們將如何私奔、結婚。夏天時，他在舅舅佛州的車行工作了一陣子。即使他們有好幾個月不能見面，卻是存下他們結婚基金的最佳機會。

「離家這麼久一定很難受。」我的聲音帶著一絲發自內心的同情。「不過我相信她見到你後，一定會很開心。」

「沒錯，老兄。我也這麼覺得。我已經準備好我們需要的一切。就在我的外套口袋裡。我們要結婚了，然後會搬去海邊，我的好兄弟羅比住在那兒。在我找到車行的工作前，我們可以和他擠一擠。」

「當然。」我說。月光和儀表板昏暗的燈照亮了他的臉孔，便車客臉上泛著無可救藥的樂觀。他當然沒能見到羅比，也沒能見到他的女友麗莎。因為在一九七〇年的夏天，兩英里外的路上，他坐進了一輛車，或許和這輛很像。然後他告訴開車的人，他的外套口袋裡放著可以讓他展開新生活的寶藏。

當地人說他們在橋邊狠狠地揍了他一頓，然後把他拖進樹叢刺了幾刀，再割開他的喉嚨。他們將他的屍體推下河提，沉入河川支流，六個月後才被農夫發現。他的屍體上爬滿藤蔓，下巴仍然驚訝地張著，彷彿無法相信自己居然會就這樣被困在那兒。

而現在，他並不知道他被困住了。那些鬼魂似乎沒人知道。此時，便車客吹著口哨，隨著不存在的音樂打著拍子。被殺害的那晚收音機傳出的音樂，可能還一直在他的腦子裡不斷地重播。

他很隨和，是一起搭車的好同伴。但在到達那座橋時，他會變得比你見過的任何人都憤怒、醜陋。據說，他的鬼魂（通常被稱為「十二郡便車客」），已經造成至少十二死八傷的慘劇。但是我真的不怪他。畢竟他沒能回到家，沒能見到他的女友，所以現在他也不想讓任何人回家。

我們過了「二十三英里」的標示牌。再兩分鐘，橋就到了。自從搬到這兒後，我幾乎每晚都在這條公路上開車奔馳，希望車頭燈能照到他伸出大拇指要搭便車的身影。他從不上鉤。直到我借到了這輛「大黃蜂」。我耗了半個夏天，在同一條該死的馬路上來來去去，同一把該死的匕首塞在我腿下，一事無成。我討厭那樣，感覺像是釣了很久卻釣不到魚。但是我從不放棄。他們終究會上鉤的。

我鬆開油門。

「有問題嗎？朋友。」他問我。

我搖搖頭。「只是這不是我的車。如果你決定把我推下橋，我可沒錢付修理費。」

便車客笑了，聲音大得有些反常。「你今晚是喝了酒還是怎麼了，兄弟。或許你應該讓我在這裡下車。」

我不應該說那些話的，但發現時已經太遲了。我不能讓他下車，如果他走掉消失，我就倒楣了。我必須在車子行進中把他殺了，否則就要重來一次。而我懷疑狄恩先生會答應再讓我把車子借出來幾晚，更別提三天後我就要搬去雷灣了。

想到要讓這個可憐的混蛋，再次經歷相同的事情，我不禁有點遲疑。不過這個想法很快就被壓了下去，畢竟他本來就已經死了。

我試著把時速維持在五十英里以上，以防他跳車。不過，他是鬼，一切都很難說得準。我必須速戰速決。

就在我正要伸手拿出藏在牛仔褲管下的刀子時，月光勾勒的舊橋輪廓已經出現。說時遲那時快，便車客搶過方向盤，使勁往左一轉。我試著把它拉回右邊，並重重踩下煞車。我聽到橡膠和柏油狠狠磨擦的聲音，眼角瞄到便車客的臉不見了。他不再一派輕鬆，沒有油頭，也沒有熱切的笑容，他只剩一副掛著腐爛皮膚的面具，鑲著空黑的眼窩和黯淡如石的牙齒。他看起來好像正在齜牙咧嘴地大笑，不過也有可能是他嘴唇剝落造成的效果。

即使車子還在甩尾，正試著要停下來時，我的一生也沒在我眼前快速閃過。如果有，會是什麼樣子呢？一連串謀殺鬼魂的精彩片段？但是我看見的卻是一系列經過整理的屍體快照。我的屍體。一張是方向盤貫穿我的胸膛，另一張則是頭不見了，身體其他部分掛在空空的窗戶外。

一棵樹突然冒出來，正對著駕駛座的門。我連罵都來不及罵，就將方向盤一轉，踩下油門，順利駛過那棵樹。我不想把車子開到橋那裡。車子正駛在路肩，但路肩到橋上就沒了。畢竟橋不但窄，而且舊，甚至還是木造的。

「死掉也沒那麼糟啊！」便車客抓著我的手臂，試著要將我從方向盤拉開。

「那臭味呢？也不糟嗎？」我咬牙切齒地問。從他發動攻擊到這一刻，我都沒鬆開握著刀柄的手，不要問我怎麼做到的。我覺得手腕的骨頭好像在十秒內就會全部散開。我被拉離座位，身體貼著排檔桿。我順勢用屁股把車換成空檔（早該這麼做的），然後迅速抽出匕首。

接下來卻發生了出乎意料的事。便車客的皮膚又回到臉上，綠眼珠也重新出現。他只是個孩子。眼睛直直地盯著我的匕首。我控制住車子，踩下煞車。

急煞的晃動嚇了他一跳。他看著我。

「為了這些錢，我努力工作了整個夏天。」他輕聲地說，「如果我弄丟它，我的女朋友會殺了我的。」

我使盡力氣控制傾斜的車子，心臟還在怦怦跳著。我什麼都不想說，只想趕快結束。但我卻聽到自己的聲音。

「你女朋友會原諒你的，我保證。」匕首，我父親的儀式刀[2]，在我的手中閃閃發亮。

「我不想再重來一次。」便車客喃喃自語。

「這是最後一次了。」說完，我發動攻擊，刀刃劃過他的喉嚨，切開一條黑色的開口。便車客的手指伸向脖子，試著要把皮膚壓回原位，但是一種深色黏稠如原油的液體從傷口不斷流出，淹沒了他，不僅往下流到他的舊皮衣，也往上淹住了他的臉和眼睛，然後流入頭髮。便車客萎縮變形，但是他沒有叫出聲音。這也有可能是因為他的喉嚨被切開，黑色的黏液流進了他的嘴巴，他根本就叫不出來。不到一分鐘，他便消失地無影無踪。

我伸出手摸了一下座位。乾的。接著我走下車，在黑暗中繞著車子走一圈，盡可能地仔細檢查是否留下刮痕。輪胎冒著煙，胎面塌軟了。我幾乎可以聽到狄恩先生咬牙切齒的聲音。三天後我就要搬家了，而我卻得浪費一天去幫它換上一組新的固特異輪胎。再想一想，或許我該等新輪胎換好，才把車子開去還給他。

---

2 athame，在魔法儀式中使用的雙面鋒利的刀子。

2

我把「大黃蜂」停上車道時，已經過了午夜。狄恩先生大概還沒睡，可能像平時一樣站得筆直，拿著黑咖啡，看我小心翼翼地將車子開過他家。他以為我明天早上才會還車。所以如果我起得夠早，就能把它開到車行，在他發現異樣前換好輪胎。

當車頭燈掃過院子，照向房子正面時，我看到媽媽的貓的兩顆綠眼珠閃閃發光。我走進前門，牠已經從窗台離開。牠會告訴她我回來了。這隻不聽使喚的貓叫堤波，是個無法無天的壞東西。牠不在乎我，我也不在乎牠。牠有個怪癖，喜歡把自己尾巴上的毛拔下來，弄得滿屋子全是黑黑的小毛球。不過媽媽喜歡身邊有隻貓。就像多數的小孩，牠們可以看到、聽到靈界的東西。跟我們一起生活，有這種能力倒也滿方便的。

我走進屋裡，脫掉鞋子，兩階一跨地爬上樓。我只想好好洗個澡，把手腕和肩膀上那種發霉腐爛的感覺沖掉。我也想仔細檢視一下我父親的儀式刀，把任何可能沾在刀刃上的髒東西沖掉。

走上二樓，我踢到一個箱子，不禁提高聲音地罵了聲「該死！」我早該想到的，我的人生根本就是住在紙箱迷宮裡。媽媽和我的打包能力是專業級的。我們不用雜貨舖或酒商用過的爛紙箱，而是用頂級工業強度、特別強化過的箱子，上頭還貼著永久性標籤。即使在黑暗中，我仍可看見剛才絆到我的是「廚房用品（二）」。

我躡手躡腳地走進浴室，從皮背袋中抽出匕首。處理完便車客後，我草草用一塊黑絲絨將它包起來。我當時很匆忙，不想再待在那條路上或那座橋附近。看著便車客消失並沒嚇到我，更糟的情況我都見過。雖然那種事看得再多，都不會習慣。

「卡斯嗎？」

我抬頭，媽媽抱著黑貓，睡眼惺忪地出現在鏡子裡。我將儀式刀放上檯子。

「嗨！媽。對不起！吵醒妳了。」

「你知道我總想在你回家時起來迎接你。你一定要叫醒我，這樣我才能睡得著。」

我沒告訴她那句話聽起來有多好笑，只是扭開水龍頭，用冷水沖洗匕首。

「我來。」她說，把手放上我的手臂。然後，當然也看見我手腕上開始形成的深紫色瘀傷。她捉住了我的手腕。

我以為她會擺出媽媽的姿態說些什麼，我以為她會像隻憂心的鴨子呱呱呱地嘮叨幾分鐘後，再跑進廚房拿冰塊和濕毛巾，雖然在我受過的傷中，這瘀傷根本不算什麼。但是這次她並沒這麼做。或許是因為夜深了，她也累了。或許是因為過了三年之後，她終於明白我是不會放棄的。

「給我吧！」她說。我遞給她，因為我已經將大部分的黑色黏液洗掉了。她接過去，轉身離開。我知道她要做什麼。她每次都會先將刀子用沸水煮過，再把它插進一罐滿滿的鹽巴裡，然後放在月光下曝曬三天。拿出來後，她會用肉桂油擦拭它，然後宣布它完好如新。

以前她也會為我父親做一樣的事情。每當他殺了靈界的東西回家，她會先親吻他的臉頰，然後以一般太太接過先生公事包的態度接過他的儀式刀。以前他和我會雙手抱胸，一起盯著插在鹽巴罐的刀，讓對方知道自己覺得這麼做很荒謬。我總認為這是自己騙自己的作法。但它就像石中劍一樣，筆直地立在那兒。

但是父親還是放手讓媽媽去做。當他遇見這個一頭紅棕秀髮、脖子上戴著白色花環的漂亮女巫，娶了她時，他就知道面對了什麼未來。因為找不到更貼切的字彙，他便說自己也是巫師。但是實際上，他根本不是。

他喜歡傳說，喜愛精彩的故事。可以讓世界感覺比實際更酷的傳說。希臘神話是他的最愛，甚至還以此為我命名。

因為媽媽喜歡莎士比亞，他們最後各自退讓一步，於是我的名字便成了西修斯．卡西歐。西修斯是殺了人身牛頭怪物邁諾陶的英雄，而卡西歐則是莎士比亞劇《奧塞羅》裡被害死的副官。我認為它聽起來很蠢。西修斯．卡西歐．羅伍德。大家都叫我卡斯。我想我應該覺得慶幸，因為父親也喜歡挪威神話，所以我很有可能會被命名為索爾。那就更慘了。

我呼出一口氣，看著鏡子。臉上沒留下傷痕，灰色襯衫也沒沾上東西，就像「大黃蜂」的椅套般乾淨無痕（感謝老天！）。我看起來很滑稽，長褲加長袖襯衫，彷彿正要和心儀已久的女生去約會。事實上，我就是用這個理由向狄恩先生借車的。晚上出門時，我的頭髮往後梳，還抹了髮膠。但是經過該死的混戰，它變成一綹又一綹深色的亂髮，垂掛在我的額前。

「快點弄好，趕快去睡，寶貝。已經很晚了，明天我們還有很多東西要打包。」媽媽處理好刀子，輕手輕腳地走上樓，靠著門柱。黑貓在她腳踝邊打轉，像隻無聊的魚繞著水缸裡的塑膠城堡。

「我只想趕快沖個澡。」我說。她嘆了口氣，轉身離開。

「你抓到他了，對吧？」她回過頭，好像才剛想起來。

「對，我抓到他了。」

她對我笑，但是嘴角卻帶著悲傷與不捨。「這次很勉強。你本來以為七月底前就能結束。現在已經八月了。」

「他比較棘手。」我一邊說，一邊從架子上拉下毛巾。我以為她不會再說些什麼，但她卻再度停下腳步，轉過身來。

「如果沒抓到他，你會繼續待在這兒嗎？你會把她延後嗎？」

我只想了幾秒，就像談話時的自然停頓，因為在她問完之前，我就曉得答案了。

「不會。」

她要走時，我才丟出炸彈。「嘿，我可以借點錢換組新輪胎嗎？」

「西修斯．卡西歐。」她呻吟。我扮了個鬼臉。不過從她無奈的嘆息聲，我知道明天早上換輪胎的錢是沒問題了。

✡

我們的目的地是加拿大安大略省的雷灣。我到那兒是為了殺她，安娜。安娜．寇羅夫。血衣安娜。

「你很擔心這一個，對不對？卡斯。」媽媽在悠活自助搬家貨車的方向盤後問我。我一直告訴她不要再租了，應該自己買一輛搬家貨車才對。我們成天追著鬼跑，天知道我們多常搬家。

「為什麼妳會這麼說？」我問。她朝我的手點點頭，我沒注意到我的手正在裝了儀式刀的皮背包上敲著。我集中注意力，故意不停下動作，假裝沒事似地繼續敲著，彷彿不過是她小題大作，過分解讀了。

「媽，我十四歲就殺了彼得．卡佛。」我說，「從那之後，我就沒停過手。已經沒什麼事能嚇倒我了。」

她的神色凝重。「你不應該那樣說。你沒『殺』彼得．卡佛，是彼得．卡佛攻擊你，而且他本來就已經死了。」

有時侯我會對她選擇正確字眼就可以讓事情改觀的能力覺得很不可思議。如果有一天她的巫術用品店倒閉了，她還可以靠幫別人設立品牌賺大錢。

她說，是彼得・卡佛攻擊我的。沒錯。我是被攻擊了，但是，那是在我闖進卡佛家荒廢的房子後。那是我的第一個任務。如果我說當時我並未得到媽媽的同意，就講得太輕描淡寫了。事實上，我不顧媽媽的尖叫抗議，還得撬開臥室窗上的鎖才能離開房子。但我還是做了，拿著父親的匕首闖了進去。我在彼得・卡佛用零點四四口徑的手槍射殺了他太太、又抽出皮帶在衣櫃裡上吊自殺的房間裡等到凌晨兩點。我在他的鬼魂殺掉在兩年後要賣掉他房子的仲介的同一個房間等。在他再過一年後，又殺了不動產檢視員的房間等。

我還記得當時顫抖的雙手，幾近作嘔的胃。我還記得我要順應天命的絕望感，想去做我該做的事，就像我的父親。當鬼魂們出現時，我差點暈倒。沒錯，鬼魂們，複數。沒人料到彼得和他太太死後居然和好了，並發展出共同的興趣——殺人。一個從衣櫃裡冒出來，脖子紫得發黑，彎得像在轉頭側看。另一個則是像倒帶的廚房紙巾廣告，從地板慢慢溢出。但在她還來不及爬出地板時，憑著直覺，我已將她制伏，對此我頗感自豪。不過當我正努力想將匕首從卡佛太太形成的地板污漬中拔出時，卡佛抓住了我。他差點就把低聲哭泣的我丟出窗外，還好我即時爬回儀式刀前。刺中他，純屬意外。當他用繩子的另一端捆住我的喉嚨，把我甩來甩去時，刀子不知怎麼就跑進他的身體裡了。

我從未告訴媽媽這部分的故事。

「妳應該很清楚，媽。」我說，「只不過，其他人以為已經死掉的人不能被殺死。」

我本來想說爸爸也很清楚，但沒說出口。她不喜歡談他。我知道在他去世後，她再也不一樣了。一部分的她已經不在，她的笑容裡總少了點什麼，感覺只剩一個模糊的點，或沒有對焦的鏡頭。不管他是去了哪兒，都帶走她的一部分。我知道這並非因為她不愛我，但是我相信她從沒想過有一天居然要獨力撫養兒子。她的家庭應該是一個圓。但現在爸爸不在了，我們的家就像被剪掉一塊的照片，永遠拼不回來。

「我會很快解決，就像這樣。」我試著改變話題，一邊說一邊用兩根手指頭「啪」地一彈。「說不定我用不著整學年都待在雷灣呢！」

她傾身靠向方向盤，搖搖頭說，「你應該考慮待久一點，聽說那地方很不錯呢！」

我翻了翻白眼。她比誰都清楚，我們的生活不可能平靜，不像別人那麼穩定而有規律。我們就像巡迴馬戲團。她甚至無法將這種生活歸咎於父親的死，因為在他生前我們也是跟著他到處遷移。不過我必須承認，當時並沒有這麼頻繁。也因為我們四處為家，她才會有這麼特別的工作方式，在電話上解讀塔羅牌、淨化靈氣，還有在網路上販賣巫術用品。媽媽是個行動女巫。她賺的錢出人意料地多，即使沒有我父親的信託帳戶，我們也應該生活無虞。

我們正沿著蘇必略湖的蜿蜒道路往北開。我很高興能離開北卡羅萊納，和冰紅茶、地方口音，還有與我格格不入的熱情說再見。在搬家的路途上，我的心情很輕鬆，一直要等到我雙腳踩上雷灣的路，我才會覺得自己要開始工作了。此時此刻我可以盡情享受風景，路旁堆疊的松木、一層又一層的沉積岩，還有宛如無窮遺憾不停滲出的地下水。蘇必略湖的藍更藍，綠更綠。穿過窗戶的陽光如此耀眼，不禁讓戴著太陽眼鏡的我瞇起了雙眼。

「你對上大學有什麼計畫？」

「媽。」我呻吟。突然間我覺得好挫折，她又犯了她慣有的一半一半的老毛病了。她的心裡一半接受我的不同，另一半卻又堅持我應該像個普通小孩。我在猜她對爸爸是否也這樣。我想不會。

「卡斯。」她也咕噥了一聲。「超級英雄也上大學的。」

「我不是超級英雄。」我說。那是個可怕的標籤，太過自負，也不適合我。我不會穿著緊身衣到處炫耀。我做事的動機，不是為了得到讚美和表揚。我在黑夜裡工作，殺死不該出來活動的死人。人們如果知道我的目的，大概會紛紛阻止我。那些笨蛋會站在鬼馬小精靈卡斯柏那邊，然後當卡斯柏咬了他們的喉嚨之後，我不但得殺了卡斯柏，還要一併殺了他們。我不是超級英雄。我比較像《守護者》裡的變臉羅夏，《屠龍勇士》中的格倫德爾，《沉默之丘》的倖存者。

「如果你堅持讀大學時也要繼續做，許多城市的鬼多到夠你忙上四年。」她將貨車轉進美國境內的最後一個加油站。「伯明罕如何？那個地方鬼鬧得真凶。每個月解決兩個，都還夠你一路唸完研究所。」

「是啊！但是那樣我就必須去該死的伯明罕唸大學了。」我說。她瞪了我一眼。我咕噥地說了聲抱歉。她可能是全世界最開明的媽媽，允許她十幾歲的兒子晚上在外面遊蕩，追捕殺人凶手的鬼魂，可是她還是不喜歡聽到我口出穢言。

她開進加油站，深呼吸。「你已經替他報仇不止五次了，你知道的。」來不及告訴她我沒有，她已經下車，關上了門。

3

進入加拿大國界後，景色立刻變了，窗外盡是覆蓋著林木的山丘，綿延數英哩。媽媽說那是北部針葉林。我們的遷移頻率愈來愈高，她最近因此而發展出一個新嗜好：在搬家前，先對目的地做好徹底研究。她說這樣一來，她就知道要去哪兒吃東西，到了之後要做什麼事情，感覺上比較像在度假。我卻覺得這麼做，才會讓她有「家」的感覺。

她把堤波從寵物箱放出來。牠坐在她的肩膀上，尾巴環著她的脖子，看都不看我一眼。牠有一半的暹羅貓血統，也有那種血統只愛一個人，對其他人完全不理睬的特質。反正我也不在乎。我還蠻喜歡牠對我張牙舞爪的模樣。而牠唯一的長處，就是有時候會比我先看到鬼。

媽媽嘴裡哼著不成調的歌，眼睛直盯著天上的雲，臉上的笑容幾乎和她的貓一個樣。

「心情這麼好？」我問，「妳的屁股還沒麻掉嗎？」

「已經麻了好幾個小時。」她回答，「不過，我覺得我會喜歡雷灣的。而且從這些雲來看，我們會在這兒待上好一陣子。」

我抬頭看。好大的雲，純白無瑕。我們朝它的方向駛去，天空的雲動也不動。我睜大眼睛盯著它，直到雙眼乾澀，它還是維持著同樣的情況，在同樣的位置。

「駛進不動的雲。」她輕聲耳語，「需要的時間會比原先預計的長。」

我想告訴她，那是迷信，雲不動根本不代表什麼。更何況只要你看得夠久，它們還是會動的。不過，我讓她將匕首插在鹽巴裡，放在月光下淨化，有什麼資格說她迷信。

不知道為什麼，靜止的雲讓我想吐。於是我又回頭望著森林。一大片綠色、咖啡色，還有紅褐色的松樹。樺樹樹幹穿插其中。一根根如骨頭般聳立。通常，在旅途中我的心情會比較好。到新的地方、抓新的鬼、看到新事物的興奮感，至少可以讓我在旅途中保持心情愉快。也許我只是太累了。我睡得不多，睡著時也常做惡夢。我並不是在抱怨。從我開始使用儀式刀的那刻起，惡夢已是家常便飯。我想，這應該算是職業傷害吧？我的潛意識將我走進有著殺人惡鬼的地方該感受到的恐懼完全釋放出來。但是，我還是得試著休息。成功制伏亡魂的當晚，惡夢尤其可怕。事實上，自從解決便車客後，我天天做惡夢。

一個小時後，我試盡各種方法，仍然無法入睡，而雷灣已經出現在車子前方了。擁有十萬人口，隨著地形伸展的小型城市。我們駛過商業區，卻未留下深刻印象。對活人來說，沃爾瑪或許很方便，不過我從未看過鬼在比較機油價錢，或想試著擠進Xbox360遊戲區。進入坐落在碼頭上方、屬於老市區的市中心後，我才看到我在找的東西。

破舊的屋舍夾雜在重新整修過的房子間，歪歪倒倒，油漆剝落，百葉窗斜斜地掛在窗口，看起來像一隻隻受傷的眼睛。對那些較好的房子，我幾乎看也不看一眼。它們既無趣也不重要，只一眨眼，全被我拋在腦後。

目前為止，我去過很多地方。出過凶案的陰森之地、惡靈徘徊的不祥之地。我向來討厭陽光城市，到處都是雙車位、淺灰外牆、綠草如茵和嬉鬧小孩的新興社區。那些城市一樣會鬧鬼，只是它們偽裝得比較好。我寧願到這種每隔幾秒鐘就能感受到死亡氣息的城市。

我望著依偎著城市的蘇必略湖，宛如一隻沉睡的狗。父親常說，水讓亡靈有安全感。沒有什麼比水更能吸引他們，更能藏匿他們。

媽媽啟動了衛星導航系統。她稱它「法蘭」，以一個方向感極佳的舅舅為它命名。法蘭用單調的聲音引導我們穿過城市，彷彿我們是兩個笨蛋：準備左轉。在一百英尺後。左轉。堤波察覺快到目的地了，自行走回寵物籠。我伸出手，關上鐵門。牠不高興地對我嘶吼，好像在說不用我幫忙，牠可以自己關門。

我們租的房子不大，兩層樓，新漆過的暗紅色外牆，配上深灰色的邊和百葉窗，坐落在山腳下地勢剛轉平坦的一小塊土地上。車子開上來時，沒有鄰居從窗戶窺伺，或走到門廊和我們打招呼。那棟房子看起來既內斂又孤單。

「你覺得怎麼樣？」媽媽問。

「我喜歡。」我據實以告，「發生什麼事都看得到。」

她對我嘆了一口氣。如果我露出笑容，跳上台階，迫不及待地推開大門，奔上二樓，耍賴地說要將主臥室占為己有，她可能會開心一點吧？父親還在時，每次搬新家我都會那麼做。不過當時我才七歲，我可不會受到她開車疲憊雙眼的影響而心生罪惡感。否則在我發現前，我們可能已經在後院編著雛菊花冠，加冕黑貓為「夏至之王」了。

相反的，我只是提著寵物籠從卡車上下來。不到十秒，媽媽的腳步聲便從身後傳來。我等她打開前門。我們走進去，門窗久閉的夏日空氣和陌生人的舊塵味撲鼻而來。一進屋是間很大的客廳，米白沙發、高背扶手椅、一盞需要新燈罩的黃銅檯燈、一組桃花心木的暗色咖啡桌和邊桌。最裡面則是通往廚房和開放式餐廳的木頭拱門。

我抬頭看右手邊陰暗的樓梯，悄悄關上背後的大門，將寵物籠放在地板上，打開。一雙綠色的眼睛馬上出現，然後是堤波黑瘦的身體。這是我從父親那兒學來的招數。說得更明確一點，這是我父親從經驗中悟出的道理。

當時他根據提供的情報追蹤到波特蘭，發生問題的地點是曾在大火中死了好幾個人的罐頭工廠。那時，設計機關和一說話嘴唇就裂到耳朵的鬼魂占據了他所有的思緒，所以租房子時他並沒有特別留意。而房東當然也不會主動告訴他，曾有個孕婦在那兒被丈夫推下樓死了，一屍兩命。那種事任誰都想隱瞞。

鬼這東西很有趣，他們生前可能很正常，或還算正常。但死了之後，他們會變得像典型的強迫症患者，一直停留在被害死的那一刻，執著於死亡時的慘狀。除了刀鋒和脖子被掐住的感覺，他們的世界裡沒有其他的東西。他們習慣以「實際示範」來讓你了解這些事情，如果你知道他們的故事，猜測他們的手法就不難。

到波特蘭那天，媽媽正幫我把箱子搬進我的新房間，當時我們還在使用便宜紙箱。外頭下著雨，大部分的紙箱上蓋軟得像泡在牛奶裡的燕麥。我記得我們邊笑邊說身上淋得多濕，還有我們在鋪了亞麻地毯的玄關留下許多腳印。如果只聽我們紛亂的腳步聲，你會以為是一家血糖過低的黃金獵犬搬了進來，才會走得這麼東倒西歪。

我們搬第三趟時，事情發生了。我的鞋「啪！啪！啪！」地在樓梯上發出巨響。我已經把棒球手套從箱子裡拿出來，不希望它沾到水漬。然後我感覺到樓梯上有東西滑過我的身邊，輕輕地掃過我的肩膀。我感覺不到任何怒氣或緊張。因為後來發生的事情，所以我從未向人提起。當時我感受到一股母愛般的慈祥感覺，彷彿我被小心移開，以免擋到了路。我以為是媽媽開玩笑地抓了我的手臂，於是我臉上掛著燦爛的笑容，轉過頭去，正好看見女鬼從一陣風變成模糊的霧氣。她似乎穿著一件床單，頭髮好淡，淡到我可以從她的後腦勺看見她的臉。我不是沒見過鬼。在我父親身邊長大，看見鬼是稀鬆平常的事，就像別人家每星期四吃烤肉捲一樣平常。但是我從沒看見過一個將我媽媽推下樓梯的鬼。

我試著伸手拉住她，卻只抓到一小塊紙箱碎片。她跌下去，女鬼耀武揚威地飄盪著。透過搖動的床單，我可以看見媽媽的表情。奇怪的是，我居然還記得，在她跌下去時，我可以看見她的後排臼齒，是上排的臼齒，還有上頭的兩顆蛀牙。現在回想起那場意外，我唯一想到的就是看見媽媽的蛀牙那種令人討厭、噁心的感覺。她屁股著地，跌在樓梯上，小聲地叫了聲「噢」，便往後滾，直到撞上牆壁才停下。之後的事，我什麼都不記得了，我甚至不記得我們是否還繼續住在那棟屋子裡。當然父親一定火速處理掉那隻女鬼，說不定當天就解決她了。我對其他在波特蘭的事都不記得了。我只知道，在那之後，我父親開始讓當時還是小貓的堤波幫忙，而媽媽則在暴風雨來臨前，總會跛著腳走路。

堤波看看天花板，聞聞牆壁，牠的尾巴偶爾會抽搐一下。我們跟著牠檢查一樓。到廁所時，牠看起來就像忘了自己還在工作，只想在冰涼的磁磚上打滾，讓我失去了耐心。我用手指「啪」一聲趕牠起來，牠憤恨地斜視我一眼，不過還是爬起來繼續巡視。

在樓梯上，牠猶豫了。我不在意，我要找的是看牠有沒有對著什麼都沒有的空氣咬牙嘶鳴，或者是安靜坐著，盯著什麼都沒有的空氣。猶豫不代表什麼。貓看得見鬼，但牠們沒有預知能力。我們跟著牠走上樓梯，我習慣性地牽起媽媽的手。我將皮背包背在肩上，裡頭的儀式刀令我感到心安。我特有的護身符。

樓上有三間臥室和一間全套衛浴，還有裝了伸縮梯的小閣樓，聞起來像剛刷過油漆。很好，新就是好，多愁善感的亡靈就沒機會依附在上面。堤波在浴室裡徘徊，接著走進一間臥室。牠盯著抽屜歪斜開著的衣櫃，嫌惡地看著沒鋪床單的床。然後牠坐下來，慢條斯理地清理前爪。

「什麼也沒有。我們把東西搬進來，然後封印房子吧！」懶貓聽到行動的指令轉過頭，對著我叫，如綠色反射鏡的雙眼張得像銅鑼一樣大。我不管牠的反應，拉開通往閣樓的活板門。「哎唷！」我往下看，提波像爬樹一樣地爬到我身上。我雙手都抓在牠背上，牠的四隻爪子卻緊緊掐進我的皮膚，這該死的東西甚至還低聲咕嚕咕嚕叫。

「牠只是在玩，親愛的。」媽媽說完，小心地把牠的爪子一隻一隻地從我的衣服上拉開。「我先把牠放回籠子裡。在搬好東西前，暫時將牠留在臥室。或許你應該到拖車找一下牠的便盆。」

「太好了。」我言不由衷地說。不過在我們把其他的東西搬進來前，我還是在媽媽的新臥室準備好食物、水和牠的便盆，將牠安頓好。我們只花了兩個小時就把全部的東西搬進屋裡。在這方面我們是專家了。即便如此，等媽媽施完所有的巫術，太陽也差不多下山了。她把油和各種藥草一起煮沸，塗在門和窗戶上，可以有效地將我們搬進來時不在這裡的東西繼續擋在門外。我不知道它是不是真的有效，但我也不能說它無效。至少，我們在屋子裡時向來平安。而我可以確定的是，它有檀香木和迷迭香的強烈氣味。

房子封印好後，我在後院起了一小堆火。媽媽和我將屋裡所有找得到的小東西、可能對前任房客有特別意義的東西都燒了。包括留在抽屜裡的一串紫色圓珠項鍊、一些自製的隔熱墊，甚至一小包看起來保存得太好的火柴。我們可不希望鬼魂為了他們的遺物跑回來。媽媽用她沾濕的大拇指在我的額頭印了一下，我可以聞到迷迭香和菜子油的氣味。

「媽！」

「你知道慣例的。頭三晚，每一天都要。」她微笑。在火光中，她的紅髮看起來明亮如琥珀。「它會保佑你平安。」

「它會讓我長痘痘。」我抗議，卻沒動手去擦它。「再兩個星期我就要開學了。」

她什麼也沒說，只是低頭看著她沾滿藥草的大拇指，彷彿要在自己的眉心也印一下。然後她眨了眨眼，順手擦在牛仔褲的褲管上。

這個城市瀰漫著煙霧和夏天東西腐壞的氣味，鬧鬼的程度比我原以為的還嚴重。塵土之下，四處都在活動：人們歡笑聲背後的耳語、你眼角看不見的蠢動。他們大多無害，只是悲哀無助的鬼魂，只是黑暗角落的呻吟，只是在拍立得照片上一小片模模糊糊的白霧，和我毫無瓜葛。

但在這裡，卻有個很重要的鬼。在這裡，有我為她而來的鬼。在這裡，有強壯到可以捏住活人咽喉，擠出他最後一口氣的鬼。

我再度想著她，安娜。血衣安娜。不知道她會用什麼手段？不知道她聰不聰明？她會飄嗎？她會笑嗎？她會尖叫嗎？

她會用什麼方法來殺我？

4

「你想要當特洛伊人還是老虎？」

媽媽一邊問我，一邊在烤盤上準備玉米煎餅。明天就要開學了，今天是高中註冊的最後一天。她雖然早就想幫我去註冊，但是最近忙著和幾個城裡的商家建立關係，好讓他們幫忙廣告她的占卜生意，並同意寄賣她的巫術用品。她找到一家城外的蠟燭工廠合作，在產品加入特調的精油，包裝成一盒一盒的魔法蠟燭。他們會在城裡幾家店販賣這些創意商品，媽媽也打算把它們賣給她的電話顧客。

「那是什麼問題啊？我們有果醬嗎？」

「草莓？還是一種長得像藍莓的薩克屯莓？」

我扮了張苦瓜臉。「我選草莓。」

「你應該要勇於冒險的。試試薩克屯莓吧！」

「我的生活已經夠驚險了。你剛才問的保險套或老虎是什麼啊？」

她把一盤薄煎餅在我面前放下，每塊薄餅上都放了一大坨果醬。老天啊！千萬讓它是草莓醬，拜託！

「認真點！小伙子。它們是學校的吉祥物。你想選哪一所？溫斯頓．邱吉爾爵士高中？還是韋斯蓋特特別中學？看來兩所學校離我們都很近。」

我嘆了口氣。其實根本沒差，我會乖乖上課，通過考試，然後轉學離開，就像以前一樣。我到這兒來，只是為了要殺安娜。但我還是應該裝出在乎的樣子，以免媽媽不高興。

「爸爸會希望我是特洛伊人。」我小聲地說。她站在烤盤前，頓了幾秒，才把最後一塊薄煎餅放進盤子裡。

「那麼，我就到溫斯頓．邱吉爾高中註冊。」她說。運氣真好，我選到一所名字聽起來就很蠢的學校。不過就像我說的，根本沒差。我來這裡的目的只有一個。線索是在我還對十二郡便車客束手無策時收到的。

那封信夾在郵件中寄來。有咖啡漬的信封上寫著我的姓名和地址，裡頭只有一張寫著安娜名字的小紙片。字是用血寫的。這類的情報不停地從全國各地、甚至全世界送到我手上。能做我這種工作的人不多，但需要我的人卻有一大堆。他們會想盡辦法找到知道內幕的人，追蹤我，找到我。雖然我們常搬家，但只要有心，找我並不難。我們每次搬家，媽媽都會公布在她的網頁上。同時，我們總會通知父親的幾個老朋友。每個月必定有成堆的鬧鬼傳單堆滿我的桌子：人們在北義大利邪教教堂失蹤的電子郵件、奧吉布瓦墳塚附近殺害動物的神秘祭祀的剪報。我只相信少數幾個線人。大部分是父親的聯絡人、他大學時代巫師團的前輩、在他旅行途中或因他的聲望而認識的學者。我信賴他們，他們會做好徵信工作，不會讓我白跑一趟。

不過，幾年下來，我也培養了幾個自己的線人。當我看到紅色潦草的字體，宛如貓爪抓過傷口結痂似地橫貫紙片，我就知道寄信人一定是魯迪．布里斯托。戲劇化的效果、泛黃仿羊皮紙上刻意營造出的哥德式浪漫。好像我真會相信鬼會用別人的血蝕刻出自己的名字，然後像寄晚餐邀請卡一樣寄來給我。

「達人」魯迪．布里斯托來自紐奧良，對歌德流行文化非常著迷。他流連於法國區的酒吧，明明已經二十五歲上下，卻還希望自己只有十六歲。身材瘦弱，皮膚和吸血鬼差不多白，身上總是裝飾了太多的網紗。到目前為止，透過他的介紹，我解決掉三隻好鬼。容易下手，速戰速決。其中一個是在蔬菜儲藏室上吊自殺的。他死後，樓板下不停傳來他的低沉召喚，引誘新住客陪他一起死。我進去，殺了他，出來。這個案子讓我對達人的好感度大增。但要到後來，我才學會去欣賞他總是太過熱心的性格。

一收到信，我馬上打電話給他。

「嘿，老兄，你怎麼知道是我？」他聲音聽起來沒有任何失望，只有讓我聯想起參加瓊納斯兄弟演唱會的少年的興奮和開心。他是我的頭號大粉絲，只要我點頭，他大概會背著《魔鬼剋星》[3]裡的抓鬼裝備，跟著我全國跑。

---

3 *Ghostbusters*，美國影史上第一部賣座破百萬美金的恐怖喜劇片，於一九八四年推出。故事描述三位大學教授以科學技術研究幽靈鬼怪，但因遲遲未有研究成果，被學校開除而失業。他們創立用科學儀器捉鬼的公司，提供捉鬼服務。

「當然是你。你試了幾次才做到那種效果？是真的血嗎？」

「沒錯，是真的。」

「什麼血？」

「人血。」

我笑了。「你用自己的血，對吧？」話筒傳來的聲音有點氣惱，他改變話題。

「欸，你到底還要不要線索啊？」

「要，說吧！」我盯著紙片。安娜。雖知那不過是「達人」不入流的小把戲，但她的名字用血寫起來還真漂亮。

「安娜．寇羅夫，在一九五八年被謀殺的。」

「凶手是誰？」

「不知道。」

「怎麼死的？」

「沒人知道。」

聽起來愈來愈像是假的了。一定會有警方記錄，一定會有案件調查。每一滴濺出來的血都該有從這裡排到美國奧勒岡那麼長的檢驗報告。而他一直想讓「沒人知道」聽起來很可怕的努力更是惹毛了我。

「那你是怎麼知道的？」我問他。

「很多人都知道。」他回答，「她是雷灣當地人最喜歡講的鬼故事。」

「鬼故事通常在調查後就會發現不過是個故事。你為什麼要浪費我的時間？」我伸手拿紙，打算用拳頭把它捏成一個球。但是我並沒那麼做，我不知道為什麼我會起疑。人們會知道的，有時知道的人還很多。但是他們不會真的做些什麼，甚至不會說些什麼。他們只會暗自留心鬼魂的警告，在聽到有傻瓜闖入禁地時，嘖嘖兩聲表示不贊同。因為這麼做比較容易，這麼做可以讓他們假裝一切都不存在。

「她可不是一般的鬼故事。」達人堅稱。「你在城裡到處打探，也探聽不到任何關於她的事情，除非你問對地方。她不是一個觀光景點。但你只要走進任何少女的睡衣趴，我向你保證，到了半夜，她們一定會講安娜的故事。」

「我還去少女睡衣趴呢！」我嘆口氣。當然，我相信達人年輕時可能真的去過。「到底是怎麼回事？」

「她死時才十六歲。她的父母是芬蘭移民。那時她父親已經去世，病死之類的。她媽媽在城裡經營民宿。安娜是在去學校舞會的路上被殺的。含蓄地說，是有人割開她的喉嚨，但實際上是差點把頭都切下來了。他們說她穿了一件雪白的洋裝，當她被發現時，整件衣服都被染紅了。這就是為什麼她被稱為『血衣安娜』。」

「血衣安娜。」我輕聲地跟著唸。

「有人認為是寄宿房客做的。也可能某個變態看見她，喜歡上了，就跟著她，最後把滿身鮮血的她留在水溝裡等死。也有人說是她的舞伴下的手，或是打翻醋罈子的男朋友。」

我深呼吸，將自己從恍神中拉回來。真慘。不過他們都很慘，而且這還不算是我聽過的故事裡最糟的一個。霍華．索柏格是愛荷華中部的一個農夫。他用一把園藝大剪刀，或刺或剪地把全家人都殺了，包括他太太、兩個年幼的兒子、一個剛出生的嬰兒和他的老媽媽。到目前為止，那是我聽過最慘的一個。到了愛荷華中部，我很失望地發現霍華．索柏格並沒有因為懊悔而留在人間遊蕩。真的很奇怪，通常死後變成惡靈的反而都是被害者，真正邪惡的加害者則毫不留戀地往前走，不知道是被燒成灰了，還是化為塵土，甚至變成一隻糞金龜也說不定。是因為他們的憤怒已經在生前全數爆發，所以沒有必要再留下來了嗎？

「達人」繼續說著安娜的傳聞。他的聲音愈來愈低，呼吸卻因興奮而愈來愈快。我真不知道是該笑，還是該生氣。

「好了。所以，她後來做了什麼事？」

他沉默了幾秒，然後說，「就我所知道的，她已經殺了二十七個青少年。」

在五十年內殺了二十七個青少年。聽起來又像是假的了。不然它就是史上最不可思議的案件。殺了二十七個青少年後，一定會被拿著火把和草耙的憤怒居民追趕，在廢棄的城堡被圍攻。不可能有人能成功脫逃。即使是鬼也不行。

「二十七個當地的小孩？你開玩笑吧？不是流浪漢或蹺家青年？」

「嗯……」

「嗯什麼？你被人耍了，布里斯托。」一股苦味在我喉嚨後頭漸漸散開。我不知道是為什麼。就算線索是假的又怎樣？還有十五隻鬼排隊在等著呢！其中一個在科羅拉多，像大灰熊亞當斯那樣的鬼滿山遍野地殺害獵人，聽起來不是也蠻有趣的嗎？

「他們沒找到任何屍體。」達人試著進一步說明，「他們一定是以為小孩不是離家出走，就是被誘拐了。只有孩子們會談到安娜，大人們自然什麼都不說。那種情形你應該很清楚。」

是的，我不但很清楚，而且還知道點別的。安娜的故事一定不只是達人告訴我的這樣。我不知道是什麼，但我有種直覺。或許是被潦草寫下的血紅色名字，或許是達人不入流的變態技倆真的發揮了效果。但是我知道，我就是知道，我的直覺可以感受到。父親總是告訴我，當你的直覺說話時，要注意聽。

「我會再研究一下。」

「你會嗎？」他興奮的語調再度出現，就像一隻心急的畢格爾獵犬等不及主人放開繩索。

「我說我會再研究。我得先把這兒的事做完。」

「什麼事？」

我向他大致地說明了「十二郡便車客」的事。他對如何逮到他提了許多愚蠢的建議，蠢到我根本懶得記。然後，他又如往常地試著說服我搬去紐奧良。

紐奧良，我碰都不想碰。整個城市都在鬧鬼，隨便一個地方都比它好。世界上沒有一個城市比它還愛鬼的。有時我會為達人的感到擔心，深怕有人知道他和我聯繫，還找過我去抓鬼，那麼說不定哪一天，我還得去收服在倉庫裡拖著被切斷的四肢到處亂走的他的鬼魂。

那天我對他說謊，我並沒打算再花時間多做研究。掛上電話時，我就知道我會直接去找安娜。我的直覺告訴我，她不止是個故事。而且，我想親眼看到她，穿著血衣的她。

5

據我所知，溫斯頓．邱吉爾爵士高中暨高職學校和我在美國上的高中並沒什麼兩樣。我花了整整第一節課和學校的諮商師班女士安排我的課表。她是個和藹可親、身材嬌小的女人，看起來就像那種只能穿寬鬆高領衫，還養了一大群貓的類型。

現在走廊上的我成了大家的目光焦點。我是新面孔，看起來不一樣。不過那只是部分原因。今天是開學的第一天，大家都在互相打量。每個人都迫不及待地想看同學們在暑假過後變成了什麼樣子。整棟建築物裡，有五十個人進行了大改造，嘗試在新學期以新面貌示人。臉色蒼白的書呆子將她的頭髮染成白色，還戴了一個狗項圈。田徑隊的瘦皮猴在七、八月只做了兩件事：練舉重和買緊身T恤。

但人們的眼光似乎還是忍不住停留在我身上。因為我雖然是新來的，卻表現出一副熟門熟路的樣子。走路時，我不刻意去看教室編號。反正我總是會找到我的教室，沒什麼好慌張的，況且我已經是箇中老手了。過去三年我可是唸過十二所高中呢！更何況我正專心地在找人。

我必須和這裡的社交管道搭上線。我得讓人們過來和我聊天，這樣我才能向他們提問，得到我需要的答案。於是每次我轉進一所新學校時，我總會先找出他們的「社交女王」。

每所學校都有一個。那女孩會對所有的人、所有的事都瞭若指掌。我猜我也可以試著當運動隊長的兄弟，但我不大擅長和那類的人交往。父親和我從不看運動節目，我們甚至不玩接球遊戲。我可以和鬼纏鬥一整天，但是橄欖球卻可能在幾分鐘內把我敲昏。相反的，我對女孩子就很有辦法。我真的不知道為什麼，或許是轉學生的魅力加上適當的憂鬱氣質。或許是某些我有時會在鏡子裡看到的特質，某些會讓我想起父親的特質。又或許是因為我長得太他媽的帥。我走遍整個大廳，終於看到微笑地被眾人簇擁著的她。

我絕不可能認錯人，學校的女王通常都長得很漂亮，但這個真是不折不扣的美女。她打了層次的金髮長及腰部，唇色有如成熟蜜桃般誘人。她一看到我，立刻對我點點頭。她總能輕易地展開笑顏。這女孩在溫斯頓．邱吉爾高中絕對能予取予求。她是老師最寵愛的學生、學校的校花、舞會的焦點。我想知道的事情，她都能告訴我。當然，我也希望她這麼做。

我走過她身邊，刻意假裝沒看到她。幾秒鐘後，她離開朋友，走到我身旁。

「嗨！以前沒見過你。」

「我剛搬來。」

她又笑了。漂亮的貝齒，溫暖的巧克力色眼睛。她立刻親切地說，「所以你需要一個人帶你認識新環境。我是卡蜜兒．瓊斯。」

「西修斯．卡西歐．羅伍德。怎麼會有爸媽為小孩取名卡蜜兒呢？」

她笑了。「怎麼會有爸媽為小孩取名西修斯．卡西歐。」

「嬉皮。」我回答。

「完全正確。」

我們一起笑了。而我的笑不完全是裝出來的。這所學校簡直是卡蜜兒．瓊斯的，從她的言行舉止，我就能看得出來，彷彿她一輩子都不用屈居人下：大家看到她就像小鳥看到閒晃的貓似的一哄而散。不過，她不像許多其他女孩那麼趾高氣昂、驕傲自大。我讓她看我的課表，她注意到我們第四堂生物課在同一班。當然，我們也有同樣的午休時間。她帶我走到第二節課的教室，離開時還不忘回頭對我眨眨眼。

「社交女王」只是工作的一部分，只是有時很難記得。

✡

午餐時，卡蜜兒揮手要我過去，不過我並沒馬上那麼做。我不是為了約會才來這兒的，我不想讓她誤會。不過，她真的很正點。我必須提醒自己，那麼受歡迎和安逸的生活，大概讓她變得非常無趣吧？對我來說她實在有點太陽光了，老實說其他人也是。但你期待什麼？我一天到晚搬家，深夜都在殺鬼，有誰會受得了這樣一個人？

我環視餐廳，默記下所有的小團體，猜想哪一群人最有可能將我領向安娜。那群對哥德文化著迷的孩子應該最了解她的故事，不過他們也會是最難甩掉的一群。如果他們知道我要把他們的鬼殺了，到最後可能變成一群畫了黑眼線、戴著十字架、妄想成為《魔法奇兵》的小伙子跟在我身後，趕都趕不走。

「西修斯。」

該死！我忘了告訴卡蜜兒叫我卡斯。我可不想西修斯這個名字傳開來，然後大家都這麼叫我。我往她坐的位子走去，看到所有的人都瞪大了眼。大概十來個女生已經在這幾秒內喜歡上我，因為她們看得出來卡蜜兒喜歡我。應該是這樣吧！至少我腦袋裡的社交專家這麼說。

「嗨！卡蜜兒。」

「嗨！你覺得SWC怎麼樣啊？」

我在心裡告訴自己，絕對不要把溫斯頓‧邱吉爾爵士簡稱為「SWC」。

「還不賴，謝謝妳今天早上當我的嚮導。對了，平常大家都叫我卡斯。」

「卡死？」

「很接近了，不過尾音再輕一點。『卡斯』。你們午餐通常吃些什麼？」

「我們常吃那邊的百勝客比薩吧。」她用頭示意方向，我轉身，往那個方向看。「那麼，卡斯，你為什麼搬來雷灣呢？」

「它的風景好啊！」我笑著回答，「坦白說，如果我告訴妳實話，妳不會相信的。」

「你不試怎麼知道。」她說。卡蜜兒顯然知道該怎麼得到她想要的東西。這樣的想法再次在我腦中浮現。不過她也給了我完全坦白的機會。其實，當一群穿著溫斯頓．邱吉爾摔角隊T恤的特洛伊部隊從我們身後走過來時，我已經快將「安娜。我來這兒是為了安娜」說出口了。

「卡蜜兒。」他們其中一個叫她。不用看我也知道，這個人如果不是她現任男友，就是剛分手。他叫她名字的方式，像音節都黏在臉頰裡似的。卡蜜兒抬起下巴，挑高眉毛。從她的反應，我認為他比較像是前男友。

「妳今天晚上會出來嗎？」他完全漠視我的存在。我帶著看好戲的心情盯著他，欣賞正要上演的鬧劇。

「今晚有什麼事？」我問。

「一年一度的『世界邊緣』舞會。」卡蜜兒翻了翻白眼。「在開學當天晚上都會辦的舞會，已經很多年了。」

很多年了？還是至少從《愛情磁場》[4]上演後都有辦？

「聽起來很酷。」我說。我無法繼續漠視身後那些粗魯的傢伙，於是我伸出手自我

4 *The Rules of Attraction*，二〇〇二年的美國電影，敘述一段年輕人沉浸在音樂、毒品、性愛、暴力間的複雜三角關係。

介紹。

只有全世界最混蛋的混蛋才會拒絕和我握手，而我現在就遇到一個。他只對我點了點頭，然後說聲「哈囉」，並沒介紹他自己，不過卡蜜兒代勞了。

「這是麥克·安德歐佛。」接著她指指其他人。「蔡斯·普特南、塞蒙·派瑞和威爾·若森伯格。」

他們全都只對我點頭，一副痞樣。只有威爾·若森伯格和我握手，他也是唯一一個看起來不像混蛋的。他沒扣上隊服外套，肩膀也畏縮地拱起來，好像覺得穿著它很羞恥，或者至少為他身旁的同伴感到丟臉吧？

「到底怎樣？晚上會去嗎？」

「我不知道。」卡蜜兒回答，聽起來很不耐煩。「我要再看看！」

「我們十點左右會到瀑布。」他說，「如果妳需要有人載，告訴我一聲。」他離開時，卡蜜兒嘆了口氣。

「他們在說什麼？什麼瀑布？」我裝作很感興趣的樣子。

「舞會會在卡卡貝卡瀑布舉辦。為了躲警察，每年都會換到不同的地方。去年是在特羅布里奇瀑布，不過大家嚇死了，當……」她突然住口。

「當什麼？」

「沒什麼。不過是個鬼故事罷了。」

我有這麼走運嗎？通常我得花上一個星期，才能找到機會不突兀地和別人聊起鬼故事。畢竟，它並不是那種隨便就能聊起的話題。

「我喜歡鬼故事。事實上，只要有精彩的鬼故事，我總是迫不及待地想聽呢！」我走到她對面，坐下來，手肘撐在桌上。「而且我確實需要一個人帶我見識一下雷灣的夜生活。」

她直視我的雙眼。「我們可以開我的車去。你住在哪兒？」

✡

有人在跟蹤我。那感覺是如此強烈，我覺得我的眼睛似乎就要滑過頭顱，撥開後腦勺的頭髮往後看了。但我太驕傲了，不願直接回頭看。我經歷過那麼多驚悚事件，想嚇我？門兒都沒有。當然也有可能是我太多心了。不過我並不那麼認為。真的有東西跟在我背後，而且是還在呼吸的人，這讓我非常不自在。死人的動機很單純，不外乎仇恨、痛苦和迷惑。他們殺你是因為那是他們唯一能做的事。但活人有需求。不論跟蹤我的人是誰，一定是想從我這兒得到什麼。那讓我很緊張。

我仍然固執地只往前看，還在經過每個紅綠燈時，故意等得比較久。我的腦袋同時在想自己真是個笨蛋，居然一再拖延而不去買輛新車。我想著可以到哪兒去晃個幾小時，重整一下情勢，免得被跟蹤到家裡。我停下腳步，將皮背包從肩上卸下來，伸手往裡面翻攪，直到握住儀式刀的刀鞘。這真的把我惹毛了。

我走過一座長老教會的墓園，疏於維護，感覺有些淒涼。墓碑上裝飾著枯萎的花朵，絲帶被風扯開，掉入污泥中變得又髒又破。我身旁有塊墓碑已經平躺在地，就像埋在它底下的人。它的悲哀、平靜和不變讓我稍微冷靜了一點。有個女人站在墓園中央。一個老寡婦，眼睛盯著地上丈夫的墓碑。羊毛外套直挺挺地披在肩上，頭上罩著的絲巾在下巴打了個結。我的心思全被跟蹤我的人占據了，過了好一會兒，才注意到八月大熱天的，她居然穿著羊毛外套。

我喉嚨一緊，吞嚥口水的聲音吸引她回過頭來。雖然隔著一段距離，我還是可以看見她沒有眼睛。眼窩裡裝的是兩顆灰色的石頭。我們瞪著對方，眼睛眨也不眨。她雙頰的皺紋深得像用黑色簽字筆畫出來的。她一定有個很悲慘的故事，悲慘到讓她的雙眼變成了石頭，還讓她回來凝望著墓碑，我現在改猜那應該是她自己的。不過現在，我被跟蹤了，沒有時間理會這個。

我打開背包，握住刀柄，將匕首抽出一點點。刀刃閃了一下。老婆婆齜牙咧嘴地發出無聲的恫嚇。然後她退了回去，慢慢沉入土裡。效果就像你看著人家搭電扶梯下樓一樣。我並不害怕，只是有點尷尬，居然沒在第一時間就發現她已經死了。如果她能靠近我一點，可能會試著嚇嚇我。不過她不是那種會殺人的鬼。換成其他人，可能根本不會注意到她，只不過我和這些鬼魂的頻率特別相通。

「我也是。」

聲音來自我的肩後。我跳了起來。一個男孩就站在我身邊，也不知道在那邊多久了。他一頭黑色亂髮，戴著一副黑色金屬框眼鏡，不合身的衣服罩住他瘦長的身材。我在學校看過他。他的下巴朝墓園的方向點了點。

「可怕的老太太，對不對？」他說，「別擔心，她不會害人的。她每星期至少會在這兒出現三天。還有，我只有在人們很專心想事情時，才能知道他們在想什麼。」他揚起一邊嘴角，笑著說，「不過，我覺得你似乎是常常會很專心想事情的那種人。」

我聽到有東西「砰」地掉下來，才發現是我手上的儀式刀掉了。我聽到的正是儀式刀撞到背包底部的聲音。我知道他就是跟蹤我的人。我沒猜錯，讓我大大鬆了口氣。不過，我同時知道他正感應著我的想法，讓我很不自在。

我以前就知道心電感應，父親有幾個朋友多少也會一點。父親認為它滿有用的，我倒是覺得很毛。父親有個名叫傑克森的朋友，雖然我後來很喜歡他，但第一次見面時，我卻在棒球帽裡放了鋁箔紙。為什麼？我那時才五歲，以為這麼做會有用。不過現在我手邊既沒棒球帽，也沒鋁箔紙，只好試著不大專心地想事情……天知道那是什麼意思。

「你是誰？」我問，「為什麼跟蹤我？」

然後我明白了，他就是將消息提供給「達人」的人。一個想加入我們的心電感應小子。要不然他怎麼知道要跟蹤我？要不然他怎麼知道我是誰？他等著我在學校出現，像一條躲在草叢裡的蛇。

「想吃點東西嗎？我肚子餓了。我才開始跟蹤你不久，車子就停在路邊。」他說完，掉頭就走，掉鬚的牛仔褲管在人行道上磨著。他走路的樣子就像隻被人踢了一腳的狗，低著頭，雙手插在口袋裡。我不知道他的陸軍綠夾克是從哪兒弄來的，不過我猜是在幾個路口前我們剛走過的軍品店。

「到了之後，我會向你解釋一切的。」他回過頭對我說，「走吧！」

不知道自己為什麼要跟他走，不過，我就是跟了。

✡

他開了一輛福特小黑貂。車身上有六種深淺不一的灰色。引擎的聲音聽起來像是一個泡在浴缸裡的孩子，正非常生氣地假裝他在駕駛著一艘汽船。他帶我到一家名為「壽司缽」的小餐廳。它的外觀十分破爛，裡面倒是還好。女服務生問我們要傳統式座位還是一般座位。我瞄了一眼周圍擺了墊子和枕頭的矮桌子。

「一般座位。」在軍品狂開口前，我搶先說了。我從沒跪著吃東西過。我的感覺已經夠怪了，用不著看起來也很怪。我告訴他我沒吃過壽司，他便為我們點了兩人份的菜。我仍然覺得很不自在，就好像被困在夢裡。你很清楚那是個夢，你看著自己正在做蠢事，不停地大叫告訴自己別做，那太蠢了。可是夢中的自己完全不為所動，繼續勇往直前。

坐在對面的小子笑得像個白癡一樣。「今天看見你和卡蜜兒・瓊斯在一起。」他說，「你真是一秒鐘也不浪費。」

「你想要什麼？」我問。

「只是想幫忙。」

「我不需要幫忙。」

「我已經幫過你了。」他低下頭讓服務生送食物上桌。兩盤謎樣的捲狀物，一盤是炸的，另一盤則沾滿了橘色小圓珠。「試試看。」他說。

「這是什麼？」

「費城捲。」

我狐疑地看著盤子。「橘色的是什麼東西？」

「鱈魚卵。」

「鱈魚卵是什麼鬼東西？」

「鱈魚的蛋。」

「謝謝！不用了。」幸好麥當勞就在對街。魚卵。這小子到底是誰啊？

「我是湯瑪士・沙賓。」

「不要再那麼做了！」

「抱歉。」他露齒微笑。「只是你的心思有時真的很容易讀。我知道這樣不禮貌。不過，說真的，我也無法每次都成功就是了。」他把裹著魚卵，包著長條生魚的捲狀物塞進嘴裡。他咀嚼時，我試著不要吸氣。「但是我已經幫過你了。特洛伊部隊，記得嗎？今天那些傢伙從你身後出現時。你以為是誰告訴你的？不用客氣！」

特洛伊部隊。中午麥克他們從我背後走出來時，「特洛伊部隊」這幾個字確實立刻出現在我腦海。現在回想起來，我不知道為何我會想到那個綽號。我只從眼角瞄到他們，連第一印象都稱不上。特洛伊部隊。這小子輕而易舉地就把他的想法灌進我的腦袋裡，就像把一張紙條掉在地板上容易被發現的地方，讓我不知不覺地就接受了。

他仍在滔滔不絕地講著要傳達思想有多不容易，為了那麼做還讓他流了鼻血。聽起來，他似乎覺得自己是我的專屬守護小天使，或類似的東西。

「我為什麼要謝謝你？因為你耍的小聰明？你把你的個人判斷放進了我的腦袋裡！現在我還得回過頭仔細想想，我是不是真的認為他們是混蛋？還是只因為你已經先這麼認為了。」

「相信我，你會同意的。還有，你不應該和卡蜜兒．瓊斯聊天的。至少不是現在。上個星期她才剛和笨蛋麥克．安德歐佛分手。他是個大醋桶，有一次她坐在他車子的副駕駛座，只因為有人對她拋媚眼，他就發瘋似地開車把那個人撞了。」

我不喜歡這小子。他主觀意識太濃厚，不過他很誠實也很善良，讓我有點心軟。如果他現在還在偷窺我的想法，待會兒我就去把他的輪胎全部刺破。

「我不需要你的幫忙。」我說。真希望我再也不用看他吃東西。不過那盤炸的看起來沒那麼糟，聞起來也還可以。

「我覺得你需要。你注意到了，我是有點奇怪。你什麼時候搬來的？十七天前吧？」

我面無表情地點點頭，我們確實是在十七天前踏進雷灣的。

「我想也是。過去十七天來，我經歷了有史以來最嚴重的通靈頭痛。是那種血管真的會跳動的頭痛，最後它還決定在我左眼後方定居下來。所有的東西聞起來都像是鹽。只有現在，當我們講話時，它才消失不見。」他擦擦嘴巴，突然變得非常嚴肅。「雖然難以置信，但是你一定要相信我。只有在不好的事要發生時，我才會頭痛，而且以前從來沒有這麼痛過。」

我往後靠，嘆了口氣。「那麼，你認為你要幫我什麼？你以為我是誰？」當然，我早就知道這些問題的答案，不過再確認一下也無妨。而且，我覺得自己完全處於弱勢，徹底和我原先的計畫脫軌。如果可以結束這可惡的內心戲，我會覺得舒服一點。或許我乾脆想到什麼說什麼，或者一直想著一些畫面，像是玩毛線球的小貓、街角的熱狗小販、熱狗小販抱著小貓之類的。

湯瑪士用餐巾擦拭嘴角。「你袋子裡的東西做工很精細。」他說，「沒眼睛的老太婆似乎很怕它。」他把兩隻筷子併在一起，夾起一塊炸的捲狀物，丟進嘴裡。他邊吃邊說，我只希望他馬上閉嘴。「所以，我猜你是個鬼魂殺手，而你來這兒是為了安娜。」

或許我該問他到底知道多少。不過我沒問。我不想再和他多說一句話，他顯然已經知道得太多了。

去他的「達人」布里斯托。我要把他臭罵一頓。居然沒事先警告我，就把我送到一個有讀心術跟蹤狂等著的地方來。

湯瑪士．沙賓蒼白的臉上掛著自大的微笑。他把架在鼻子的眼鏡往上推，動作迅速流暢。看起來是他的慣用手勢。一雙機智的藍眼睛充滿自信，怎麼都不會相信他的通靈直覺有錯。天知道他能讀出我腦袋裡的多少想法。

我衝動地從盤子上夾起一塊炸的魚捲，扔進嘴裡。魚捲上塗了甜甜鹹鹹的醬料。它出乎意料地好吃，重口味，但咬勁十足。不過我還是不想碰那些魚卵。我受夠了。如果我無法讓他相信我並不是他說的那種人，至少我得滅滅他的威風，再把他攆走。

我一臉迷惘地皺起眉頭。

「誰是安娜？」我說。

他眨眨眼睛。當他氣急敗壞地正要開口時，我手肘撐在桌上，傾身向前。「你給我仔細聽好，湯瑪士。」我說，「我很感謝那些線索。不過這裡並沒有裝甲部隊，我也沒在招兵買馬。你聽懂了嗎？」然後，在他開口抗議前，我專心地想著所有我經歷過的恐怖事件，各式各樣的噁心畫面，流血、焚燒或擰斷的殘骸。我傳送給他彼得．卡佛的雙眼在眼窩裡爆炸的瞬間，我傳送給他十二郡便車客流著又黑又稠的液體，皮膚乾掉黏在骨頭上的樣子。

彷彿我在他臉上揍了一拳，他的頭還真的立刻往後彈，額頭和嘴唇上方開始滲出豆大的汗珠。他吞著口水，喉結上下跳動著。我很怕這個可憐的小子當場把他吃下的壽司吐出來。

我揮手結帳，他完全沒有抗議。

6

我讓湯瑪士開車送我回家。防禦心稍退之後，他引起的煩躁感也跟著大大減少。我踏上前廊台階時，聽見他搖下車窗，有些不自在地問我會不會去「世界邊緣」舞會。我沒有回答。看見可怕的死人把他嚇壞了。我愈來愈覺得他不過是個寂寞的孩子罷了，我不想再告訴他離我遠一點。況且，如果他的讀心術真的很厲害，他不用問也知道。

我回到家，把背包放在廚房桌上。媽媽正在切藥草，不知是在準備晚餐，還是在準備施咒。我看到草莓葉和肉桂。可能是愛情咒，不過也可能是水果派。我的肚子餓扁了，於是我往冰箱走，打算做個三明治。

「嘿，晚餐再一個小時就好了。」

「我知道，可是我現在肚子餓了。小孩子在長嘛！」我拿出美乃滋、寇比傑克乳酪和波隆納香腸。我一邊伸手拿麵包，一邊想著今晚該做的每件事。儀式刀是乾淨的，不過應該用不著。雖然學校裡傳得繪聲繪影，我卻不認為真的會看到鬼。我從沒聽過任何鬼會攻擊十人以上的團體，那種事情只有在恐怖電影中才會出現。

今晚只是暖身。我想聽安娜的故事，我想知道哪些人可以帶我找到她。「達人」只告訴我她的姓名、她的年紀，並沒告訴我她在哪兒殺人，他只知道是她家。我當然可以到市立圖書館查資料，找出寇羅夫家的地址。像安娜這種謀殺案，一定會上報的。不過那麼做有什麼樂趣可言？工作中我最喜歡的就是這部分，漸漸認識他們、打聽他們的傳說。我想要他們在我心裡的地位盡可能地重要，等我終於見到他們時，我也不想失望。

「今天過得好嗎？媽。」

「還不錯。」她一邊切菜，一邊說，「我得打個電話給滅鼠專家。當我把一箱塑膠盒拿到閣樓放時，看到一條老鼠尾巴消失在牆板後面。」她打了個冷顫，還發出嘖嘖兩聲表示厭惡。

「為什麼妳不讓堤波上去看看？妳知道貓有什麼功能嗎？就是用來抓老鼠的。」

她一臉驚嚇，瞇著眼說，「好噁！我可不想牠去咬髒兮兮的老鼠，說不定會得什麼寄生蟲病。我還是叫滅鼠專家好了。或是你可以上去設幾個捕鼠器。」

「沒問題。」我回答，「不過今晚不行，今晚我要約會。」

「約會？跟誰？」

「卡蜜兒．瓊斯。」我微笑，搖搖頭。「是工作。今晚在瀑布公園裡有舞會。我應該可以探聽到一些不錯的消息。」

媽媽嘆了口氣，繼續切菜。「她是個好女孩嗎？」

一如往常，她又弄錯重點了。

「我不喜歡你總是利用這些女孩。」

我笑了，然後跳上料理台，坐到她身邊，伸手偷拿一顆草莓。「妳讓這件事聽起來好下流。」

「就算你的目的是崇高的，利用就是利用。」

「我沒傷過任何少女的心，媽。」

她不贊同地嘖了一聲。「你也從未真心戀愛過，卡斯。」

和媽媽談論愛情，比和她談論基礎性知識還糟糕。於是我對著三明治咕噥了兩句，急忙逃出廚房。我不喜歡她暗示我會傷害別人。她不覺得我很小心嗎？她不知道我有多努力才能和人們保持距離嗎？

我用力地嚼，試著讓自己不要太激動。畢竟她只是想當個好媽媽。不過，這些年來，我從沒帶過朋友回家，她又不是不曉得。

現在不是想這個的時候，複雜的情緒只會擾亂我的生活。我會戀愛的。以後，總有一天。我確定。但再想一想，也許不會。因為沒有人應該被捲入這些事情，而我無法想像自己放棄不幹。死掉的人只會愈來愈多，亡靈並不會停止殺人。

✡

剛過九點，卡蜜兒就來接我。她看起來很美，粉紅色條紋上衣配卡其短裙，燦爛的金髮披在肩後。我應該微笑，我應該讚美。但是我全吞回去了。媽媽的話嚴重地干擾了我的思緒。

卡蜜兒的車是輛兩年新的銀色奧迪。車子流暢地轉了幾個彎，沿路經過了許多奇怪的道路標誌，有像查理．布朗T恤上的鋸齒圖樣的，也有警告我們可能會被麋鹿攻擊的。時近黃昏，天色慢慢轉成亮澄澄的橘。空氣中的溼氣正在散開，風強得像一隻摀住我的臉的手。我想像狗一樣把整個頭伸到窗外。駛離市區後，我豎起耳朵仔細聽，試著感覺安娜，想著她不知能否感覺到我正在遠離。

我可以感覺到她，和其他一百隻鬼陷在泥濘裡，有的閃閃躲躲，不會害人，有的卻充滿怨念。我想像不出死是什麼感覺，見過這麼多的鬼，我還是對死沒有概念。它仍是未解之謎。我想不通為什麼有的鬼魂留下來，其他的卻離開。我好奇那些離開的是上哪兒去了。還有那些被我殺了的，是不是也和離開的去了同樣的地方。

卡蜜兒詢問我上課的情形，以及我以前唸過的學校，我含糊應付。窗外已經完全是鄉村景色，我們經過一個半數房屋都已殘破不堪的小鎮，院子裡的車全積了厚厚的灰塵。它讓我想起以前去過的地方。我突然發現，自己居然已經去過那麼多地方，未來可能再也沒什麼事物能讓我覺得新奇了。

「你會喝酒，對吧？」卡蜜兒問我。

「對，當然。」其實我不喝的，我從沒有機會染上那種習慣。

「酷，那兒會有瓶裝酒。不過，也會有人想辦法弄桶啤酒，直接架在他們卡車後面。」她打方向燈，轉進公園。我聽見樹後面傳來隆隆的瀑布聲。車開得很快，我一路都很心不在焉。我的心思全在死人身上，尤其是某個穿著被自己鮮血染紅的漂亮洋裝的死女孩。

✡

舞會和一般舞會沒啥兩樣。我被介紹給許多人認識，但事後我卻無法把他們的臉孔和名字連在一起。女孩們全都不停地傻笑，努力想讓其他人留下印象。男孩們則聚在一起，並顯然將他們大部分的腦袋都留在車上了。我已經喝了兩杯啤酒，第三杯握在手裡也將近一個小時了。真的很無聊。

說是「世界邊緣」，卻沒有任何東西稱得上「邊緣」。反正大家也都不把這名字當一回事就是了。我們全站在瀑布旁，一群人看著棕色的水流過黑色的岩石。老實說，水量並不豐沛。我聽到有人說今年夏天是個旱季，不過經年累月由水切割出來的峽谷還是非常壯觀。兩側山壁陡峭，瀑布中央則有個高塔般的大石柱。如果能換雙好一點的鞋，我很想爬上去。

我想和卡蜜兒獨處。不過自從我們到達後，麥克·安德歐佛就開始利用各種機會騷擾她，並且擺出想將我催眠的樣子用力地瞪著我。而每次我們一擺脫他，卡蜜兒的朋友娜塔麗和凱蒂就會不知從哪兒冒出來，滿臉期待地望著我。我甚至分不清楚她們誰是誰。她們兩個都是褐髮，有著極為相似的五官，甚至使用一樣的髮夾。我感到自己一直在笑，不知為什麼我很想將自己塑造得既詼諧又機智。壓力讓我的太陽穴不停跳動。每次我一開口，她們就傻笑，互看一眼，像在徵求對方笑的許可，然後又將目光轉回我的身上，等著我說出下一句驚人之語。天啊！活著的人真煩！

終於有個名叫溫蒂的女孩在欄杆邊吐了起來。她分散了大家的注意力，讓我有機會可以拉著卡蜜兒的手臂，將她單獨帶到木棧道。我打算一直走到對面去，但是當我們走到中間，看著傾瀉而下的瀑布時，她停下了腳步。

「你玩得還愉快嗎？」她問，我點點頭。「每個人都喜歡你。」

我想不出為什麼。我一件有趣的事也沒說。而且我也不認為自己有什麼有趣的地方，除了那件不能讓別人知道的事以外。

「或許大家喜歡我的原因是因為大家都喜歡妳。」我說得很直接。我以為她會嘲笑，或對我的讚美表示回應。但她沒那麼做。相反地，她只是默默地點點頭，似乎同意我剛說的話。她很聰明，也很了解自己。我不禁懷疑，她怎麼會和麥克這樣的人約會？和特洛伊部隊的一員約會？

想到特洛伊部隊就聯想起湯瑪士．沙賓。我還以為他會來，然後躲在樹後偷看我的一舉一動，就像一個害相思病的……嗯，害相思病的小男生。不過我並沒看到他。今晚說了一些言不及義的話，我有點後悔對他的態度。

「妳要說鬼故事給我聽，不是嗎？」我說。卡蜜兒看著我，眨了眨眼，露出微笑。

「是。」她清清喉嚨，開始仔細描述去年舞會的背景，包括誰來了、他們做了些什麼、為什麼這個人會和那個人一起來。我猜她是希望我能有個完整的畫面。我猜在聽故事時，確實需要那樣的角色。但我個人比較喜歡自己為空白填上細節。想像其實有時候比真相還生動得多。

她總算講到精彩的部分：鬼和一群喝醉酒、不負責任的孩子。這個故事我今天晚上已經聽過兩次了。關於在去年舞會的地點特羅布里奇瀑布，之前已有不少人因游泳和健行意外喪生的事。關於那些死掉的人會試著讓你發生和他們一樣的意外。不只一人站在懸崖邊，莫名其妙地就被推下去，或者被看不到的手拉進急流裡。聽到這兒，我的耳朵都豎起來了。根據我對鬼魂的了解，這的確有可能。一般而言，他們喜歡讓別人經歷他們受過的不幸。便車客就是一個好例子。

「然後湯尼．吉伯尼和蘇珊娜．諾曼尖叫地從一條小徑狂奔下來，叫嚷著說他們在親熱時遭到攻擊。」卡蜜兒搖搖頭。「當時已經很晚了，我們大部分的人都嚇呆了，所以大家就跳進車，準備離開。我和麥克、蔡斯搭一輛車，威爾是駕駛。我們正要離開公園，有個東西突然從上面跳下來，擋在我們前頭。到現在，我還是想不通它到底是從哪兒來的？是從山上跑下來的？還是就躲在樹後頭？它看起來就像隻巨大、毛茸茸的美洲獅，或者那一類的東西。威爾緊急煞車，而那個東西就站在那兒不動。我以為它會跳上引擎蓋。我發誓，如果它真的做了，我一定會大聲尖叫。但是，它只是齜牙咧嘴地發出惆嚇的吼聲，然後……」

「然後怎樣？」我追問，因為我知道那是我該做出的反應。

「然後它移動到我們車燈照不到的地方，用兩隻腳站起來，走進森林裡了。」

我笑了起來，她一拳捶在我手臂上。「我不太會說鬼故事。」她說，但看得出來她也在忍著不笑出來。「麥克比較厲害。」

「對，他可能會用比較多的髒話和誇張的手勢。」

「卡蜜兒。」

我回過頭一看，又是麥克，屁股後頭跟著蔡斯和威爾。他叫卡蜜兒名字的聲調就像根黏乎乎的蜘蛛絲。真奇怪，怎麼有辦法把一個人的名字叫得像個商品牌子一樣。

「什麼事這麼有趣？」蔡斯問。他在欄杆上壓熄香菸，然後把菸屁股放進菸盒裡。我雖然覺得他很討人厭，但對他的環保意識留下了深刻的印象。

「沒什麼。」我回答。「卡蜜兒剛花了二十分鐘，告訴我去年你們遇到北美野人的情形。」

麥克對我微笑。有地方不一樣了，有事不大對勁。而且我不認為他們都喝了酒是唯一的原因。「那個故事百分之百是真的。」他說，我終於知道哪裡不一樣了：他對我的態度變友善了。他看著我，而不是看著卡蜜兒。我當然不會笨到相信他是真心的，他只是在嘗試新方法。他一定想要對我做什麼，更有可能的是，他想騙我去做什麼，讓我出糗。

我聽著麥克又說了一遍卡蜜兒才剛說完的故事，只是穿插了許多髒話和誇張的手勢。兩個版本幾乎一模一樣。不過我不知道這表示他們說的是實話，還是兩個人都重複講過太多次這個故事。他說完，居然身體微微顫抖，一臉茫然。

「所以你很喜歡聽鬼故事嘍？」威爾．若森伯格趁著空檔問。

「超愛的。」我站直身體。水面上略帶濕氣的風從四面八方吹來，我穿的黑T恤開始黏在身上，令我打了個冷顫。「只要不是以一個像貓的妖怪過馬路卻不攻擊任何人來作結尾的鬼故事，我都愛。」

威爾笑了。「我知道。那種故事應該加上『小貓[5]不會傷人』的註腳。我建議他們加註，但沒人要聽。」

雖然聽到卡蜜兒在我肩後抱怨那雙關語有多噁心，我還是笑了。嗯，我喜歡威爾．若森伯格，他還算有頭腦。當然，這也讓他成為三人中最具危險性的一個。從麥克站的姿勢，我知道他正等著威爾設好陷阱以進行下一步。出於好奇，我決定幫他一把。

「你還有更好的鬼故事嗎？」我問。

「我是知道幾個。」他說。

「我聽娜塔麗說你媽媽是個巫婆。」蔡斯插嘴。「騙人的吧？」

「沒騙人。」我聳聳肩。「她幫人算命。」我對卡蜜兒說，「她也在網路上賣蠟燭和其他東西。妳一定不會相信那有多好賺。」

「好酷。」卡蜜兒笑著說，「或許哪天可以請她幫我算一下命。」

「天啊！」麥克說，「另一個怪咖，正是我們這個小鎮需要的。如果你媽媽是巫婆，那你是什麼？哈利波特？」

「麥克。」卡蜜兒說，「別這麼混帳！」

「我覺得你對他有點要求得太多了。」我輕聲說。不過麥克完全不理我，只責問著卡蜜兒為什麼要和一個畸形出去。真是太會說話了。卡蜜兒看起來很緊張，似乎覺得麥克就要失控，即將出拳讓我撞向木欄杆，翻身掉進水裡。我往崖邊瞄了一眼。黑暗中，我無法估計水的深淺，但我不認為它的深度足夠緩和我墜入的衝力，所以我大概會撞上岩石之類的東西，跌斷脖子。我試著保持冷靜，雙手插在口袋裡。同時，我希望我無所謂的態度可以激怒他，因為他對媽媽和我的肆意批評，說我是個懦弱的小男巫，讓我十分不爽。如果他在瀑布懸崖邊推倒我，我大概就死定了。但我在死後仍會在濡濕的石頭上徘徊，尋找著他，直到我把他的心挖出來吃了，才會甘心安息吧？

「麥克，冷靜一點。」威爾說，「既然他愛聽鬼故事，我們就送他一個最厲害的。就

---

5 little pussy，亦指女性的私密部位。

是讓一年級新生嚇得整晚不敢睡的那個啊！」

「什麼？」我脖子後面的汗毛都豎起來了。

「安娜．寇羅夫。血衣安娜。」

她的名字像個舞者在黑夜裡輕盈地跳躍著。她的名字出現在別人的聲音中，而不僅僅在我的腦袋裡，讓我不禁打了個冷顫。

「血衣安娜？就像小孩跳繩時唱的黃衣灰姑娘嗎？」我故意表現出沒什麼大不了的態度，壓壓他們的氣焰。他們會努力讓她聽起來很恐怖，對我來說卻是正中下懷。沒想到威爾只是疑惑地看著我，彷彿在想為什麼我會曉得那首兒歌。

「安娜．寇羅夫死時才十六歲。」幾秒鐘後，他開口了。「她的喉嚨被割開，從左耳到右耳。被害時，她正在去學校舞會的路上。她的屍體在第二天被發現，上面停滿了蒼蠅，鮮血浸紅了她的白洋裝。」

「他們說是她的男朋友殺的，不是嗎？」蔡斯像個稱職的職業聽眾，適時提出問題。

「他是嫌疑人之一。」威爾聳聳肩。「因為事情發生後幾個月他就離開了。不過舞會當晚，大家都看到他到處追問安娜的消息，以為自已被她放鴿子了。」

「但是，重點不是她怎麼死的，或是誰殺死的。重點是，她並不是就此入土為安。在屍體被發現後一年左右，她又出現在老家的房子裡。安娜的媽媽因為心臟病過世後半年，房子就被賣了。漁夫一家人買下來，搬了進去。安娜把他們都殺了，像五馬分屍那樣，扯斷所有人的四肢。她把頭和手臂堆在一樓樓梯口，身體則掛在地下室。」

我環視週圍的人的蒼白臉孔。有幾個看起來很不自在，包括卡蜜兒。但大部分人卻是好奇地等著我的反應。

我緊張地呼吸加速，但不忘確認自己的語氣，擺出一副不相信的樣子。「你怎麼知道不是流浪漢幹的？或許是漁夫不在家時，有個瘋子闖進屋裡？」

「因為警方掩蓋了事實。他們沒有逮捕任何人，甚至沒怎麼調查，只是把房子封起來，假裝什麼事也沒發生過。事情進行得比他們想像中容易。實際上，人們非常樂意忘掉那樣的事。」

我點頭。確實如此。

「警方的態度，還有用血寫在牆上的字『安娜泰隆尼（Anna taloni）』，意思是安娜的房子。」

麥克露齒微笑。「除此之外，沒有人能夠像那樣把人撕開。漁夫是個重達兩百五十磅的大漢，她卻把他的兩隻手臂和頭都扯了下來。即使你有巨石強森的身材，還得吸了安非他命，再對心臟打一劑腎上腺素，才有可能乾淨俐落地把一個兩百五十磅大漢的頭擰斷。」

我嗤之以鼻。特洛伊部隊發出笑聲。

「他不相信我們。」蔡斯呻吟。

「他只是嚇到了。」麥克說。

「閉嘴。」卡蜜兒發火了，她握住我的手臂。「別理他們。從看到我們交上朋友的那一刻起，他們就想整你了。太荒謬了！這根本是小學生的技倆，就像在參加睡衣趴時，要你在鏡子前說『血腥瑪麗』一樣無聊。」

我想告訴她，這兩件事完全不一樣，但是我沒說出口。我只是安慰地握了握她的手安撫她，才又回過頭看著他們。

「那麼，那棟房子在哪裡？」

果然，他們用眼角偷偷瞄著彼此。看來他們就是在等我說這句話。

7

我們離開瀑布，沿著昏黃的街燈疾馳，飛快地穿越交通號誌，往雷灣駛去。蔡斯和麥克把窗戶搖下來，一邊嘻笑一邊談論安娜，加油添醋地轉述她的傳說。我太激動了，完全忘了看路標，記下怎麼走。

他們要了點手段，勸其他人繼續喝酒，享受「世界邊緣」。我們費了一番工夫才從舞會脫身。卡蜜兒甚至得騙娜塔麗和凱蒂，對她們說：「嘿，妳看那是什麼東西啊？」才能匆忙地跳進威爾的休旅車。不過我們總算順利脫困，在夏日夜晚迎風疾馳。

「要開好一會兒。」威爾對我說。我想起他們說去年在特羅布里奇的舞會，他也是指定駕駛。我對他很好奇，他開車不喝酒的表現讓我猜測他和這些討厭的傢伙混在一起不過是因為同儕壓力。他太聰明了，而且從他某些舉止看來，他其實才是暗中控制一切的人。「她住的地方離這兒很遠，在北方。」

「到那裡後我們要做什麼？」我問，每個人都笑了。

威爾聳聳肩。「喝點啤酒，把酒罐往屋子扔。我也不知道。重要嗎？」

不重要。我不會在今晚殺死安娜，不會在這些人面前殺她。我只是想到那兒去，想感覺她躲在窗戶後窺伺，盯著我看，或者乾脆退至屋子深處。老實說，我承認在此之前，幾乎沒有鬼可以像安娜．寇羅夫一樣讓我這麼在意。我不知道為什麼。除了她，只有另外一隻鬼曾讓我想這麼多，牽動我這麼多情緒。而他，殺死了我父親。

我們漸漸接近湖面。蘇必略湖傳來了一波又一波訊息，對我低訴潛藏在它湖面底下的所有亡魂：陰鬱的眼睛、被魚啃噬的臉頰，望著深深的湖水。我現在沒空，他們可以等。

威爾將車子右轉，駛上一條泥土路，休旅車的輪胎轟隆作響，顛得我們搖來晃去。我一抬頭，一棟荒廢多年的歪斜房子出現眼前，在暗夜裡只剩一個模糊的黑色輪廓。他把車子停在原本該是房子車道的盡頭，我開門下車。車燈掃過房子的底層，我看見灰色的油漆剝落，地板腐蝕塌陷，還有雜草叢生的門廊。舊車道很長，我離前門至少還有一百英尺的距離。

「你確定是這兒嗎？」我聽見蔡斯低聲問著。不過我知道是這兒沒錯，因為風只吹動我的頭髮和衣服，其他東西卻不受影響。這棟房子被嚴密地控制，監視著我們。我往前走了一步。幾秒後，他們躊躇的腳步聲在我背後響起。

開車過來的路上，他們告訴我，安娜殺了每個進她屋子的人。他們還說，有些流浪漢只為了要找個睡覺的地方，卻沒想到一躺下來就被掏空內臟。既然沒人活著出來過，他們怎麼可能會知道這些事呢？雖然他們講的很有可能是真的。

背後傳來一個尖銳的聲音，接著響起一陣急促的腳步聲。

「這太蠢了！」卡蜜兒不高興地抱怨。天色愈晚愈冷，她在無袖背心上加了件開襟羊毛衫，雙手插在卡其裙口袋裡，縮著肩膀。「我們應該留在舞會裡的。」

可是沒人理她。他們只是大口喝著酒，大聲談笑地掩蓋緊張的情緒。我躡手躡腳、小心翼翼地走向屋子，眼睛盯著一扇又一扇的窗戶，焦急地想找到不該有的影像。我蹲下躲過一個從我頭上飛過的啤酒罐，它掉落車道後彈起來，朝門廊滾過去。

「安娜！喂！安娜！快出來玩啊，妳這個死掉的賤女人！」

麥克笑得很大聲。蔡斯丟了另一罐啤酒給他。雖然天色愈來愈暗，我還是看得見酒精染紅了他的雙頰，甚至腳步也開始搖晃。

我看看他們，又看看房子。儘管非常希望能再深入調查，但我還是決定就此打住。這樣不對。他們心裡很害怕，嘴巴上取笑她，試著假裝她是一個笑話。我忍住把他們手中沒喝的啤酒往他們頭上砸的衝動。對，沒錯，我居然偽善到想保護我即將殺死的對象。

我看著站在他們後方的卡蜜兒，她顯得非常不安。她雙手交叉抱住自己，抵擋著湖上吹來的刺骨寒風。金髮在銀色的月光下，像蜘蛛網上的絲交錯糾纏在她的臉上。

「嘿，你們兩個！我們離開這裡吧！卡蜜兒開始緊張了。況且這裡除了蜘蛛和老鼠，什麼東西都沒有。」我轉身想強行通過，但是麥克和蔡斯各抓住我一隻手臂。我看見威爾走回卡蜜兒身旁，小聲地和她交談，彎腰指著停在一旁的車，示意她進去等。她搖搖頭，向我們跨了一步，但馬上被他拉回去。

「不行。既然來了，就要進去看看。」麥克說。他和蔡斯把我轉過來，就像獄卒押送囚犯一樣，兩個人把我夾在中間走上車道。

「好。」我也許該像個正常人般表示抗議，但我也想一窺究竟，就懶得和他們爭辯了。只不過我覺得在我進去探看時，這兩個人不在場會比較好。我對卡蜜兒揮手表示沒問題，然後甩開他們的手。

當我踏上門廊腐朽的木板台階時，我幾乎可以感覺到整棟屋子縮了一下，彷彿它吸了一口氣，從被遺棄的長眠中醒來。我走完最後兩階，獨自站在一扇深灰色的大門前。真希望手上有手電筒或蠟燭，我看不出來房子本來的顏色。從遠處看，它似乎是灰色的。掉在地上的油漆是銀灰色的，但是現在走近一看，它們卻成了腐爛的黑色。但是不太可能，沒人會把房子漆成黑色的。

厚厚的塵土覆蓋住大門兩側的長窗。我走向左邊，用手掌貼在玻璃上迅速畫了個圈。屋裡除了幾件零星的傢俱，幾乎全空。曾是客廳的地方中央擺了一張蓋著白床單的沙發。水晶燈的殘骸仍然懸掛在天花板下。

雖然很黑，我還是能輕易地看見裡面。不知從何而來的藍灰色光線籠罩著屋子。很詭異的光，一開始我看不出哪兒不對勁，後來我才發現沒有一樣東西在光線下投射出影子。

耳邊聽到有人低聲說話，我才想起麥克和蔡斯也在這裡。我正打算回過頭，告訴他們，這裡沒什麼好看的，我們可以回舞會去了嗎？但我從窗戶玻璃的反射上看見麥克手握一塊破掉的木板，正對準我的後腦勺，雙手高舉……我猜會有好一陣子，我什麼都沒辦法說了。

✡

我醒來，聞到灰塵的味道，覺得我的後腦勺似乎裂成了碎片。我眨眨眼，每一次的呼吸，都在老舊凹凸的地板上揚起一小陣灰塵。我翻過身仰躺，發現我的頭還在，但感覺好痛，痛到我不得不再度閉上雙眼。我不知道自己身在何處。我不記得我到這兒之前在做什麼，只知道我的腦袋好像和身體分開了，正在到處閒晃。接著一個畫面跳了出來：一個野蠻的笨蛋正高舉一塊板子。剛剛發生的事慢慢地回到我的腦袋，在詭異的灰色光線中，我又眨了眨眼。

詭異的灰色光線。我的眼睛突然張得大大的。我在屋子裡！

我的腦袋像小狗甩水那樣晃了晃，無數的問題從牠的毛噴了出來。我昏迷了多久？我在哪個房間？我要怎麼出去？當然，最重要的是：那些混蛋把我扔在這裡了嗎？

麥克的聲音突然冒出來，讓我最後一個問題很快得到了答案。

「看吧！我就跟你說我沒殺死他。」他用手指敲了敲玻璃。我掙扎地往窗戶爬，看到他開心的白痴表情。他又說了些蠢話，什麼我死定了，這就是和他的女人亂搞的下場。這時我聽到卡蜜兒大喊她要打電話報警，聲音焦急地問我是不是至少已經醒了。

「卡蜜兒！」我大喊，掙扎著要跪起來。「我沒事。」

「卡斯！」她喊回來。「那些混蛋……我真的不知道他們會這麼做，我發誓。」

我相信她。我揉揉後腦勺，結果手一拿開，發現上頭沾了點血。其實是很多血。不過我不擔心，因為即使只是紙割般的小傷口，頭殼也會像打開的水龍頭一樣不停地滴出血來。我把手放回地面，試著把自己撐起來。流出的血和著塵土，變成了含沙的紅色漿糊。

現在爬起來還太快了。我的頭好暈，我需要再躺下來。房間開始在我腳下旋轉。

「老天，你看，他又倒下了。或許我們應該把他拉出來，兄弟。他可能已經腦震盪或什麼的。」

「我用木板打他，他當然會腦震盪了，你是白痴啊！」

如果我能說話，我會說真是五十步笑百步。現在周遭發生的事都感覺非常不真實、不連貫，好像在作夢一樣。

「就把他留在那裡吧！他會想辦法自己回家的。」

「老兄，我們不能那麼做。你看他的頭，流了一地的血。」

當麥克和蔡斯為了是否該留下來照顧我，還是讓我自生自滅爭吵時，我可以感覺到自己又開始滑入了黑暗的世界。我想我這回是真的完了。我居然被活生生的人謀殺了，真想不到。

但是接著我卻聽到蔡斯拉高嗓子尖叫。「天啊！天啊！」

「什麼？」麥克大喊。他的聲音同時透露出不耐煩和惶恐兩種情緒。

「樓梯！你看那該死的樓梯！」

我勉強張開眼睛，奮力把頭抬高一、兩寸。一開始我沒看到樓梯上有任何異狀。樓梯很窄，扶手至少斷成三截。然後我將目光往上移。

是她。她像電腦螢幕上的圖片忽明忽亮地閃爍著，像陰森的幽靈要從影像中掙脫進入現實世界。在她的手搭上扶手的一瞬間，她突然有了具體的形象，欄杆在壓力下吱嘎作響，逐漸裂開。

我輕輕甩頭，但還是昏昏沉沉。我知道她是誰，我知道她的名字，但是我想不起來我為什麼會在這裡。我突然間意識到我被困住了，我不知道該怎麼脫身。麥克和蔡斯爭論著是要逃走，還是想辦法把我弄出屋子的同時，我可以聽見他們驚慌而反覆的禱告。

安娜沒有跨步就從樓梯上飄了下來，停在我上方。她的雙腳完全拖著，彷彿她根本無法使用它們。深紫色的靜脈嵌在她慘白的皮膚下，漆黑的長髮在空中猶如在水裡飄盪，彎彎曲曲的從後面伸出來，像蘆葦般飄動著。那是她身上唯一看起來還有生命跡象的東西。

她不像其他的鬼有著死時的傷口。他們說她的喉嚨被切開了，可是這女孩的脖子又長又白。不過她的洋裝卻溼答答的，顏色鮮紅，不停滑動。血不斷滴到地上。

直到我的背和肩膀感覺到牆面的寒氣，我才發現自己已經很快地往後退避。我無法將視線從她的雙眼移開。它們就像兩潭石油，你無法知道她看向何處。不過我也不會笨到去期待她不能或還沒看見我。她很可怕，不是形體怪異，而是另一個層次的可怕。

心臟在胸口撲通撲通地跳，我的頭痛得快要死了，它告訴我趕快躺下，它告訴我我出不去了。我沒有力氣反抗，安娜會把我殺了。我驚訝地發現，自己居然寧願被像她這樣穿著血衣的鬼殺死。不論她用的方法多可怕，我寧願死在她的手上，也不願因為被人用木板砸了頭，而在醫院的角落靜靜死去。

她靠得更近了。我的眼睛不由自主地閉起，但從空氣中窸窣的聲音，我可以聽見她在移動。我可以聽見血一滴一滴飽滿地掉落地面。

我張開眼睛。她就站在我的正上方，宛如死亡女神，黑色的嘴唇，冰冷的雙手。

「安娜。」我的嘴角擠出一絲虛弱的笑容。

她低頭看著貼在她家牆壁上、可憐兮兮的我。她一邊飄著，一邊皺起眉頭。然後她突然將視線從我身上移往我頭上的窗戶。我還來不及有任何動作，她的雙臂已經「咻」地往前一伸，穿破玻璃。我聽到不知是麥克還是蔡斯，也可能是他們兩個的大聲尖叫，音量之大彷彿就在我的耳邊，更遠的地方則是卡蜜兒的叫聲。

安娜把麥克從窗戶拉進屋來。他又叫又吼，就像隻被捕抓到的動物，在她的手下扭來扭去，左右閃避不敢看她的臉。他的奮力掙扎對她來說似乎沒有影響。她的雙臂就像大理石刻出來的一樣，動也不動。

「放開我。」他結結巴巴地說，「放開我，朋友。我只是在開玩笑，開玩笑而已。」她放他站在地上。麥克的手和臉都被割傷，血開始冒了出來。他往後退一步。安娜咬牙露齒。我聽見自己的聲音從某處傳來，不知是在告訴她住手，還是只是單純的尖叫。而麥克卻連尖叫的時間都沒有，她的手就已經插進他的胸膛，撕開皮肉。她的手用力往兩側一掰，像把關上的門硬生生扳開一樣，麥可．安德歐佛就被撕成了兩半。兩個半邊都跪了下來，像昆蟲殘骸似的抽搐扭動。

蔡斯的驚叫聲已經移至遠處。車子發動的引擎聲接著傳來。我掙扎地爬離那堆曾是麥克的噁心東西，試著不去看還連著頭顱的那一半身體。我不想知道他是不是還活著，我不想知道他是不是正看著自己的另外半邊屍體在抽動。

安娜低下頭冷靜地看著屍體。她凝視我許久後，才將注意力轉回麥克身上。她似乎沒注意到門被突然推開，有人從背後叉住我的腋下，把我拖離那灘血，拖到房子外面，我的腳無力地敲在門廊的階梯上，發出很大的聲音。不管是誰救了我，都太快鬆手了，我的頭撞上地面，剎那間我什麼都看不見了。

8

「嘿！嘿！老兄，你醒了嗎？」

我認得那個聲音。我不喜歡那個聲音。我努力張開眼睛，看見他在我上方晃來晃去的臉。

「你害我們擔心了好一陣子。也許我們不該讓你睡這麼久，也許應該送你去醫院。可是我們實在想不出來要怎麼跟他們解釋。」

「我沒事，湯瑪士。」我伸出手，揉揉眼睛，抱著周遭可能會開始旋轉，讓我暈眩到吐的準備，我慢慢坐起來。然後，我小心地將雙腿盪下來擱在地板上。「出了什麼事？」

「應該是你告訴我吧！」他點燃一根香菸。我希望他把它熄掉。他的亂髮和眼鏡讓他看起來完完全全像個剛從媽媽皮包偷拿香菸的十二歲小男生。「你進寇羅夫家的房子做什麼？」

「你為什麼要跟蹤我？」我反問，伸手接過他遞來的水。

「做我告訴你我要做的事。」他回答，「只是我沒想到你會這麼需要幫助。沒人有膽走進她的房子。」他的藍眼睛斜視我，彷彿我是世上少有的傻瓜。

「欸，我也不是自己走進去倒在那兒的。」

「我沒這麼想。我真不敢相信他們竟然這樣，居然把你丟進屋裡，想要害死你。」

我環顧四周。我不知道現在幾點了，但太陽已經升起。我好像是在一個骨董店裡，這裡塞滿了東西，但都是好東西，不是有時你會在破爛地方看見的廢物。不過還是有種老人家身上的味道。

我坐在店後方一張布滿灰塵的舊躺椅上，頭下的靠墊沾滿我乾掉的血。至少我希望那是我乾掉的血。我可不希望我是睡在充滿肝炎病原的破布上。

我看著湯瑪士，他似乎很生氣。他討厭特洛伊部隊，他們一定從幼稚園就開始欺負他。像他這樣瘦巴巴又不靈活的小孩，還宣稱自己會讀心術，整天待在一個滿是灰塵的骨董店裡，當然是他們最喜歡的霸凌對象。不過他們不過是無害的痞子。我不認為他們真的想殺我，他們只是不把她當一回事。他們不相信她的傳說，所以現在其中一人死了。

「該死！」我大喊一聲。安娜的未來如何，現在實在很難說。麥克・安德歐佛不是她以前殺害的流浪漢或逃家少年。他是學校的運動健將，受歡迎的風雲人物。而且蔡斯目睹了一切，我現在只能希望他會害怕到不敢去報警。

其實報警也沒用，警察又制不了安娜。如果他們進了那屋子，只會讓更多人送命。也許她會索性不在他們面前現身。況且，安娜是我的。她的影像不由自主地在我腦海裡浮現，忽明忽暗，一身慘白，滴著血。但是我受傷的腦袋無法想她太久。

我仔細看著緊張地抽著菸的湯瑪士。

「謝謝你把我拉出來。」我說，他點了點頭。

「其實我不想的。」他說，「我的意思是我想，但是看見麥克像一堆肉醬躺在那兒，並不會讓我非常想進去。」他吸了口菸。「天啊！我無法相信他真的死了。我無法相信她真的殺了他。」

「為什麼不能？你相信她是真的。」

「我知道。但是我從未親眼見過她。沒有人看過安娜，因為你如果看見安娜……」

「你不會活下來告訴別人。」我抑鬱地幫他說完。

我朝脆弱地板傳來的腳步聲看去。一個老頭走進來，捲曲的鬍子編成了辮子。他穿著「死之華」合唱團的破舊T恤、皮背心。他的前臂全是我無法辨認的怪異刺青。

「你這小子真是超級好狗運。老實說，我以為專業的亡靈殺手會更厲害一點。」

我接住他丟過來讓我敷頭的冰袋。他露出笑容，皮革面具般的臉上戴著金屬框的眼鏡。

「是你提供情報給『達人』的。」我馬上意會過來，「我還以為是這個小湯瑪士呢！」

他微笑默認。

湯瑪士清清喉嚨。「這是我的祖父，摩爾法蘭·史塔林·沙賓。」

我笑了出來。「為什麼你們這些怪人都要取這麼怪的名字？」

「此話從一個自己叫『西修斯・卡西歐』的人的嘴巴說出來，還真是好笑。」這個久經世故的老頭子很討喜，他的聲音活像是義式黑白西部片的配音。我沒有因為他知道我是誰而起反感，事實上，我反而覺得鬆了一口氣。能遇到同為地下社會的其他成員，遇到明白我的工作、我的聲譽、我父親的聲譽的人，讓我相當開心。我不認為自己是超級英雄，我需要有人幫我指引正確的方向。我需要知道我真實身分的人，只是不能太多個。我不知道為什麼湯瑪士在墓園遇到我時沒解釋清楚。他就是喜歡搞神秘。

「你的頭還好吧？」湯瑪士問。

「你覺得呢？你不是會讀心術嗎？」

他聳聳肩。「我告訴過你，我沒那麼厲害。祖父告訴我你要來，囑咐我出去找你。我偶爾可以知道別人在想什麼，但今天我感覺不到你的思緒。也許是因為你腦震盪了，也許是我再也用不著了。它來來去去，不是我能控制的。」

「很好！你的狗屁讀心術搞得我很毛。」我看了摩爾法蘭一眼。「所以，你為什麼找我來？還有，你為什麼不先透過『達人』約好時間，在我到了之後見個面，卻派一個通靈外星人來找我？」我把頭往湯瑪士的方向一甩，接著馬上罵自己耍什麼帥。我的頭還太痛了，根本沒有耍帥的資格。

「我想要你盡快到這兒來。」他解釋，聳聳肩。「我認識『達人』，而『達人』認識你，他說你不喜歡被打擾，但是我還是想密切觀察一下。雖然你是個亡靈殺手，但畢竟只是個孩子。」

「好。」我說，「但為什麼這麼趕？安娜不是已經待在這裡幾十年了嗎？」

摩爾法蘭靠向玻璃櫃檯，搖搖頭。「安娜變了。這些日子變得更憤怒。我可以感應到死者，在許多方面都比你強很多。我看得到，感覺得到，知道他們在想什麼，知道他們要什麼。我有這樣的能力，自從……」

他聳聳肩。他獲得能力的經過一定是個好故事，而且可能是他最精彩的故事，但他不願意這麼早就把它說出來。

他揉揉兩側的太陽穴。「我可以感覺到她在殺人。每次有倒楣鬼闖進她的屋子，以前只是會讓我肩胛骨之間癢一下，這幾天卻在我身體裡徹底滾了一圈。如果是以前，她根本不會出來見你。她死很久了，並不是個笨蛋，她知道一個容易到手的獵物和有錢少爺的差別，但是她愈來愈隨便。這樣下去，她會把自己弄上報紙頭版的。而我們倆都知道，有些事還是不要曝光比較好。」

他在一張高背椅坐下來，一隻手在膝蓋上拍了兩下。我馬上聽見狗爪撞擊地板的喀喀聲，沒多久一隻肥肥胖胖的灰鼻拉布拉多黑犬便搖搖晃晃地走過來，把頭枕在他的大腿上。

我回想昨晚發生的事。她和我想像的完全不一樣。不過現在我已經看過她，反而想不太起來我原先預期的樣子。我可能以為她是個悲傷、飽受驚嚇的女孩，因為恐懼和痛苦才殺人。我以為她會穿著領口染了血的白洋裝緩緩從樓梯下來。我以為她身上會有兩個開口，一個在臉上，另一個又紅又溼的在脖子上。我以為她會問我為什麼在她屋裡出現，然後以她銳利的小牙齒攻擊我。

相反的，我看見的是有著烏黑眼睛、蒼白雙手、強如颶風的鬼。她根本不是個死人，而是個死神。像從地獄返回的冥府女王普瑟芬妮，也像半腐爛的黑暗女神黑卡蒂。

這些想法讓我打了個哆嗦，不過我選擇將它歸咎於大量失血。

「你現在打算怎麼辦？」摩爾法蘭問。

我低頭看著正在融化的冰袋，乾掉的血漬被水弄濕，把袋子表面染成淡淡的粉紅色。我第一件要做的事是回家洗個澡，並試著不要嚇昏媽媽，免得她拿出更多的迷迭香精油塗滿我全身。

然後我得回去學校，對卡蜜兒以及特洛伊部隊做點損害控管。他們大概沒看見湯瑪士把我拖出來，可能認為我已經死了。他們可能在崖邊停下，氣氛火爆地討論該如何交待我和麥克的事。毫無疑問的，威爾會提出一些不錯的建議。

接著就是再回到那棟房子。因為我已經見識過她殺人，而我必須讓她住手。

✡

我的運氣不錯。回去時，媽媽不在家。她在流理台上留了張字條，告訴我午餐在冰箱的袋子裡。她沒畫愛心，也沒寫其他任何東西，所以我知道她對我徹夜不歸，又沒打電話回來很不高興。晚一點的時候，我會告訴她部分實情，但當然不會讓她曉得我流了血又昏過去的事。

不過對湯瑪士，我就沒那麼走運了。他開車送我回家，跟著我走上門廊的階梯。當我沖完澡，從樓上下來，我的頭仍然劇烈地抽痛著，好像我的心臟突然間決定搬家，改住到我眼球的後方。而他還坐在我家的餐桌旁，低頭瞪著堤波。

「這不是隻普通的貓。」湯瑪士咬著牙說。他眼睛眨也不眨地盯著堤波的綠眼珠，而堤波的綠眼珠卻不時瞄著我，好像在說：「這孩子是個呆子。」牠的尾巴在尾端彎起來，就像個魚鉤，不停地抽動著。

「牠當然不是。」我在櫥櫃中翻找，想找幾顆阿斯匹靈來嚼。這是我讀完史蒂芬·金的《鬼店》後養成的新習慣。「牠是隻女巫的貓。」

湯瑪士不再和堤波對瞪，轉頭看我。他知道我在他開玩笑。我對他微笑，丟了罐可樂給他。他把罐子拿到堤波旁邊，拉開拉環。牠齜牙咧嘴地發聲恫嚇，跳離餐桌，經過我身邊時還憤怒地大聲咆哮。我蹲下來，撫摸牠的背，牠用尾巴重重地打了我一下，明白表示牠想要這個混蛋滾出牠的房子。

「麥克的事你打算怎麼辦？」湯瑪士的眼睛睜得又大又圓，轉著他的可樂罐。

「損害控管。」我回答，因為這是目前唯一能做的了。如果我沒昏迷一整晚，我們就會有較多選擇。不過事情已經發生，再說什麼都沒用了。我必須找到卡蜜兒，我必須去找威爾談談，我必須讓他們兩個閉上嘴。「所以，我們現在該去學校了。」他挑起眉毛，似乎對於我不再試著擺脫他，感到很驚訝。

「你想怎樣？」我問，「你已經攪和進來了。既然不管怎樣你都想參一腳，那好，恭喜你了，沒時間讓你反悔了。」

湯瑪士用力嚥下口水，沒說半句話。

✡

我們走進學校時，走廊上一個人都沒有。頓時，我還以為我們糟糕了，完蛋了，消息已經走漏，每扇關上的門後都是麥可的燭光追思會。

接著，我才發現自己是個白癡。走廊空盪盪的，是因為現在是第三節課。

我們在自己的置物櫃前停下來，躲避巡堂老師的注意。我不打算去上課。我們等在卡蜜兒的置物櫃附近，希望她會在中午休息時間過來，而不是一臉慘白，病懨懨地躺在家裡。不過即使她真的躺在家裡，湯瑪士說他知道她住哪裡，我們晚一點還是可以過去。如果我夠幸運的話，也許她還沒告訴父母。

下課的鈴聲突然響起，讓我嚇了一大跳。它對我的頭痛毫無幫助。不過我還是努力地瞇著眼睛，在走廊穿流不息、服裝相似的人群中搜尋。當我看見卡蜜兒時，我鬆了一口氣。她看起來有點蒼白，彷彿她才剛哭過或吐過，但她還是抱著課本，穿著得體，從外觀上看不出異樣。

一個昨晚見過的褐髮女孩（我不知道是哪一個，姑且當她是娜塔麗吧！）輕輕撞了一下她的手肘，嘰嘰喳喳地不知在對她說些什麼。卡蜜兒的演技一流，抬高的頭、專注的眼神、不以為然的白眼和配合的笑聲，既自然又真實。然後她說了什麼，讓娜塔麗轉身，高高興興地離開了。她一走，卡蜜兒的臉馬上垮了下來。

她低著頭走過來，當她將視線往上移，終於看到我正站在她的置物櫃前時，兩人的距離還剩不到十英尺。她張大雙眼，大聲叫出我的名字，然後環顧四周，快步走近，彷彿不想被人聽到似的。

「你還……活著。」她吞吞吐吐的樣子說明了她覺得這句話有多奇怪。她上下打量我，好像以為我會突然冒血或伸出骨頭的樣子。「怎麼可能？」

我朝躲在我右邊的湯瑪士點了一下頭。「湯瑪士把我拉出來的。」

卡蜜兒看了他一眼，對他微微一笑。她沒多說什麼，她也沒像我以為的那樣擁抱我。不知道為什麼，她已經不想要我更喜歡她了。

「威爾在哪裡？還有蔡斯呢？」我問。我並沒有問其他人知道了嗎？走廊上大家談笑如常，就夠讓我明白其他人都還不知情。不過我們還是有事要做，我們需要統一每個人的說法。

「我不知道。在午休前我不會碰到他們。事實上，我也不知道他們會去上幾堂課。」她低頭。看得出來她很需要談談關於麥克的事。說些她覺得她該說的話，譬如：她很遺憾，或是他並沒真的那麼壞，不應該落得如此下場之類的。她咬住她的下唇。

「我們需要和他們談談。全部的人。在午餐時找到他們，告訴他們我還活著。我們可以在哪裡碰面？」

她沒馬上回答，顯得有些坐立不安。拜託，卡蜜兒，別讓我失望。

「我會把他們帶去足球場。那段時間沒人會使用它。」

我很快地點點頭，她轉身離開。接著，她回頭再看了一眼，似乎是在確認我還站在那兒，我真的存在，她並沒有瘋。然後我注意到湯瑪士像隻悲傷而忠心耿耿的獵犬，目送著她的背影。

「老兄！」我叫了他一聲，開始往體育館走。打算穿過它，到外面的足球場。「現在時機不對。」我聽見他在我背後咕噥，時機隨時都是對的。我不自然地假笑兩聲，然後心中開始計劃該怎麼做才能控制住威爾和蔡斯。

9

當威爾和蔡斯來到足球場時，我和湯瑪士正躺在露天看台仰望天空。天氣晴朗，風和日麗，十分溫暖。大自然並沒為麥克．安德歐佛哀悼。陽光灑在我抽痛的頭上，感覺舒服極了。

「天啊！」他們其中一人說，接下來是一連串驚嘆不雅的髒話，最後以「他居然真的還活著！」收場。

「拜你們這些傢伙所賜。」我坐起來，湯瑪士也跟著起身，不過他還是稍微駝著背。畢竟，他已經被這些混蛋欺負過太多次了。

「嘿！」威爾發火了。「我們沒對你做任何事，懂嗎？」

「閉上你的狗嘴，不要亂說話。」蔡斯也補一句，用手指戳我。我一下子不知道該做何反應，完全沒料到他們會先發制人，要我閉嘴。

我拍拍牛仔褲的膝蓋。躺下時，膝蓋碰到了上層看台的底部，因此沾上了灰塵。「你們兩個是沒對我做什麼。」我很坦白地說，「你們把我帶到那棟屋子裡，只是想嚇嚇我。你們也沒想到會害你們的朋友被撕成兩半，肚破腸流。」這麼說很殘忍，我承認。蔡斯臉色立刻涮白，麥克死前的慘狀顯然正在他腦海裡重播。我稍微軟化了兩秒鐘，然後我抽痛的頭提醒我，他們差點殺了我。

卡蜜兒站在他們的下一階看台上，雙手環抱自己，看著遠方。或許我不該這麼生氣。不過，她在耍我嗎？我當然應該生氣。我也不樂意見到麥克發生那種事。如果他們沒用木板敲我的頭，讓我昏厥，我就能阻止悲劇發生了。

「我們要怎麼告訴別人關於麥克的事？」卡蜜兒問，「一定會有人問起。每個人都看到他和我們一起離開舞會的。」

「我們不能告訴他們真相。」威爾悲傷地說。

「真相是什麼？」卡蜜兒問，「在屋子裡究竟發生了什麼事？我真的必須相信麥克被鬼殺了嗎？卡斯……」

我平視她的雙眼。「我親眼看見了。」

「我也看到了。」蔡斯附和，他看起來快吐了。

卡蜜兒搖搖頭。「這不是真的。卡斯還活著，那麼麥克也還活著。這一切只是你們幾個設計的惡作劇罷了。是你們為了要報復我和他分手而捏造出來的。」

「不要這麼自戀了。」威爾說，「我看見她的雙手打破窗戶伸了出來。我看見她把他拉進去。我聽見有人尖叫。然後我看見麥克映出的影子裂成兩半。」他看著我。「到底是什麼東西？住在房子裡的是什麼？」

「是吸血鬼，老兄。」蔡斯結結巴巴地說。

真是個笨蛋。我完全忽視他的存在。「沒有東西住在屋子裡。麥克是被安娜．寇羅夫殺死的。」

「不可能。天啊！不可能。」蔡斯惶恐的程度大幅提升，不過我可沒時間應付他的否認情緒。幸好威爾也有同感，直接命令他住嘴。

「我們告訴警察，我們開車兜風一陣子。然後麥克對卡蜜兒和卡斯不爽，發脾氣跳下車。我們沒人攔得住他。他說他要走路回家。因為距離不遠，我們也沒多想。今天他沒來上課，我們還以為他宿醉了。」威爾擺出不容爭辯的態度。即使他不願意，他的思慮依然相當敏捷。「我們必須組成搜索隊，找個幾天，甚至幾星期。他們會再問我們一些問題，然後他們就會放棄了。」

威爾看著我。不論麥克多爛，他是威爾的朋友。威爾．若森伯格一定在想如果我不存在就好了。如果旁邊沒有別人，他說不定會跳起來用兩腳腳跟互敲三次，看看我會不會真的消失不見。

也許他是對的，也許真的是我的錯。我可以用別的方法找到安娜。但是去他的！麥克．安德歐佛用一塊木板打我的後腦勺，把我丟進廢棄的鬼屋裡，就只因為我和他的前女友講了話。他沒壞到該被撕成兩半，但他的遭遇確實是太慘了一點。

蔡斯雙手抱頭，自言自語，喃喃說著情況真是一團糟，還得對警察撒謊真是一場惡夢。對他來說，專注想著現實上的問題反而比較容易。對大多數人來說也是這樣。這就是為什麼像安娜這樣的事可以隱瞞這麼久的原因。

威爾推推他的肩膀。「我們要怎麼對付她？」威爾問。我以為他指的是卡蜜兒。

「你什麼也不能做。」這是從大家碰面之後，湯瑪士第一次說話，但感覺上他好像沉默了很久。我還來不及開口前，他就接下去說，「她比你強太多了。」

「她殺了我最要好的朋友。」威爾憤恨地說，「我該怎麼辦？什麼都不做？」

「沒錯！」湯瑪士回答。他聳聳肩，拉起一側嘴角，從鼻孔裡哼了一聲會讓他挨揍的假笑。

「我們一定要做些什麼才行。」

我看著卡蜜兒。金色的秀髮一絲絲地垂在又大又悲傷的眼睛前面。這大概是她有史以來最悲傷的模樣了。

「如果她真的存在，」她接著說，「那麼我們或許應該做些什麼，總不能放任她繼續殺人。」

「我們不會的。」湯瑪士安撫她。我真想把他丟到看台下。難道他沒聽到我對他說「現在時機不對」嗎？

「你們聽好。」我說，「我們不能全部的人就這樣跳進一輛綠色箱型車，然後靠著哈林籃球隊[6]的幫忙，就想制服她。只要再走進那棟房子，任何人都是必死無疑。除非你想被撕成兩半，看著自己的內臟流到地上，否則你最好離遠一點。」我不想對他們這麼狠，但事態實在是太嚴重了。一個和我有關的人死了，而現在這些菜鳥還想加入他的行列。我不知道是怎麼讓自己捲入這團混亂裡的，居然這麼快就把事情搞砸了。

「我要回去那棟屋子。」威爾說，「我一定要做點什麼。」

「我和你一起去。」卡蜜兒加上。她瞪著我，好像在勒令我不要試著阻止她。但她顯然忘了我在不到二十四小時之前，才看過一張深色血管交錯的死人臉孔。她擺出的硬漢模樣，對我根本沒用。

「你們誰也不准去。」我說，但我接著說出自己也嚇一跳的話，「除非做好準備。」我瞄了目瞪口呆的湯瑪士一眼。「湯瑪士的祖父會通靈。摩爾法蘭·史塔林·沙賓。他了解安娜。不管我們打算做什麼，都得先和他談一談。」我拍了拍湯瑪士的肩頭，他則試著讓臉上的表情盡量自然點。

「可是你到底要用什麼方法殺死那樣的東西呢？」蔡斯問，「刺穿她的心臟？」

我很想再次強調，安娜不是吸血鬼，不過我決定等他提議用銀彈時，再把他推下看台。

「別傻了。」湯瑪士嘲笑地說，「她已經死了，你沒辦法殺死她。你必須驅逐她，或諸如此類的。我祖父做過一、兩次。要用到強大的咒語，還有蠟燭、藥草和許多零碎的物品。」湯瑪士和我對看一眼，這孩子有時確實蠻管用的。「如果你們願意，我今天晚上可以帶你們去找他。」

威爾看著湯瑪士，又看看我，然後再把目光移回湯瑪士身上。蔡斯看起來似乎希望用不著假裝自己是講義氣的哥兒們，但是無論如何，一切都是他自找的。而卡蜜兒卻只是盯著我看。

「好吧！」威爾終於說，「放學後和我們碰面。」

「我不行。」我很快地回答，「我媽有事。不過我晚點會去店裡。」

他們像群呆子一個個走下看台。事實上，沒人能在走下看台時，還能表現得優雅帥氣。他們走後，湯瑪士笑了。

「還不錯吧？」他露齒微笑。「誰說我讀心術不靈？」

「也許只是女人的第六感罷了。」我回應，「但是你和老摩爾法蘭可得好好地誤導他們，把他們引去別的地方。」

「你要去哪裡？」他問，但我沒有回答。他知道我要去哪裡。我要去找安娜。

6 Harlem Globetrotters，一支以娛樂表演為主的花式籃球隊。

10

再次仰頭瞪視著安娜的屋子，理智告訴我，它不過是棟房子，是裡頭的東西讓它變得可怕，變得危險。它不可能彎腰倒向我，像要用過度生長的雜草吃掉我。它不可能真的掙脫地基，一口將我吞下，雖然看起來它彷彿就要那麼做了。

一陣齜牙咧嘴的恫嚇聲從我背後傳來。我轉身，看見堤波的前爪搭在媽媽車子的駕駛座上，透過窗戶往外望。

「這是真的，貓咪。」我說。不知道媽媽為什麼要我帶牠一起來？牠什麼忙也幫不上。牠頂多只能當個煙霧探測器，連隻獵犬都不如。我從學校回家，告訴媽媽我去了哪裡，發生了什麼事，只是隱瞞了差點被殺和有個同學被撕成兩半的部分。她一定猜到事情不是那麼單純，因為之後我的額頭被迷迭香精油畫上三角形，而且她還堅持我把貓帶來。有時候，我真的覺得她根本不知道我的工作內容。

她沒說什麼。其實她一直想告訴我「停手吧！」雖然話在舌尖，她就是說不出口。她想告訴我，太危險了，曾經有人因此喪命。可是如果我不做，被殺的人豈不更多。這是我父親開始的使命。這是我的天職，這是我從他那兒繼承的傳奇。這也是為什麼她一直沒開口的真正原因。她對他深信不疑，她瞭解所有的細節，直到最後。直到他被一隻他原本以為只是長長名單上的尋常惡鬼殺死的那天。

我將匕首從背包拿出來，抽離刀鞘。一天下午，父親一如往常帶著這把刀出門。在我出生前，他就是已經是個亡靈殺手了。但是他再也不曾回家。他被殺了。在媽媽通報他失蹤的第二天，警察找上門。他們說父親死了。我躲在黑暗的角落，聽著他們偵訊媽媽。最後，探長低聲說出了他的秘密：父親屍體上全是咬痕，大塊大塊的肌肉都不見了。

父親慘死的模樣折磨著我，長達數月。我想像各種可能的狀況。我夢到它。我用黑色的原子筆和紅色的蠟筆在紙上亂畫，貼上骷髏人偶，滴上紅色蠟油。媽媽試著安撫我，不停地唱著歌，睡覺也不關燈，不讓我處在黑暗中。但所有的幻影和惡夢一直不肯離去，直到我拿起魔法儀式刀的那天。

當然，他們一直沒抓到殺死我父親的凶手，因為殺死他的原本就是個死人。所以我知道我應該要怎麼做。

現在，我抬頭看著安娜的屋子，我不再害怕。因為安娜．寇羅夫不會是我收服的最後一隻鬼。將來，有一天，我要回到父親死去的地方，用他這把刀狠狠刺進吃掉他的那張嘴巴裡。

我做了兩次深呼吸。刀子直接握在手上，沒必要隱藏。我知道她在裡面。她知道我就要進來，我可以感覺到她的視線。黑貓從車子裡用牠會反光的雙眼盯著我。當我踏上雜草叢生的車道走向前門時，我可以感覺到牠的眼睛也還在看著我。

今夜非常非常的安靜。沒有風，沒有蟲鳴，什麼也沒有。我踩著碎石的腳步聲極為響亮。沒必要鬼鬼祟祟的。這就像早上屋子裡第一個醒來的人，不管再怎麼輕手輕腳，每個動作製造出來的聲音還是有如號角般驚人。我要用力地重踩每一個門廊階梯。我想踩斷其中一階，扯下它，用它來撞開門。不過那樣做很粗魯，而且也用不著，因為門早就開了。

詭異灰暗的光透了出來，微弱到無法形成光束。它彷彿和黑暗的空氣融為一體，像發光的霧。我豎起耳朵細聽。我聽見遠處傳來火車的低吼，以及我抓緊手上的刀，皮膚和皮革發出的磨擦聲。我走進去，順手關上身後的門。我可不想讓任何鬼有機會仿造二流電影的劇情，突然「砰」地把門關上。

客廳是空的，樓梯上也沒人。掛在天花板上的水晶燈的殘骸，早已不再閃爍。一張長桌上覆蓋著滿是灰塵的桌巾。我發誓，它昨晚並不存在。房子有點不大對。除了鬧鬼，它還有其他的問題。

「安娜。」我的叫聲散入空氣之中，被房子吞噬，沒有回音。

我往左看。麥克．安德歐佛死的地方是空的，只剩下一個深色的油印。我不知道安娜是怎麼處理屍體的。而且老實說，我寧願不去想。

沒有任何動靜。我不想等，但是我也不想在樓梯和她碰個正著，她有太多優勢了。不僅強壯得像個維京女神，又不會死，在各方面佔盡上風。我小心繞過用髒兮兮的床單覆蓋著的四散傢俱，往更裡面走去。突然間，一個念頭閃進我的腦海裡，也許她正以靜制動地等著我。塌陷的沙發說不定不是真的沙發，而是一個滿臉青筋的死女孩。我正打算用我的儀式刀刺刺看時，突然聽到背後有移動的聲音。我飛快轉身。

「天啊！」

「已經三天了嗎？」麥克．安德歐佛的鬼魂問我。他站在當初被安娜扯進來的窗戶旁邊，形體完整。我勉強擠出笑容。死亡好像讓他變得比較機伶，不過，我懷疑我現在看到的並不是真的麥克．安德歐佛，而是被安娜召喚起來的地上污漬。她讓它可以走路，可以說話。然而，如果不是的話……

「對發生在你身上的事，我覺得很遺憾。這不該發生的。」

麥克昂著頭說，「是不應該。或者，本來就應該。無所謂啦！」他微笑。我不知道這個笑是表示友善，還是表示諷刺，但絕對讓人毛骨悚然，尤其他又突然停下。「這房子不大對勁。一旦進來，就永遠別想出去。你不應該回來的。」

「我有事要處理。」我說。我試著不去想他永遠無法離開這裡。那太可怕，也太不公平了。

「是和我同樣的事嗎？」他低聲咆哮。我還來不及回答，他已經被一雙隱形的手撕成兩半，真實重演他死時的景象。我跌跌撞撞地往後退，膝蓋不小心撞到一張桌子之類的東西。我不知道是什麼，我也不在乎。再度看見他變成兩灘溼答答的可怕血坑，嚇得我完全顧不了那些傢俱。我告訴自己，那不過是三流把戲，我看過更恐怖的。我試著放慢我的呼吸。然後，我聽到麥克的聲音從地板傳上來。

「喂！卡斯。」

我的眼睛掃過那堆噁心的東西，尋找他的臉。他的臉雖然變形扭曲了，但仍接在他右半邊的身體上，這邊的身體也還連著脊椎。我用力地嚥下口水，盡量不去看裸露出來的脊椎骨。麥克的眼睛上翻，看著我。

「只痛了一下下而已。」他說，像油滲進毛巾似地慢慢沉入地板。消失時，他的眼睛仍然張大，一直瞪著我。如果沒有那樣的交流，我會活得比較好一點。我瞪著地板上的黑點，發現自己摒住了呼吸。我在想，安娜到底在這房子裡殺過多少人？我在想，他們如果都還留在這裡，他們的殘骸，而她能像牽線木偶把他們全拉起來，就會有不同腐爛程度的死人拖著腳步向我走來了。

「要穩住。」現在不是慌張的時候。我握緊手上的匕首，但發現背後有東西正在靠近時，已經太遲了。

黑色的頭髮在我的肩膀附近晃了一下。兩三綹黑如墨汁的捲髮對我勾勾手，示意我再靠近點。我轉身，劃過空氣，半期待著她不會出現，會在那一瞬間消失無蹤。但是她沒有。她就在我面前，離地半呎地飄著。

我們猶豫了一下，互相凝視。我棕色的雙眼直視她油亮的黑眼睛。如果站在地上，她大概有五呎七吋高。但因為她飄浮在離地面六吋之上，我幾乎得抬頭看她。我的呼吸在我腦袋裡聽起來似乎很大聲。她洋裝上的血滴在地板卻反而非常輕柔。她死了之後，到底變成了什麼？她找到了何種力量和憤怒，讓她從普通的幽靈變成復仇的惡魔？

我的匕首劃過，削下她的髮稍。髮絲飄落，她看著它們沉入地板，就像剛才的麥克一樣。她皺眉，似乎既煩惱又哀傷，轉頭看我，恐嚇地露出她的牙齒。

「你為什麼要回來？」她問。我嚥下口水。我不知道該說什麼。即使我告訴自己不要退縮，我還是可以感覺到身體一直在往後退。

「我把你的生命當成禮物送給了你。」從她空洞的嘴巴發出的聲音，低沉嚇人。那是一種毫無生命氣息的聲音。她說話時還帶著一點芬蘭腔。「你覺得那樣很容易嗎？你想死嗎？」

她問我最後一句話時，似乎有些期待，她的眼睛閃過渴望的神采。她以一種不自然的角度，低頭瞄向我的匕首。她滿臉痛苦，不同的表情在臉上瘋狂交替，像湖面一圈又一圈的漣漪。

然後，她周圍的空氣搖曳，我面前的死亡女神消失了。一個深黑長髮，臉色蒼白的女孩站在她原來的位置。她的腳穩穩地踩在地上。我低頭看著她。

「你叫什麼名字？」她問，我沒回答。「你知道我的名字。我饒了你一命。你應該告訴我才公平吧？」

「我叫西修斯．卡西歐。」雖然心裡想著這是什麼愚蠢的三流把戲，但我仍聽到自己回答的聲音。如果她以為變個樣子，我就不會殺她，她就大錯特錯了。不過我必須承認，她偽裝得很棒。她現在戴著的面具有張體貼的臉蛋，以及藍紫色的溫柔眼睛。她穿著一件老式的白色洋裝。

「西修斯．卡西歐。」她重覆。

「西修斯．卡西歐．羅伍德。」雖然不知道我為什麼要告訴她，但我還是說了。「大家叫我卡斯。」

「你來這兒是為了殺我。」她和我保持數步距離，繞著我走。我等她經過我的肩膀，才跟著轉身。我可不會讓她站到我背後。她現在或許很溫柔、很無辜，但是我知道只要有機會，他們就會立刻現出原形。

「已經有人殺死妳了。」我說。我不會編好聽的故事，告訴她我是來讓她自由的。那是欺騙，只是為了讓她疏於防備，掉進陷阱。那也是說謊。我完全不知道匕首會把她送往何處，而且我並不在乎。我只知道那是離這裡遠遠的，離這棟讓她可以殺人，再將受害者沉入地板的陰森房子遠遠的地方。

「沒錯，已經有人殺死我了。」她說，然後她的頭左右轉動，急速地前後搖晃。接下來，她的頭髮開始扭曲，猶如一條一條的蛇。「但是你不行。」

她知道她已經死了。這很有趣。大多數的鬼其實不知道自己已經死了。他們只是生氣、害怕，比較像是一種情緒的複印，一段恐怖時光的再現，而不是一個實在的形體。你可以和他們其中幾個談話。不過他們通常會以為你是別人，是某個他們以前認識的人。她的清楚認知讓我有些不知所措，我只好沒話找話說地爭取時間。

「親愛的，父親和我收服的鬼，數量遠超乎妳的想像。」

「沒有一個像我一樣。」

她說這話的語氣並不是真的驕傲，但又有點類似。是帶著悲痛的驕傲。我沒有回答，因為我寧願她不曉得自己說對了。安娜和我以前見過的鬼完全不一樣。她的力量好像沒有盡頭，她的手段也是一樣。她不是因為被人射殺而滿懷怨氣的幽靈。她不會閃閃躲躲。她就是死神，陰森可怕，毫無人性。即使她身穿血衣，臉暴青筋，我還是忍不住一直瞪著她看。

不過，我並不害怕。不管她有多強壯，我只要能命中一次就行了。她還在我儀式刀搆得到的範圍內，如果我能刺到她，她就會像其他的幽靈一樣化成一灘液體，消失到另一個空間。

「或許你應該請你父親來幫你。」她說，我握緊我的匕首。

「我父親已經死了。」

她的眼神稍微起了變化。我不相信那是懊悔或尷尬，但它看起來實在很像。

「我的父親也死了。在我還很小的時候。」她輕聲說著，「湖上的暴風雨。」

我不能讓她繼續下去。我可以感到我的心逐漸軟化，慢慢地不再生氣，完全不像我自己。她強大的力量讓她的脆弱更為動人。我一定要跨過這個障礙。

「安娜。」我說，她的眼睛看向我。我舉起匕首，刀刃的反光照亮了她的眼睛。

「走開！」死亡城堡的女王下達命令。「我不想殺你。而且不知道為什麼，我好像也用不著殺你。你走吧！」

她的話讓我心裡冒出了許多問號，但我的腳卻還是固執地定在原地。「我不會走的，除非妳離開這棟房子，重新回到土裡。」

「我從沒在土裡待過。」她咬牙切齒地擠出這句話。她的瞳孔愈來愈黑，黑色的漩渦不斷向外擴展，直到占領了所有的眼白。青筋爬過她的雙頰，停在她的太陽穴和喉嚨上。血從她的皮膚一顆顆地冒了出來，順著身體往下流，像一襲及地長裙，滴落到地板上。

我猛力一刺，感覺自己的手臂不知被什麼重重地拉住，然後我就被丟到牆上。該死！我甚至沒看到她在移動。她仍然在客廳中央，我剛才站著的地方飄浮著。我撞到牆的肩膀很痛，我被安娜抓住的手臂也很痛。不過我很固執，所以又掙扎爬起，放低姿勢，拿著刀子朝她揮去。這次我不求能殺她，只求能割下什麼就好。在這種情勢下，割下一點她的頭髮也行。

當我回過神時，我的身體已經在客廳的另一端。我以背部著地的姿勢，滑過了整個房間。我覺得有些木頭碎片刺進了我的褲子裡。安娜仍然飄浮在空中，眼神愈來愈生氣地看著我。她洋裝上的血滴到地板的聲音，讓我想起以前有個老師，在我不用功惹惱他時，他總會慢慢地敲著自己的太陽穴。

這次，我爬起來的速度更為緩慢。我希望它看起來像是我正小心計畫著下一步，而不是因為我已經痛到不行了，雖然那才是真正的原因。她並不想殺我，而這讓我很生氣。我就像一個被敲來打去的貓咪玩具，堤波一定會覺得這畫面超爆笑的。我在想，牠從車子裡不知道看不看得見？

「住手！」她以空洞的聲音說。

我向她撲了過去，她抓住我的手腕。我掙扎，卻覺得像是在和水泥塊比力氣。

「乖乖讓我殺了妳吧！」我沮喪地喃喃自語。她的雙眼之中全是怒氣。然後，我才發現自己犯了一個天大的錯誤。我居然忘了她的真面目，最後極有可能落得和麥克．安德歐佛一樣的下場。我為了不被撕成兩半，身體居然真的縮成一團。

「我永遠不會讓你殺了我的。」她輕蔑地說，將我往大門推。

「為什麼？妳不覺得那樣會比較平靜嗎？」我問。然後我第一百萬次地後悔，為什麼我總管不住自己的嘴。

她瞇著眼看我，好像我是個笨蛋。「平靜？在我做了這些事之後？平靜？在一棟充滿被撕成兩半的小男生和肚破腸流的陌生人的房子裡？」她將我的臉拉到她的臉前面。

她的黑眼睛張得好大。「我不能讓你殺了我。」她說，然後她放聲大叫。即使她同時把我從前門丟出去，騰空飛過破掉的階梯，落在長滿雜草的碎石車道上，她大叫的聲音還是足以將我的耳膜震得嗡嗡作響。

「我根本不想死！」

我跌到地上，滾了幾圈，一抬頭，剛好看見門「砰」地被用力關上。房子看起來平靜、空曠。好像盤古開天以來都不曾發生過任何事一樣。我小心地動了動四肢，發現還好，都沒問題。我用手撐起身子跪了起來。

他們沒有一個想死，沒有一個真的想死。即使是自殺的人也會在最後一分鐘改變心意，他們也不想死。我真希望我能告訴她這些，想辦法有技巧地告訴她，讓她不再覺得那麼孤單。而且，在我像個詹姆士·龐德的電影裡的無名小卒被丟來甩去之後，能這麼做會讓我覺得自己沒那麼笨。畢竟我還算是個專業的亡靈殺手。

當我朝著媽媽的車走去時，我試著思考該怎麼布局。因為不管她怎麼想，我都要制住她。不僅因為我之前從未失手，也因為在她告訴我，她不能讓我殺了她的時候，她的語調聽起來像是在希望她能讓我殺死她。她清楚的自我認知讓她在許多方面都非常特別。不像其他的鬼，安娜懂得懊悔。我揉著疼痛的左臂，知道很快自己就會全身瘀青。蠻力無法達成目標。我需要重新計畫。

11

媽媽讓我睡了快一天，她最後叫醒我，是為了告訴我她泡了一浴缸的茶葉、薰衣草和顛茄。顛茄可以舒緩我身上的紅腫，我沒拒絕。我全身都在痛。這就是被死亡女神在房子裡踢來摔去一整晚的下場。

我滿臉痛苦地慢慢滑入浴缸，心裡同時盤算著下一步該怎麼做。重點是，我被打敗了。這種事不常發生。就算有，也從未如此悽慘。不過偶爾我還是會對外求助。我拿起放在浴室檯子上的手機，撥電話給一個老朋友。其實算是世交了，因為他認識我父親。

「西修斯．卡西歐。」他一接起電話就說。我「哈哈」假笑了兩聲。他從不叫我「卡斯」，顯然他覺得我的全名非常具有娛樂效果。

「基甸．帕瑪。」我回應，想像著他在電話的另一頭，在世界的另一頭，坐在北倫敦舒適的英式房子裡，俯瞰著漢普斯特公園。

「好久沒連絡了。」他說。我可以想見他不是正在翹起腿，就是正在把翹起的腿放下。我幾乎能在電話裡聽到粗花呢布磨擦的聲音。基甸是個典型的英國人，至少六十五歲，滿頭白髮，戴著眼鏡。他是那種掛著懷錶、書房從地板到天花板堆滿舊書的傳統紳士。我小時候，他會把我放在滑動的木梯上，要我幫他拿一些像騷靈[7]、束縛咒之類的怪書。父親到倫敦白教堂收服一隻崇拜開膛手傑克的鬼時，我們就是在他家借住一整個夏天。

「告訴我，西修斯。」他說，「你打算什麼時候再來倫敦？這裡晚上很熱鬧，夠你忙的。還有好幾所頂尖大學，鬧鬼鬧得可凶了呢！」

「你剛和我媽媽通過電話嗎？」

他笑了。他們當然通過電話。父親死後，他們就一直維持著非常友好的關係。他是我父親的……嗯，我想最貼切的詞應該是「導師」。不過，他對我們的照顧可不只如此。聽到父親被殺的消息，他立刻從倫敦飛來安慰我和媽媽。現在，他又要開始慣例的長篇大論：囑咐我最晚明年一定要寄出大學申請表、我是多麼幸運，父親留了教育基金給我，所以我不需要為助學貸款奔波、像我這種居無定所的人根本不可能申請到獎學金，所以我真的是很幸運。我打斷了他的話。我有更重要、更緊急的事要和他討論。

「我需要幫忙，我現在深陷泥沼之中。」

「是什麼樣的事？」

「死人的事。」

「當然。」

他聽著我告訴他安娜的事，然後我聽見熟悉的梯子滑動聲，和他爬上梯子拿書時的喘氣聲。

「可以確定她不是普通的鬼。」他說。

「我知道。有其他原因讓她變得更強壯。」

「她怎麼死的?」他問。

「我不太清楚。據我聽到的,她就像許多人一樣是被殺死的。割喉。但是她現在盤據在她的老房子裡,陰魂不散,像一隻他媽的蜘蛛,殺死每個闖進來的人。」

「不要說髒話!」他責備我。

「對不起。」

「她顯然不是一個只會飄來飄去的幽靈。」他喃喃說著,比較像在自言自語。「她的行為以一個騷靈來說,似乎又太過克制和深思熟慮了。」他停了一下,我可以聽見翻書的聲音。「你說你在安大略省?房子不是坐落在原始墳場上吧?」

「應該不是。」

「嗯。」

他又嗯了幾聲。接著我提議乾脆把房子燒了,看看會發生什麼事。

「我不建議這麼做。」他嚴肅地說,「那棟房子可能是唯一能束縛她的東西。」

7 Polergeist,以發出聲響來嚇人的惡靈,俗稱喧鬧鬼。

「它也有可能是她力量的來源。」

「確實有可能。不過需要再調查一下。」

「什麼樣的調查？」我知道他接下來要說什麼。他會告訴我不要當個懶惰鬼，要實地去查訪。他會告訴我，我的父親從不覺得找書來看是件很丟臉的事。然後他會開始抱怨現在的年輕人，說他實在搞不懂他們在想什麼。

「你需要找一個巫術用品商。」

「啥？」

「那個女孩一定是被迫放棄了什麼。她一定發生過什麼事，而那件事嚴重地影響了她。你必須先查清楚她到底出過什麼事，才能把她的靈魂從那棟房子裡驅逐出來。」

這和我原先預期的不一樣。他要我去施咒，我不會施咒，我又不是巫師。

「為什麼我會需要巫術用品供應商呢？媽媽就是巫術用品供應商啊！」我低頭看著泡在水裡的手臂。我的皮膚開始覺得有點刺刺的，不過我的肌肉已經不痛了。透過變黑的水，我甚至可以看見身上的瘀青開始消退，媽媽真是個偉大的藥草巫師。

基甸輕笑了幾聲。「祝福你親愛的媽媽。不過她不是巫術用品供應商，她只是個傑出的白巫師[8]，而且她對我們要做的事也不會有興趣的，你需要的不是一整圈的花束和菊花油。你需要一些雞爪、驅逐五芒星、占卜預知的水卦或鏡卦，還有一圈聖石。」

「我還需要一位巫師。」

「這麼多年了，我相信你有足夠的人脈自己找一個。」

我正在發愁時，突然想起兩個人。湯瑪士和摩爾法蘭・史塔林。

「讓我再研究一下，西修斯。再過一、兩天我會用電子信件把完整的儀式程序寄給你。」

「太好了，基甸，謝謝你！」

「當然沒問題。對了，西修斯？」

「是？」

「這段時間，你先到圖書館走一趟，盡量查出那女孩到底是怎麼死的。知識就是力量，你知道的。」

我笑了。「對，實地查訪。」我掛上電話。他總覺得我太莽撞、太直接，只會靠著雙手、匕首和敏捷行事。可是他不知道，甚至在我開始使用儀式刀前，我就已經著手進行實地調查了。

父親被殺後，我的心裡有許多問題。麻煩的是，似乎沒人有任何答案。或是我應該說，沒人想告訴我任何答案。所以我只好自己去找。基甸和媽媽把東西打包後，我們很快就搬出在巴頓魯治住的房子。但是我還是想辦法在搬走前，去了一趟父親陳屍的廢棄

8 White witch，巫師分成黑白兩類。白巫師以占卜治癒等為主，而黑巫師則能召喚支配亡靈。

農場。

那棟房子邪惡無比。連當時滿腔怒火的我，也不想走進去。如果沒有生命的東西能目露凶光，大聲咆哮，看起來就會是那樣。七歲的我，彷彿見到它拉開藤蔓，彷彿見到它抹去青苔，齜牙咧嘴。想像力真是上天賜予的神奇禮物，不是嗎？

媽媽和基甸在幾天前就已淨化了那個鬼地方。投擲符咒，點燃蠟燭，確定父親真的得到安息，確定所有的鬼魂都已離開。但是當我走上門廊時，還是忍不住哭了出來。我的內心告訴我，爸爸還在那裡。他避開他們，等著我。他隨時會打開門，臉上掛著大大的死人笑容。他的雙眼空了，身體和手臂布滿巨大的新月形傷口。接下來的事聽起來也許很蠢，不過當我打開了門，發現他不在那裡時，我反而更傷心，哭得更凶了。

我深深吸了一口氣，茶和薰衣草的香味鑽進我的鼻子裡。它將我的思緒帶回自己的身體。即使只是想起調查那棟房子的那天，我的心還是會咚咚咚地大聲跳著。走進前門之後，我發現地上有掙扎的痕跡。我把臉轉開。我想知道答案，但是我不願想像父親在地獄邊緣打轉的慘狀。我不願想像他害怕的樣子。我經過斷裂的欄杆，直覺地走向壁爐。房間有種舊木頭的味道，發霉腐爛的味道。空氣中飄盪著一絲新鮮的血腥味。我不曉得我怎麼知道血是什麼味道。同樣的，我也不曉得為什麼我會直接走向壁爐。

壁爐裡除了陳年的木炭和灰燼，什麼都沒有。然後，我看見它。只露出一小角，像木炭一樣黑，感覺卻大不相同，比較平滑。它很醒目，很陰森。我伸出手，將它從灰燼中拉了出來。一個四吋高，瘦瘦長長的黑色十字架。上頭纏繞著一條精心編織的蛇。我一看就知道那是人的頭髮。

當我握著那個十字架心裡浮現的確定感，和七年後我拿起父親的儀式刀的確定感，是一樣的。直到那時我才百分之百的確定，不論父親的血液裡有什麼神奇的力量讓他可以殺死亡靈，送他們離開我們的世界，那力量也同樣在我身體裡流動。

當我把十字架拿給基甸和媽媽看，並告訴他們我做了什麼事時，他們表現得異常生氣。我原本以為他們會安撫我，像抱嬰兒似地將我摟在懷裡，問我是否一切安好。但是，基甸卻馬上抓住我的肩膀。

「你永遠永遠都不可以再回去那裡！」他一邊激動大叫，一邊以讓我牙齒喀喀作響的程度劇烈搖晃著我。他拿走黑色十字架，之後我再也沒見過它。媽媽只是站在遠處，不停地哭著。我被嚇壞了。基甸從沒那樣對待過我。他向來都像個祖父一樣疼我，總做一些把糖果偷塞給我、對我擠眉弄眼之類的事。不過那時父親才剛死，我心裡的怒氣壓過一切。所以我還是問了基甸，那個十字架到底是什麼？

他低頭冷冷地看了我一眼，抬起手，狠狠地賞我一巴掌。力量之大，讓我立刻跌坐在地。我聽到媽媽嗚咽的哭聲，但她並沒有介入或阻止。然後他們兩人走出房間，留下我獨自一人。等他們叫我出去吃晚餐時，兩個人的臉上都帶著微笑，態度輕鬆，假裝什麼事都沒發生過。

我被嚇得不敢再出聲。我再也不敢提起它。但那並不代表我忘了它。接下來這十年，我竭盡所能地唸書、學習。我查出那個黑色的十字架是個巫毒法寶。雖然我還不清楚它到底意味著什麼，或是它為什麼纏繞著一條人髮編成的蛇。根據民間傳說，聖蛇會將受害者整個吃掉，而我父親的肉就是被一塊一塊咬下的。

這個調查中最困難的部分，是我無法向我最信賴的人求助。迫於無奈，我只能使用密碼偷偷進行，以避免被媽媽和基甸發現。另一個難題是，巫毒相關的知識非常沒有系統，每個人的做法都不一樣。想分析它，基本上是天方夜譚。

我在想，也許在安娜的事告一段落後，我應該再問問基甸。我長大了，也證明了自己的能力。這次不一樣了。我一邊想，一邊把身體再往下沉入藥草浴裡，直到現在，我還能感受到他的手摑到我臉頰上的痛辣和他眼中的極度憤怒，讓我覺得自己彷彿還是只有七歲。

✡

我穿好衣服，打電話給湯瑪士，請他過來載我去骨董店。他很好奇，不過我先讓他暫時住了嘴。我有些事情得告訴摩爾法蘭，同樣的話我可不想連說兩次。

媽媽一定會為了我翹課而好好罵我一頓，然後盤問我為什麼要打電話給基甸。她一定偷聽到了。我為自己做好心理建設，但在我鼓足勇氣走下樓梯時，我卻聽到了聲音。

兩個女人的說話聲，一個是媽媽，另一個是卡蜜兒。當我腳步沉重地走下樓，她們狀似親密的身影也映入眼簾。她們在客廳裡坐在兩張靠在一起的椅子上，中間放了盤餅乾，面對面，正開開心心地在聊天。我的腳才踏上一樓的地板，兩個人便同時停下，抬頭對我微笑。

「嗨！卡斯。」卡蜜兒說。

「嗨！卡蜜兒。妳怎麼會在這兒？」

她伸手從書包裡拿出一樣東西。「我幫你拿了生物課的作業。這是小組作業，我想我們可以一起做。」

「她真好。不是嗎？卡斯。」媽媽說，「你不會希望在開學的第三天就跟不上吧？」

「我們現在就可以開始。」卡蜜兒拿著作業建議。

我走向前，從她手上接過作業，很快地瀏覽一遍。我不知道它為什麼是小組作業，不過是從教科書上找答案罷了。然而媽媽說得對，我的功課不該落後，不管我在進行的其他事情有多重要，多攸關性命。

「妳真好！」我真心誠意地說，雖然我不是不明白她別有用心。卡蜜兒根本不在乎生物課。她如果真的去上了課，我才會嚇到。卡蜜兒送作業來不過是個和我說話的藉口。她想要答案。

我瞄了媽媽一眼，她正在緩慢地檢視我的全身。她在看我瘀傷復原的程度。知道我打過電話給基甸，她會鬆一口氣。昨晚我回到家時，看起來就像被打個半死。有一度我還以為她會把我鎖在房間，再把我泡在迷迭香精油裡。但是媽媽信任我，她明白我有必須做的事。她的了解和支持讓我非常感激。

我把生物作業捲起來，在手掌上輕輕敲了兩下。

「不如我們到圖書館去寫吧？」我對卡蜜兒說。她背起書包，露出微笑。

「親愛的，再拿片餅乾在路上吃吧！」媽媽說完，我們各拿了一片，卡蜜兒遲疑了一下才往門口走。

「妳可以不要吃。」我們走到門廊後，我告訴她。「我媽的大茴香餅乾絕對不是一般人會習慣的口味。」

卡蜜兒笑了。「我在屋裡吃了一片，差點嚥不下去。它們超像放到過期的黑色軟心豆糖。」

我微笑。「別告訴我媽媽。那是她自己研發出來的，還非常地引以為傲。理論上，吃了它們會為你帶來好運，或類似的事。」

「那麼或許我應該吃掉它。」她低頭看著它好一陣子，然後抬起雙眼專注地看著我的臉頰。我知道我臉上有一道又黑又長的瘀血。「你丟下我們，自己回那屋子了。」

「卡蜜兒。」

「你瘋了嗎？你可能會被殺死。」

「如果我們都去，我們就都死了。聽好，乖乖和湯瑪士還有他祖父待在一起。他們會想出法子的。冷靜點。」

吹過的風帶來早秋的寒意，有如冰凍的手指輕拂過我的頭髮。我看向馬路，湯瑪士的小黑貂正駛向我們。剛換的門，後保險桿上貼著「威利．旺卡」[9]的貼紙。這小子的車真是有型，我不禁笑了出來。

「我一小時後和妳在圖書館碰面，可以嗎？」我問卡蜜兒。

她順著我的視線看過去，看到湯瑪士正往這邊來。

「絕對不行。我想知道到底發生了什麼事。你真的覺得我會相信湯瑪士和摩爾法蘭昨晚告訴我們的胡言亂語……我不是笨蛋！卡斯，我知道什麼叫誤導。」

「我知道妳不是笨蛋，卡蜜兒。但如果妳真像我想的那麼聰明，妳會置身事外，然後等一個小時再到圖書館見我。」我走下門廊的階梯，一邊順著車道往前走，一邊用手畫圈圈，示意湯瑪士不要開進來。他看見了，於是放慢速度讓我剛好可以打開車門跳進去，我們把車開走，留下卡蜜兒目送我們的背影。

「卡蜜兒為什麼會在你家？」他問，聽起來妒意很重。

「我需要有人幫我按摩，然後我們還親熱了一個多小時。」我說完，搥了他肩膀一

---

9 Willy Wonka，《歡樂糖果屋》裡的巧克力工廠主人。

下。「好了，湯瑪士。她是拿生物作業來給我的。我們先和你的祖父談談，再到圖書館找她。現在，告訴我昨晚你們和那兩個小子的事。」

「你知道她是真心喜歡你的。」

「對。不過你更喜歡她。」我說，「所以，發生了什麼事？」他試著相信我對卡蜜兒不感興趣，而且我是他的朋友，會尊重他對她的感覺。不過正巧，這兩件事都是真的。

最後他嘆了一口氣。「我們故意像你說的那樣誤導他們。真有趣！我們真的讓他們相信，如果在床頭掛一袋硫磺，她就沒辦法在他們睡覺時發動攻擊了。」

「天啊！別玩得太過火了，我們只是要轉移他們的注意力。」

「不用擔心。摩爾法蘭表演得很好。他用魔法變出了藍色火焰，甚至還假裝被鬼魂附身。他告訴他們，他會準備好驅除咒，但是需要滿月時的月光才能完成。這樣的時間夠了嗎？」

通常我會說夠，畢竟現在用不著找安娜出沒的地點，我已經清楚知道她在哪兒了。

「我不確定。」我回答，「昨晚我又回去了。她把我打得七暈八素的。」

「那麼你打算怎麼辦？」

「我和父親的一個朋友談過了。他說我們必須找出是什麼原因給了她額外的力量。你認識什麼巫師嗎？」

他斜眼瞄我。「你媽媽不就是嗎？」

「我是指黑巫師。有認識的嗎？」

他不大自在地愣了一下，然後聳聳肩。「嗯，我，算是吧！我還不是很厲害，不過我可以設屏障，命令大自然的力量幫忙之類的，摩爾法蘭也是。不過他已經很久沒做了。」車子左轉，停在骨董店前面。我看見櫥窗裡的灰鼻大黑狗，牠的鼻子頂著玻璃，尾巴「砰砰」地打在地上。

我們走進店裡，摩爾法蘭正站在櫃台後標示一只戒指的價錢。戒指看起來很漂亮，很復古，鑲了好大一顆黑色寶石。

「你對巫術和驅邪咒語了解嗎？」我問。

「當然。」他連頭都沒抬起來。大黑狗完成了歡迎湯瑪士回家的任務，走回來靠在他的大腿上休息。「在我剛買下這地方時，鬼鬧得可凶咧。現在偶爾還會。有些東西進來時，主人還留在上面。你知道我的意思吧？」

我環視店裡。骨董店裡當然總有一、兩個幽靈在打轉。我的視線落在一個鑲在橡木梳妝台後的橢圓型長鏡。有多少張臉盯著它看過？有多少死去的人的影子等在鏡子裡，並在黑暗中交頭接耳？

「你能幫我弄到一些東西嗎？」我問。

「哪一些？」

「我需要雞爪、一圈聖石、驅逐五芒星和拿來占卜預知的東西。」

他不高興地看我一眼。「占卜預知的東西？聽起來很專業嘛！」

「詳細的情形我還不清楚，懂嗎？你到底能不能弄到它們？」

摩爾法蘭聳聳肩。「我可以派湯瑪士到蘇必略湖，拿著袋子，從湖裡拿十三個石頭。沒有地方比那兒更天然的了。雞爪的話，需要訂購。至於占卜預知的東西，嗯，我估計你應該是要一面鏡子，或是占卜盆。」

「占卜盆是拿來看未來的。」湯瑪士說，「他要那個做什麼？」

「占卜盆可以拿來看任何你想看到的事。」摩爾法蘭糾正他說，「至於驅逐五芒星，我覺得它的火力未免太大了吧？燒一些保護的薰香或藥草就可以了。」

「你知道和我們打交道的是怎樣的對手，不是嗎？」我問，「她不是普通的鬼，她是個颶風。火力再大對我來說都沒關係。」

「聽好，小子，你剛剛講的和一般所謂的降靈會沒什麼兩樣。召喚亡靈，把它限制在石頭圈裡。再利用占卜盆得到你想要的答案。我說的對嗎？」

我點頭。聽他說似乎很容易，不過對一個不會施咒，而且昨晚被鬼當成皮球踢來甩去的人來說，簡直就是不可能的任務。

「我拜託一個倫敦的朋友幫忙，過幾天我就會拿到咒語。或許我還會需要其他的東西。」

摩爾法蘭聳聳肩。「反正施行束縛咒最佳的時機是在下弦月。」他說，「你還有一個半星期。時間應該是夠的。」他斜眼看我，簡直和他孫子一模一樣。「她打贏你了，不是嗎？」

「贏不了太久的。」

✡

公立圖書館看起來一點都不起眼。不過，我從小看慣了父親和他朋友們收藏的老舊大書冊，眼睛難免有點被寵壞了。但這裡倒是收集了許多區域性的歷史文件，這才是重點。我必須去找卡蜜兒寫完生物作業，所以我要湯瑪士坐在電腦前，從線上資料庫找出所有關於安娜和她的謀殺案的資料。

我在書架後面的一張書桌後找到卡蜜兒。

「湯瑪士在這裡做什麼？」我坐下時她問我。

「找報告。」我聳聳肩。「所以，生物作業是什麼？」

她假笑了兩聲。「分類學的分類。」

「真討厭，又無聊。」

「我們必須製作一張表，從『門』到『種』。我們的題目是寄居蟹和章魚。」她皺起眉頭。「章魚的複數是什麼？章魚們？」

「我想就是章魚。」我一邊回答，一邊把教科書轉向我。雖然我很不想碰它，但我們最好還是立刻開始。我想盡快看到湯瑪士找到的謀殺案資料。從我坐的地方，我可以看到他拱著背，盯著螢幕，興奮地按著滑鼠。接著他在一張紙片上寫了一些東西，然後站起身來。

「卡斯。」我聽見卡蜜兒叫我。從她的語氣，她應該已經講了好一陣子。於是我裝出了最迷人的笑容。

「嗯？」

「我問你想寫章魚還是寄居蟹？」

「章魚。」我回答，「它們稍微煎過後，加點檸檬和橄欖油，很好吃。」

卡蜜兒做了個鬼臉。「好噁心。」

「不，不會。以前我和父親在希臘時都這樣吃的。」

「你去過希臘？」

「對。」我一邊翻著書本上無脊椎動物的章節，一邊心不在焉地回答，「我四歲左右，全家在那兒住了幾個月。不過我不太記得了。」

「你父親常常旅行嗎？是因為工作？還是有其他原因？」

「對。至少他以前是。」

「他現在不是了嗎？」

「我父親死了。」我回答。我討厭對別人提起這件事。我從不知道自己說這件事時，聲音聽起來到底是什麼樣子。而且我也討厭看到別人在聽到之後，驚慌失措，不知如何反應的表情。我不看卡蜜兒，只顧著翻閱。她說她很遺憾，又問發生了什麼事。我告訴她，他是被謀殺的。她倒抽了一口氣。

她的反應完全正確。我應該要對她表現出的同情覺得感動才對。我不感動不是她的錯，只是因為我早就看過太多這種表情。父親的死已經不能再讓我感到憤怒了。

這時，我突然發現，安娜會是我訓練生涯的結束。她超乎想像的強壯，她是我所能想像到的最困難的對手。如果我贏了她，我就已經準備好了，準備好替我父親報仇了。

這個想法讓我猶豫了一下。回去巴頓魯治，回去那棟房子，一向只是個抽象的念頭。只是個想法，一個遠程的計畫。我想我對巫毒的研究是我遲疑的主要原因，我的心裡還是有些不安。畢竟，我一直沒有很積極去調查。我還是不知道是誰殺了父親。我不確定我能召喚得到他們，而且我只能孤軍奮戰，帶媽媽去是完全不可能的。這些年來，當她進我房間時，我總會謹慎地把書藏起來，小心地關掉網頁。她如果知道我有這個念頭，會把我禁足一輩子的。

有人在我肩頭輕拍了一下，我回過神。湯瑪士把一份幾乎快破損的泛黃舊報紙放在我面前。我很訝異他們居然肯讓人從玻璃櫃裡借出來。

「這是我唯一能找到的。」他說。她的照片登在頭版，上頭的大標題印著「發現被殺的女孩」。

卡蜜兒站起來想看清楚。「那是？」

「是她。」湯瑪士興奮地脫口而出。「沒有幾篇報導。警察全嚇傻了。他們幾乎沒有偵訊任何人。」他手上還拿著另一份報紙。他迅速逐頁翻過。「最後一篇是她的訃聞：安娜．寇羅夫，瑪爾維娜摯愛的女兒，於星期四安葬於奇維可斯基墓園。」

「我還以為你是在找報告，湯瑪士。」卡蜜兒說。湯瑪士開始結結巴巴地解釋。我完全不關心他們在說些什麼，我目不轉睛地看著她的照片。一個活生生的女孩，白晰的皮膚，深色的長髮。照片裡的她害羞地看著鏡頭不敢微笑，但是她的雙眼明亮、好奇而興奮。

「好可惜！」卡蜜兒嘆了口氣。「她長得真是漂亮。」她伸出手，撫過安娜的臉，我卻輕輕地把她的手指拂開。我變得不太對勁，可是我不知道到底怎麼了。我看著這個女孩，現在是個怪物，是個凶手。但她卻不知道為什麼放過了我。我用手指小心地輕撫她用緞帶綁起來的長髮。心裡流過一陣暖意，但我的頭腦卻異常冷靜。我覺得我大概快暈倒了。

「喂！兄弟。」湯瑪士喊著，搖了搖我的肩膀。「出了什麼事了嗎？」

「嗯。」我支支吾吾，不知道該對他或對自己說什麼。我移開視線，希望爭取一點時間。結果我看到的畫面，反而讓我神色大變。圖書館的櫃台旁站了兩個警察。

如果我現在告訴卡蜜兒和湯瑪士，那就太蠢了。出於本能他們一定會轉頭去看，這反而會讓他們看起來更加可疑。所以，我一邊等，一邊小心地把安娜的訃聞從脆弱的報紙上撕下來，完全無視卡蜜兒激動而小聲地指責。「你不能這麼做！」我還是把它放進口袋。接著我謹慎地用書本和書包遮住報紙，指著一張烏賊的照片。

「有誰知道這要分進哪一類嗎？」我問。他們兩人抬頭看著我，好像我突然間發瘋了。不過無所謂，因為圖書館員已經轉身指著我們。警察開始朝我們的桌子走過來，就和我原先預料的一樣。

「你在說什麼？」卡蜜兒問。

「我在說烏賊。」我溫和地回答，「而且我在說妳要看起來很吃驚，但不要表現得太過度。」

在她有時間問我之前，兩個配戴著手銬、手電筒和手槍的警察向我們走來，沉重的腳步聲，讓大家為之側目。我看不見卡蜜兒的臉，我只希望她不會也像湯瑪士一臉充滿罪惡感的樣子。我傾身靠向他，他吞了一口口水，讓自己鎮靜下來。

「嗨！同學。」前面那個警察笑著說。他的身材矮胖，看起來很友善，大概比我和卡蜜兒矮三吋。為了解決這個問題，他直接盯著湯瑪士的眼睛。「在寫功課啊？」

「是是。」湯瑪士結結巴巴地回答。「有什麼問題嗎？警官。」

另一個警官隨手翻弄我們桌上的東西，看著我們攤開的教科書。他比他的夥伴高，也比他瘦，有個滿是坑洞的鷹勾鼻，短下巴。他醜斃了。我只是就事論事，沒有無禮的意思。

「我是羅巴克警官。）比較友善的那個說，「這一位是戴維斯警官。我們想問幾個問題，不介意吧？」

我們一群人聳聳肩。

「你們都認識一個叫麥克．安德歐佛的人嗎？」

「是。」卡蜜兒說。

「是。」湯瑪士同意。

「不熟。」我回答。「我幾天前才認識他的。」該死，這感覺真不舒服。汗水從我的額頭冒出來，但是我連擦也不能擦。我從沒有過這種經驗，因為我從未讓任何人被殺死過。

「你們知道他不見了嗎？」羅巴克專注地看著我們每個人。湯瑪士點點頭。我跟進。

「你們找到他了嗎？」卡蜜兒問。「他還好嗎？」

「沒有，我們還沒找到他。不過根據目擊者描述，你們兩個是最後看到他的人之一。可以告訴我們發生了什麼事嗎？」

「麥克不想待在舞會。」卡蜜兒神態自然地說，「於是我們離開舞會，打算去別的地方，但沒決定要去哪兒。威爾．若森伯格開的車。我們離開道森的小路。沒多久，威爾把車停到路邊，麥克就下車了。」

「他就這樣下車了？」

「他對我和卡蜜兒在一起很不高興。」我插嘴，「威爾和蔡斯試著當和事佬，想讓他冷靜下來。但是他就是不聽勸。他說他要走路回家。他想一個人靜一靜。」

「麥克．安德歐佛的家離你說的地方至少有十英哩。你知道吧？」羅巴克警官說。

「不，我不知道。」我回答。

「我們試著阻止他。」卡蜜兒接著說，「但是他不聽。我們只好離開。我以為晚點他就會打電話來，到時我們再去載他。可是他一直沒打來。」這麼輕易地編造謊言，實在令人不安。不過它至少可以解釋為什麼我們的臉上全是罪惡感。「他真的失蹤了嗎？」卡蜜兒尖聲問。「我還以為……我原本希望那不過是個謠言。」

她幫我們解了套。警察看她擔心的樣子，態度也軟化了下來。羅巴克告訴我們，威爾和蔡斯帶他們到當初麥克下車的地方。現在那邊有一群人已經展開搜尋。我們問有什麼我們可以幫忙的地方，他揮手示意我們不用管，好像在說讓專業人員來處理就好。幾個小時內，麥克的臉應該出現在所有的新聞媒體上。整個城市應該總動員，帶著手電筒和雨具在森林裡尋找他的蹤跡。不過，不知道為什麼我曉得他們不會這麼做。麥克．安德歐佛能得到的就只有這麼多。草率的搜索隊和幾個隨便問問的警察。我不知道我是怎麼曉得的。也許是他們夢遊般的眼神，彷彿等不及要結束這件事，好吃頓熱騰騰的晚餐，把腳翹起來，躺在沙發上休息。我在猜，他們是否能感覺到事情並不是那麼單純，已經大大超出他們能處理的範圍。彷彿麥可的死透過詭異而無法解釋的低音波，輕輕地告訴他們別多管閒事。

幾分鐘後，羅巴克警官和戴維斯警官向我們道別。我們全慢慢地沉入椅子裡。

「實在是……」湯瑪士開口，卻不知該怎麼說完。

卡蜜兒的手機響了，她伸手接聽。她轉過身講電話，我聽到她小聲地說：「我不知道」、「我確定他們會找到他的」。收線後，她的眼神看起來很緊張。

「還好嗎？」我問。

她無精打采地拿著手機。「不好。」她說，「我猜她是想安慰我。但我現在實在沒心情和一堆女孩出去看晚場電影，你懂嗎？」

「我們能幫什麼忙嗎？」湯瑪士溫柔地問。卡蜜兒開始翻起面前的紙張。

「老實說，我只想趕快把生物作業寫完。」她說。我點頭附和。我們是應該花點時間做點正常的事。我們應該上學、唸書、好好準備星期五的小考。因為我可以感覺到在我口袋裡的剪報有千百斤重。我可以感覺到安娜的照片，穿過六十年的時空注視著我，讓我忍不住想保護她，想拯救她，不想讓她變成她現在的樣子。

我知道，我們能做正常事的時間不會太久了。

12

我滿身大汗的醒來。我做夢了，夢見有東西俯視著我：有著歪斜牙齒和鉤狀手指的東西，它有著噁心而可怕的呼吸，聞起來像吃了數十年的人，卻從未刷過牙。我的心臟在胸口呼呼跳。我把手伸到枕頭下找尋父親的儀式刀，我發誓，有那麼一瞬間，我感覺自己的手指握到一個十字架，一個纏繞著一條粗糙髮蛇的十字架。然後我握到了握柄，確定匕首正安穩地躺在它的皮套裡。該死的惡夢！

我的心跳緩和下來。低頭一瞥，看見堤波站在地板上，舉著尾巴，瞪著我。我猜牠是不是一直睡在我的胸口上，卻在我醒來時被掃下去，我不記得了。不過我希望是那樣，因為如果是真的，那一定好笑了。

我考慮是否再躺下來睡，最後還是放棄了。雖然我很累，但那種討厭的緊張感仍殘存在我的肌肉裡。我現在真正想要的是去做點田徑運動，丟鉛球或跑跨欄之類的。外面的風一定很大，因為這棟老房子站在地基上嘎吱嘎吱地呻吟著，地板像骨牌似的彈動，聽起來就像急速競走的腳步聲。

床邊的時鐘指著三點四十七分。我一時想不起來今天是星期幾。啊！是星期六。所以至少我不用趕著去上學。日子過得很混亂。從我們搬來這兒後，我大概只有三個晚上睡得好。

我沒多想就爬出床鋪，套上牛仔褲和T恤，然後把儀式刀塞進我後面的口袋，走下樓。我穿上鞋子，拿走媽媽放在咖啡桌上的車鑰匙。我在月光中開在黑暗的街道上。我知道我要去那兒，雖然我不記得我做過這個決定。

✡

我把車子停在安娜家雜草叢生的車道盡頭，走下車，感覺像在夢遊。惡夢殘留的緊張感依然棲息在我的四肢裡。我連自己走上搖搖欲墜的門廊階梯的腳步聲都聽不見，也感覺不到自己的手握住了門把。我開門，走進去，往下墜落。

客廳不見了。我往下掉了八呎，臉直接貼在骯髒冰冷的泥地上。我深吸了幾口氣，讓肺恢復運作，然後反射性地抬起雙腳，心裡只想著：「媽的！這是怎麼回事？」腦袋恢復運作後，我半蹲，將四肢縮在一起，等著。我的兩隻腳幸運地沒受傷。不過我到底在哪裡？我身體的腎上腺素好像快用完了。不管這是什麼地方，它既暗又臭。我試著輕輕呼吸，好讓自己不慌張，也不吸進太多臭氣。四處飄盪著潮濕、腐爛的氣味。如果不是有很多東西死在這裡，就是有很多東西死在別處後被藏到這兒來。

這個想法讓我一邊環顧四周，一邊伸手去抓我的匕首，我特有的銳利、割喉的護身符。我認得房子裡迷濛的陰森光線。我猜它應該是從地板縫瀉下來的。我的眼睛適應黑暗後，可以看見牆壁和地板一部分是泥土，一部分則是凹凸不平的石頭。我回想剛才的情形，走上門廊階梯，走進前門。我到底是怎麼掉進地下室的？

「安娜？」我輕聲叫喚。腳下的地搖晃了起來。我靠向牆面，穩住身體。但我的手摸到的表面卻不是泥土。它摸起來軟軟的，而且黏黏濕濕的。最糟的是，它還在呼吸。

麥克．安德歐佛的屍體一半沒入牆壁，我的手正放在它的胃上。麥克的雙眼睡著似地緊閉著。他的皮膚看起來比以前黑，也比以前鬆弛。他正在腐爛。從他固定在石頭的樣子來看，我感覺這房子正在慢慢地吞噬他，消化他。

我退後幾步。我可不想聽到他親口證實我的猜測。

我聽見有人拖行走動，轉身看見一個似乎喝醉了酒的身影，搖晃蹣跚地走向我。我的胃一陣絞痛，暫時打斷了發現地下室居然有人的驚嚇。他是個渾身酒臭，散發出尿騷味的男人。他衣著骯髒，破爛的風衣，膝蓋破洞的長褲。在我還來不及避開前，他的臉上露出害怕的表情。他的脖子在肩膀上三百六十度地轉動著，彷彿是正被打開的飲料瓶蓋。我聽見他的脊椎一直在咯吱作響，最後他終於癱軟在我腳下。

我不禁懷疑這是否是場永遠不會醒來的惡夢。然後，不知為什麼，父親的聲音突然出現在我腦子裡。

「不要害怕黑暗，卡斯。但也不要相信他們說的：所有存在於黑暗中的，也會存在於光明處。事實不是這樣的。」

謝謝你！老爸。你傳授的另一句驚悚版的金玉良言。

不過，他是對的。嗯，至少最後那部分是對的。我的心跳得超快，甚至可以感覺到自己頸靜脈的跳動。然後，我聽到安娜的聲音。

「你看到我做了什麼嗎？」她問。我還來不及回答，身邊已全都是屍體。數不清的屍體，垃圾似地散滿地板，四肢奇形怪狀地纏繞在一起，堆到天花板，惡臭熏天。我的眼角瞄到其中一個在動。可是仔細一瞧，才發現其實不過是吃屍體的蟲子鑽進了皮膚下亂扭，讓它看起來在微微擺動。唯一還受屍體控制的只有它們的眼球，覆蓋著黏液的白濁球狀物在頭骨裡緩緩地前後轉動，好像想看清楚自己到底發生了什麼事，卻又已經累到一點力氣都沒有了。

「安娜。」我輕聲叫喚。

「這些還不是最糟的。」她咬牙切齒地說。她說的不可能是真的。許多屍體顯然生前受了很大的折磨。它們有的少了手腳，有的牙齒全不見了。它們身上布滿上百個傷口，流出的血漬覆蓋了全身。許多都是年輕人，看起來和我一樣大，甚至比我還小。它們的臉頰被撕開，牙齒長滿了霉。當我回頭看，發現麥克的眼睛張開時，我知道我非離開這裡不可。去他的的獵鬼行動！去他的家族傳統！在這個塞滿屍體的地下室裡，我一分鐘也待不下去了。

我沒有密閉空間恐懼症，不過現在我似乎必須很大聲地對自己信心喊話。然後我看到我之前沒空去注意到的：通往一樓的樓梯。我不知道她是怎麼讓我直接掉進到地下室的。我也不在乎。我只想爬回客廳。等我回到上面，我要忘記所有我在地下室看到的東西。

我走向樓梯，她卻召喚了水。從牆壁裂縫汩汩而出，從地板湧現，從四面八方灌進來。水位逐漸升高，黏滑的爛泥和著水，很髒。不消片刻，水已經升到我的腰部。一具脖子斷掉的遊民屍體漂過，我慌張了起來。我不想和它們一起游泳，我不想去想水面下有什麼東西。然後，我的心裡開始想像出一些很愚蠢的畫面，像最底下的屍體沿著地板爬出來，張開嘴巴像鱷魚一樣爭相咬向我的雙腿。我從遊民的屍體旁擠過去，像一顆載浮載沉的有蟲蘋果，驚訝地聽到自己正在小聲呻吟。糟糕，我要吐了。

到達台階時，一根屍體堆成的柱子剛好移動、倒下，濺起噁心的水花。

「安娜，住手！」我咳嗽，試著不讓綠色的水灌進嘴巴。我不覺得我撐得過去。我的衣服就像夢魘般沉重，讓我只能緩慢地在樓梯爬行。終於，我的手摸到了乾燥的樓板，奮力將自己拉上了一樓。

解脫的感覺只維持了半秒鐘。接著我像隻公雞似地拉高嗓子尖叫，迅速離開地下室門口，害怕水和死人的手會再伸出來把我拉進去。可是，地下室是乾的。幽暗的燈光下，我可以看見樓梯和樓梯附近幾呎的地板。全部都是乾的。什麼都沒有。看起來就像平常存放罐頭的地方。而我身上的衣服居然也是乾的，更讓我覺得自己真是蠢斃了。

該死的安娜。我討厭操弄時空、幻術之類的把戲。這種事，看再久也不會習慣的。

我站起身，拍了拍襯衫，雖然它一點也不髒。我環顧四周。這裡應該是以前的廚房。布滿灰塵的黑色爐子，一張餐桌和三把椅子。我很想坐下來休息一下，但是餐具櫃開始自動開開關關，抽屜「砰」地關上，牆壁也滲出血。門用力關上，盤子紛紛摔落。安娜居然表現得像個普通騷靈，真丟臉！

我慢慢定下心來。騷靈我還應付得來。我聳聳肩，走出廚房，走進客廳。房間裡布滿灰塵的沙發現在看來格外親切。我倒在上面，希望我虛張聲勢的表現不會太差。雖然我的雙手仍在抖個不停。

「滾出去！」安娜在我的肩後大叫。我往沙發後方瞄，她就在那裡。我的死亡女神。她的頭髮像一大朵黑雲，髮絲毒蛇似地伸出來。她咬牙的力量之大，如果她還活著，牙齦大概都要滲出血來了。拿著匕首跳出來的衝動讓我心跳加速。我深呼吸。安娜之前沒殺我，我有預感，這次她也不想殺我。要不然她為什麼還要浪費時間在樓下演出一場屍體燈光秀呢？我對她露出我所能裝出的最自大的笑容。

「如果我不滾呢？」我問。

「你是來殺我的。」她咆哮，顯然決定忽略我的問句。「但是你做不到。」

「這件事中到底是哪個部分令妳這麼生氣？」暗黑色的血流過她的眼睛和皮膚。她很可怕，令人憎惡。她是個殺手，而我卻覺得和她在一起非常安全。「我會找到方法的，安娜。」我承諾，「一定有方法可以殺死妳，送妳走的。」

「我不想被送走。」她說。她變成實體，之前的暗黑血液躲進身體裡，站在我面前的是變成報上照片裡的安娜・寇羅夫。「不過，我的確應該被殺。」

「但妳還活著時不該被殺的。」我說，並非全然不同意。因為我不認為樓下那些屍體只是她想像出來的。雖然看不到，我覺得這棟房子的牆壁真的在慢慢啃食著麥克・安德歐佛。

她甩動她的手臂，手臂下方接近手腕的地方布滿黑色靜脈。她甩得更用力，閉上眼睛，然後它們消失了。突然間我懂了，我看著的不只是一隻鬼。我看著的是一隻鬼，和某個加在鬼身上的東西。它們完全是兩回事。

「妳必須和那對抗，是嗎？」我輕聲問。

她驚訝地看著我。

「剛開始時我完全無力反抗，那不是我。我好像瘋了，被困在裡面。我只能縮在我心裡的角落，眼睜睜地看著這個恐怖的東西做出可怕的事。」她偏著頭，頭髮柔順地垂在肩上。我無法想像她們是同一個人。死亡女神和這個女孩。我可以想像她往外望，覺得自己的眼睛不過是兩扇窗，而她只能安靜而恐懼地躲在裡頭，穿著她的白洋裝。

「現在，我們已經融為一體了。」她繼續說，「我是她，也是它。」

「不。」話一出口，我就知道我說的是真的。「她就好像是妳的一個面具，妳可以把它脫下。為了救我，妳就脫下過它。」我站起來，繞著沙發走。她的力量如此強大，現在卻看起來十分脆弱。她沒有退開，仍舊和我四目交接。她並不害怕，只是很哀傷，很好奇，就像照片裡的女孩。我在想，她活著的時候是什麼樣子？她愛笑嗎？她聰明嗎？我無法想像她生前的個性現在還能殘留多少，畢竟已經過了六十年，而且天曉得她已經謀殺了多少人。

然後，我才想到我應該很不爽的。我揮手指著通往後面廚房和地下室的門。「妳剛才到底在搞什麼？」

「我只是想讓你知道你在和什麼樣的敵人交手。」

「什麼？像某個討厭的女孩在廚房亂發飆嗎？」我瞇著眼睛說，「妳想嚇跑我。妳打算用那種上不了檯面的小劇場把我嚇得奪門而出。」

「上不了檯面的小劇場？」她嘲笑我，「我敢打賭你差點尿褲子了。」

我張大嘴，然後很快閉上。她的雙關語差點讓我笑出來。我還是很「不爽」，但可不想「尿褲子」[10]。哦！去他的！我放聲大笑。

安娜眨眼，微笑。但很快收回笑容。她也在努力忍住不笑。

「我是……」她停了一下，「我在生你的氣。」

「為什麼？」我問。

「因為你要殺我。」她說。然後我們兩人都笑了。

「就在妳這麼努力地不殺我之後。」我微笑。「我想我看起來似乎是非常不知好歹。」我和她一起笑。兩個人正融洽地在聊天。現在是怎樣？某種扭曲的斯德哥爾摩症候群[11]嗎？

「你又來做什麼？又想試著殺掉我？」

「不是。很奇怪，對不對？我……我做了個惡夢。我需要找人談一談。」我用手耙過頭髮。我已經很久沒感到這麼彆扭了。或者應該說，我從來沒感到這麼彆扭過。「我猜我只是想安娜一定也還沒睡。於是我就來了。」

她輕輕地「哼」了一聲，然後皺起眉頭。「我能對你說什麼？我們能聊什麼？我離開現實世界已經很久很久了。」

我聳聳肩。不知不覺中，我脫口而出。「嗯，反正，我從生下來，就不曾真正生活在現實世界裡。」我閉著嘴，低頭看地板。真不敢相信我居然這麼情緒化。我正在對一個十六歲就被殘忍謀殺的女孩抱怨我的人生。她被困在全是屍體的房子裡。而我卻可以去上學，當個特洛伊人；可以吃到媽媽烤的花生乳酪三明治；可以……

「你一直都和死人為伍。」她溫柔地說。她的眼睛閃爍著光芒，和令我無法置信的

10 這兩個字的英文都是pissed。
11 Stockholm Syndrome，又稱為人質情結、人質症候群，是指犯罪的被害者對於加害者產生情感，甚至反過來幫助加害者的一種情結。

同情。「你一直和我們一起，自從……」

「自從父親去世之後。」我說，「在那之前，是他和死人為伍，而我跟著他。亡魂就是我的世界。其他的每一件事，不管是學校，還是朋友，都只會是我移往追尋下一個鬼魂的阻礙。」我從沒說過這句話。我從不容許自己去想這些。我總是要求自己專心。因為要全神貫注，我控制自己不去想關於生命和生活的意義。即使媽媽一再鼓勵我出去玩，去交朋友，去申請大學。

「你都不覺得難過嗎？」她問。

「不太會。妳知道嗎？我有神奇的力量，我有存在的目的。」我把手伸到我後面的口袋，拿出儀式刀，把它從皮套中抽出來。匕首在幽暗的光線中閃閃發亮。某種魔力存在我的血液之中，在我父親的血液之中，甚至在更早的祖先的血液之中，賦予它魔力，讓它不只是一把刀子。「我是世上唯一能做這件事的人。這不表示我就應該要去做它嗎？」話一出口，我就已經覺得生氣。我所有的選擇權都被剝奪了。安娜蒼白的雙臂抱在胸前。她歪著頭將髮絲撥到肩膀後。看它像正常的黑髮躺在那兒，感覺有點怪。我下意識地等著它跳起來扭動，在空中看不見的水流中飄盪。

「沒有選擇聽起來似乎不太公平。」她彷彿可以看透我的心思。「不過有各種選擇也不會真的比較容易。我還活著的時候，一直無法決定長大後要做什麼，要變什麼樣的人。我喜歡照相，想當報社的攝影記者。我喜歡烹飪，想搬到溫哥華開家餐廳。我有千千萬萬個夢想，但沒有一個比其他的更吸引我。到最後，它們可能會讓我麻木。我大概只會留在這裡經營民宿。」

「我不相信。」這個通情達理的女孩，只要動根手指就能置人於死。而她似乎也喜歡這樣的力量。可是如果有機會，她必然會毫不猶豫地放棄這一切。

「我真的不記得了。」她嘆口氣。「我不認為我活著時很強壯。但是，現在回想起來，卻覺得每一分每一秒我都好喜歡，甚至連每一次的呼吸都那麼迷人清新。」她的雙手誇張地疊在胸前，從鼻子深深吸了口氣，再用嘴巴吐出來。「不過當時的我大概不這麼想。即使有那麼多志向與夢想，我卻不記得自己曾經……該怎麼形容呢？活得很有朝氣。」

我微笑。她也微笑，順手將鬢角的頭髮拂到耳後。她的手勢是這麼自然，這麼有人性，讓我一時間忘了接下來要說什麼。

「我們在做什麼？」我問，「妳在試著讓我不要殺妳，對吧？」

安娜交叉雙臂。「既然你殺不了我，我認為那麼做只是白白浪費我的精力。」

我大笑。「妳太有自信了。」

「是嗎？我知道你沒有用盡全力，卡斯。我可以感覺到你匕首的動作，你對我手下留情。你做過幾次這種事？你戰鬥過幾次？贏過幾次？」

「過去三年，一共二十二次。」我得意地說。這比我父親在同樣的時間裡完成的更多。你可以說我是青出於藍，更勝於藍。我想要超越他，更快，更敏銳。因為我不想落得和他一樣的下場。

沒有那把刀，我一點都不特別，只不過是個體型普通的十七歲平凡少年，或許還偏瘦了點。但是我手中握著儀式刀時，你可能會覺得我是黑帶三段之類的高手，行動確實、有力、敏捷。她說我沒盡全力是對的，只是我也不知道自己手下留情的理由。

「我不想傷害妳，安娜。妳知道的，不是嗎？只是公事公辦。」

「就像我不想殺害那些在我地下室裡腐爛的人一樣。」她露出悲慘的微笑。所以屍體是真的。「妳出了什麼事？」我問，「是什麼強迫妳的？」

「不關你的事。」她回答。

「如果妳告訴我……」我開口，卻沒把句子說完。如果她告訴我，我就能了解她。一旦我了解她，我就能殺了她。

事情愈變愈複雜。這個謎樣的女孩，和那個沉默的黑色怪物是一體的。這不公平。當我的匕首劃過她時，能不能將她和它分開？會是安娜去一個地方，怪物去另一個地方嗎？還是安娜會被吸進其他鬼魂去的空間呢？

我以為我很久以前就不再去想這些問題了。父親一再告訴我，我們只是執行的工具，不負責審判。我們的任務是將亡魂送離人世。他的眼神是如此堅定。為什麼我卻沒有同樣的信仰呢？

我慢慢舉起手，撫摸她冰冷的臉，手指輕輕掠過她的臉頰，驚訝地發現觸感居然非常柔軟，而不是大理石般堅硬。她靜立在原地，然後猶豫地舉起手，放在我的臉上。

我們之間的吸引力是這麼強，強到卡蜜兒開門走進來時，我們仍舊動也不動，直到她大聲地叫出我的名字。

「卡斯？你在做什麼？」

「卡蜜兒。」我脫口而出。她就站在那兒，身影鑲在門框裡。她握著把手，看起來似乎在發抖。她試探性地往屋裡再跨一步。

「卡蜜兒，不要動。」我說，但她只是盯著從我身邊不斷往後退、表情猙獰、痛苦地抱著頭的安娜。

「就是她嗎？就是她殺死麥克的嗎？」

笨女孩，她又往屋內跨進一步。安娜盡了全力踉踉蹌蹌地往後退，不過我看見她的眼白已經變成全黑。

「安娜，不要！她不懂。」我說得太遲了。不論是什麼理由讓安娜不殺我，顯然就只有一次例外。她的樣子變了，扭動的黑髮、紅色的鮮血、蒼白的皮膚和裸露的牙齒。有一小段時間，四周安靜無聲，只聽到鮮血從她洋裝落下，一滴、一滴、又一滴。

然後她突然衝過來，準備將手插進卡蜜兒的內臟裡。

我跳過去撲倒她，撞上宛如花崗石的強大力量時，不禁在心裡痛罵自己是白癡。不過至少我改變了她的路線，讓卡蜜兒有時間跳開。只是她跳錯方向了。她現在離大門更遠了。我突然想到，有些人只會唸書，遇見事情時反應不夠靈活。卡蜜兒是隻溫馴的家貓，如果我不想辦法，安娜輕輕鬆鬆就能將她一口吞下。這時安娜蹲伏在地，洋裝上的血流得四處都是，令人作嘔。她的頭髮飛張、眼露凶光。我衝向卡蜜兒，擋在她們之間。

「卡斯，你在做什麼？」卡蜜兒嚇壞了。

「閉嘴，趕快跑向門口！」我大喊，拔出匕首舉在身前，即使安娜一點都不怕。她轉換目標朝我跳了過來。我用沒拿刀的那隻手抓住她的手腕，握住匕首的那隻手試著限制住她。

「安娜，住手！」我咬牙切齒地說。她的眼白回來了，她緊咬牙關，從齒縫間擠出幾個字。

「把她帶走！」她呻吟著。我重重地推開她，將她再次推進屋內深處。然後我抓住卡蜜兒，奮力往門口狂奔。我們跑過門廊階梯，一直到泥石草地才敢回頭。門已經關上了。我聽見安娜在裡面大發雷霆，打爛東西，撕毀物品。

「我的天！她好可怕。」卡蜜兒把頭埋進我的胸膛，喃喃自語。我輕輕抱著她，安撫她好一陣子才放開。然後，我又走回門廊階梯。

「卡斯！不要靠近！」卡蜜兒大喊。對於剛剛的事，我知道卡蜜兒是怎麼想的，但我看到的卻是安娜努力試著阻止事情發生。當我踏上門廊，安娜的臉出現在窗邊，牙齒裸露，黑色的血管盤踞了蒼白的皮膚。她的手拍著玻璃，讓窗戶「喀喀」作響。眼睛則化成了兩潭黑水。

「安娜。」我輕聲叫喚。我走到窗戶旁，可是還來不及舉起手，她已經飄走，轉身，滑上樓梯，消失了。

13

我們跑下安娜家髒亂的碎石車道時，卡蜜兒一直講個不停。她的問題我完全沒聽進去。腦子想的都是：安娜是個殺人凶手。但是安娜並不邪惡，她殺人，卻不願意殺人。她和我以前見過的鬼都不一樣。沒錯。我以前確實聽過知道自己已經死了的鬼。基甸說他們力量強大，通常沒有敵意。我不知道該怎麼辦。卡蜜兒一把抓住我的手肘，強迫我轉身面對她。

「幹什麼？」我生氣地喝道。

「你想要老實告訴我你在裡面做什麼嗎？」

「不想。」我猜我睡著的時間一定比我想像中久，不然就是和安娜聊得比我以為的更久，因為東邊的雲已經透出一道道金黃曙光。陽光很柔和，但對我來說仍太刺眼。突然間，我看著卡蜜兒，眨一眨眼，才了解到她是真的站在我面前。

「妳跟蹤我！」我說，「妳來這裡做什麼？」

她不自在地換了個姿勢。「我睡不著。而且我想確定這是不是真的，所以我開車到你家，剛好看到你離開。」

「妳想確定什麼？」

她張著大眼睛看我，彷彿希望我能想到答案，這樣她就不必親口說出來。但是我討厭這種手段。我故意沉默，最後她終於開口了。

「我和湯瑪士談過。他說你……」她搖搖頭，似乎覺得自己很蠢，居然會相信湯瑪士的話。而我則覺得自己更笨，居然會相信他會保密。「他說你是職業亡靈殺手，說得好像你是魔鬼剋星之類的。」

「我不是魔鬼剋星。」

「那麼你在裡面做什麼？」

「我在和安娜談話。」

「和她談話？她殺了麥克！她很可能也會殺了你。」

「不，她不會。」我看了房子一眼。我覺得在這麼靠近她家的地方談論她很奇怪。真的很奇怪。

「你和她談些什麼？」卡蜜兒問。

「妳一直都這麼愛管閒事嗎？」

「有什麼關係？你們又不是在討論個人隱私。」她輕蔑地回答。

「說不定就是。」我說。我想離開這裡，我想先把媽媽的車開回家，再讓卡蜜兒載我去叫醒湯瑪士。我要把床墊從他身子下扯出來，看他在下墊上亂滾應該會非常有趣！

「聽好，我們趕快離開，好嗎？先跟我回家，然後再載我到湯瑪士家。我會解釋所有的事，我保證。」她看起來不太相信，我補上一句。

「好吧！」她說。

「卡蜜兒。」

「什麼事？」

「不要再叫我魔鬼剋星，好嗎？」她微笑，我也微笑。「我想先把話說清楚。」

她走過我身邊，往她的車子走。我抓住她的手臂。

「妳沒把湯瑪士說的事告訴別人吧？」

她搖搖頭。

「連娜塔麗和凱蒂也沒說？」

「我告訴娜塔麗我要來找你。這樣如果我父母打電話給她，她才知道怎麼幫我掩飾。我告訴他們我會待在她家。」

「妳是怎麼告訴她為什麼我們要見面的？」我問。她不滿地看我一眼。我猜卡蜜兒·瓊斯只有在談戀愛時，才會在晚上偷偷和男生見面。我用手梳過頭髮。

「所以到學校之後，我應該揑造點什麼嗎？我們接吻之類的？」我猜我眨了太多次眼睛，而且駝了背，瞬時覺得自己彷彿矮了她半呎似的。她有些困惑地看著我。

「你好像不太擅長這種事，是不是？」

「是不怎麼有經驗，卡蜜兒。」

她笑了。該死，她真的很漂亮。難怪湯瑪士會把我的秘密和盤托出。她大概只要搧一搧睫毛，就可以將他擺平了。

「別擔心。」她說，「我會捏造點什麼。我會告訴大家你是個接吻高手。」

「不用對我這麼好。聽著，先跟著我回家，好嗎？」

她點頭，鑽進車子。回到媽媽的車裡，我真想把頭直接壓在方向盤上，讓喇叭一直響。這樣，我的吶喊就會被喇叭聲淹沒。為什麼這次的任務這麼難？是因為安娜？還是有其他的原因？為什麼我沒辦法讓別人不來插手？事情從來沒有這麼棘手過。以前不管我編的故事有多荒謬，其他人也是照單全收。因為他們打從心底不想知道事實。就像蔡斯和威爾。他們輕易就相信了湯瑪士捏造的天方夜譚。

但是太遲了。湯瑪士和卡蜜兒已經涉入太深，偏偏這次的行動卻又比以往的任何一次都要危險。

✡

「湯瑪士和父母住在一起嗎？」

「沒有。」卡蜜兒說，「他的父母在車禍中過世了，被逆向酒駕的人撞上。至少我在學校是聽他們這麼說的。」她聳聳肩。「我猜他現在應該和祖父住一起。那個奇怪的老頭。」

「很好。」我用力拍門，根本不在乎會不會吵醒摩爾法蘭。來點刺激對那個尖酸刻薄的貪婪老人只有好處。但在連續用力敲了十三下後，門終於開了，湯瑪士穿了一件很難看的綠色睡袍站在我們面前。

「卡斯？」他啞著聲音。我忍不住微笑。他的頭髮全往一邊翹，眼鏡滑到鼻頭，十足像個超大尺寸的四歲小孩，讓我實在很難繼續生氣。當他發現卡蜜兒就站在我後面時，馬上伸手確認臉上沒有口水，並試著把頭髮梳下來。不過沒什麼用。「啊！你來這裡做什麼？」

「卡蜜兒跟蹤我到安娜的家。」我不自然地假笑了兩聲。「你想告訴我是為什麼嗎？」他漲紅了臉，但我不知道是因為罪惡感，還是因為他穿睡衣的樣子被卡蜜兒看見。不管是什麼原因，他都先退到一邊，讓我們進去，然後領著我們穿過幽暗的走廊，進到廚房。

整個屋子聞起來都是摩爾法蘭藥草煙斗的味道。我看見他笨重的身軀正彎著腰在倒咖啡，我還沒開口要求，他就遞了一杯給我。然後嘴裡不知在咕噥什麼，走出了廚房。

原本走來走去的湯瑪士突然停下腳步，眼睛緊盯著卡蜜兒。

「她試著要殺了妳。」他瞪大眼睛，脫口而出。「妳沒辦法控制自己不去想她手指戳向妳肚子的模樣。」

卡蜜兒眨眨眼。「你怎麼知道？」

「你不該那麼做的。」我警告湯瑪士，「那會讓人覺得不自在。侵犯隱私，你知道的。」

「我知道。」他說，「我也沒辦法常做。」他對卡蜜兒說明。「只有在人們有非常強烈或暴力的念頭，或者重複想著同一件事時，我才能接收到。」他微笑。「而妳現在剛好三項都吻合。」

「你會讀心術？」她覺得很不可思議地問。

「坐下，卡蜜兒。」我說。

「我不想。」她說，「這幾天我才知道雷灣有這麼多有趣的事。」她雙手交叉抱在胸前。「你會讀心術。那棟房子裡有個東西殺了我的前任男友。而你會……」

「殺鬼。」我替她說完。「用這個。」我拿出儀式刀，放在桌子上。「湯瑪士還告訴妳什麼？」

「你的父親也殺鬼。」她說，「我猜，然後他被鬼殺了。」

我瞪了湯瑪士一眼。

「對不起。」他無助地說。

「沒關係。你害了相思病，我知道。」我又假笑了兩聲。他絕望地看著我。卡蜜兒除非是眼睛瞎了，否則一定早看出來了。

我嘆了口氣。「所以，現在打算怎麼辦？我可能叫你乖乖回家，忘了這一切嗎？有沒有任何辦法，讓我避免走入組成一個青少年版的……」我還沒說完，已經傾身把臉埋在雙手裡呻吟。卡蜜兒第一個想到，放聲大笑。

「少年版的魔鬼剋星嗎？」她問。

「那我就會是彼得．凡克曼[12]了。」湯瑪士說。

「沒有人會是任何人。」我生氣了。「我們不是魔鬼剋星。匕首是我的，殺鬼也是我，我可不想一直拖著兩個包袱。而且，再怎麼說，我才應該是彼得．凡克曼。」我眼神銳利地盯著湯瑪士。「你應該是依剛。」

「等一下。」卡蜜兒說，「你不能這麼獨斷獨行。麥克也算是我的朋友。」

「那並不代表妳可以幫忙。這不是在報仇。」

「不然是什麼？」

「這是要……阻止她。」

「是嗎？那你做得不怎麼樣嘛！在我看來，你連試都沒試。」卡蜜兒挑起眉毛執疑。她這樣看著我，讓我的雙頰發燙。可惡！我居然臉紅了。

「這太愚蠢了！」我脫口而出，「她很強，知道嗎？不過我已經計畫好了。」

「沒錯。」湯瑪士幫我辯護，「卡斯都計畫好了。我已經從湖裡取了石頭。它們會一直在月光下吸收能量，直到下弦月。雞爪也預訂了。」

不知道為什麼，談論到咒語讓我心裡不大舒服，彷彿我忽略了什麼事，彷彿我的計畫並不完美。

有人沒敲門就走了進來，我幾乎沒注意到。這讓我覺得自己真的疏忽了很多事。我強迫腦袋清醒，幾秒鐘後抬頭一看，是威爾．若森伯格。

他看起來像失眠了好幾天。呼吸沉重，下巴垂在胸口。我猜過去幾天他應該喝了不少酒，污泥和油漬沾在他的牛仔褲上。這個可憐的孩子顯然受到嚴重的打擊。他盯著我放在桌上的匕首。我伸出手，將它收進後面的口袋。

「我就知道你有問題。」他說。他呼出的氣裡百分之六十都是啤酒。「一切都是因你而起的。不是嗎？你來了之後，事情就不對勁了。麥克早就知道了，所以他才不要你接近卡蜜兒。」

「麥克什麼也不知道。」我冷靜地說，「發生在他身上的事純屬意外。」

「謀殺不是意外。」威爾口齒不清地說，「不要再騙我了。不管你要做什麼，我都要參加。」

我忍不住呻吟，真沒一件事順利。摩爾法蘭走回廚房，理都不理我們，只是盯著他的咖啡壺瞧，彷彿它有趣得不得了。

「圈圈愈變愈大了。」是他唯一的評論。而我之前一直想破頭都想不到的問題，突

12 Peter Venkman，電影《魔鬼剋星》中的主角之一。

然間豁然開朗了。

「媽的！」我說。煩惱地將頭往後仰，瞪著天花板。

「怎麼了？」湯瑪士問，「有什麼問題？」

「那個咒語。」我回答，「魔法圈。我們必須進到屋子裡，才能施咒。」

「沒錯。所以咧？」湯瑪士說。卡蜜兒卻是一聽就懂，臉孔馬上垮了下來。

「卡蜜兒今天早上進了屋子，安娜差點就把她吃了。我是唯一能走進那房子而不死的人，但我的巫術可沒好到可以施咒。」

「你能纏住她，讓我們有足夠的時間施咒嗎？一旦弄好了，我們就有防護罩了。」

「不行。」卡蜜兒說，「行不通的。你應該看看他今天早上的樣子。他就像隻無力的蒼蠅被她拍來拍去。」

「謝了！」我不爽地說。

「沒錯。湯瑪士辦不到的。更何況，他不是得心無旁騖才行嗎？」

威爾往前一跳，抓住卡蜜兒的手臂。「妳在說什麼？妳進那房子去了？妳瘋了嗎？如果妳發生了什麼事，麥克會殺了我的！」

然後，他才想起來麥克已經死了。

「我們要想辦法布置好魔法圈，然後施咒。」我把心裡的想法大聲地說出來，「她絕不會自告奮勇告訴我到底發生了什麼事。」

摩爾法蘭終於開口。「事出必有因，西修斯・卡西歐。你得在一星期內，趕快去弄清楚。」

✡

只剩不到一星期。不到一星期了。我不可能在一星期內變成厲害的巫師，也不可能變得更強，或更能控制安娜。我需要支援，我需要打電話給基甸。

從廚房解散後，我們全站到車道上。今天是星期日，慵懶平靜的星期日，早到連上教堂的人都還沒出門。卡蜜兒和威爾一起走向他們的車子。她說她要開車跟在他的車後頭，陪他一起回家，和他說說話。畢竟她和他最親近，而她不認為蔡斯在安慰威爾上能起任何作用。我猜她說得沒錯。離開前，卡蜜兒把湯瑪士拉到一旁，小聲地對他說了好一會兒的話。我們一邊目送卡蜜兒和威爾離開，我一邊問他她說了什麼。

他聳聳肩。「她只是說，她很高興我把事情告訴她。希望你不要為了我走漏口風而生氣，她一定會保密的。畢竟她只是想幫忙。」然後他一直說個不停，想把重點轉移到她的手搭在他手臂上的感覺。真希望我沒問，現在可好，他不肯閉上嘴了。

「聽好。」我說，「我很高興卡蜜兒注意到你。如果你好好把握，可能會有機會。但不要想窺伺她的內心。她對這種行為很反感。」

「我和卡蜜兒・瓊斯。」即使他滿臉期待地看著她遠去的車，嘴巴上還是不忘自嘲。「下輩子吧！看起來，她最後可能會和威爾在一起。他很聰明，又是學校裡的風雲人物，就和她一樣。他做人其實還不壞。」湯瑪士扶正眼鏡。湯瑪士其實也不壞，將來他就會明白。而現在，我只是先叫他去換件衣服。

他轉身往回走，我注意到車道盡頭有一條圍住房子的環狀小徑。分叉處種著一小棵白樺樹，離地最近的樹枝上掛了一個細長的黑色十字架。

「嘿。」我一邊叫，一邊指。「那是什麼？」

回答的不是湯瑪士。摩爾法蘭穿著脫鞋和藍色睡褲，昂首闊步地走上門廊，格子睡袍緊緊繫在又圓又大的肚皮上。他的打扮配上編成辮子的搖滾鬍子實在非常不搭。不過那不是我現在關心的。

「力格巴十字架。」他簡單回答。

「你施行巫毒術。」我說。他只是嗯了一聲。我想那就是承認了，於是我說，「我也是。」

他對著咖啡杯輕蔑地哼了一聲。「不，你沒有。而且你也不應該。」

沒錯，我是在吹牛。我不會施行巫毒術，我只是在學習它，而眼前正是個好機會。

「為什麼我不應該？」我問。

「小子，巫毒術講究的是能量。你自身的能量和你能傳送的能量。你借來的能量和你從食物中獲得的能量。你袋子裡的皮鞘大概就附了一萬伏特在你身上。」

我本能地摸了摸後口袋的儀式刀。

「如果你是巫毒術士，而且能傳送那股能量。嗯，光是看著你，就會有飛蛾撲火般的危險。你無時無刻都會受到影響。」他瞇起眼睛看我。「或許以後我可以教你一些。」

「我很樂意學。」我說。這時湯瑪士穿著剛換好但還是不搭的衣服衝回門廊，蹦蹦跳跳地下了階梯。

「我們要去哪兒？」他問。

「回安娜家。」我說，他的臉都綠了。「我必須想出施咒的方法，不然一個星期後，我就得看著你被扭斷的頭和卡蜜兒被拉出來的腸子了。」湯瑪士的臉更綠了，我拍拍他的背。

我回頭瞄了摩爾法蘭一眼，他從馬克杯的上緣看著我們。嗯，巫毒術士傳送能量。他真是個有趣的傢伙。而他告訴我的事大概會讓我想上許久，想得都睡不著了吧？

✡

在路上，昨晚帶來的刺激漸漸褪去。即使灌下摩爾法蘭所謂的咖啡，雖然我覺得喝起來比較像塗料稀釋劑，我的眼睛還是非常乾澀，頭也不聽話地直往下垂。湯瑪士一路都很安靜。他可能還在回味卡蜜兒的手碰到他手臂的感覺。如果世界是公平的，卡蜜兒會轉頭，注視他的雙眼，明白他甘願為她做牛做馬，並滿心歡喜。她會鼓勵他，讓他當回自己，慶幸他們擁有彼此。但世界不是公平的。她最後可能會和威爾，或某個混混在一起。而湯瑪士只能在一旁沉默地傷心。

「你千萬不要靠近房子。」我說著，將他從他的思緒中拉出來，順便提醒他別忘了轉彎。「你可以待在車裡或跟我走到車道。不過，經過早上的事，她可能還不太穩定，所以你不要上門廊。」

「你用不著再說一次。」他不滿地說。

我們開上車道後，他選擇待在車裡。我獨自往上走。打開大門時，我先低頭確認我腳下的是客廳地板，而不會臉孔著地直接摔到一堆屍體上。

「安娜？」我叫著，「安娜？妳還好嗎？」

「真是個蠢問題。」

她從樓梯口的房間走出來，傾身靠著欄杆，不是黑暗女神，而是小女孩。

「我已經死了，沒有什麼好不好的。」

她的眼睛低垂著。她很孤單，充滿罪惡感，被困在這兒，她為自己感到悲哀。我可以了解她的心情。

「我不是故意要讓早上的事發生的。」我老實說，並向樓梯跨了一步。「我不會那樣對妳，但是她跟蹤我。」

「她還好嗎？」安娜提高聲音好奇地問。

「她沒事。」

「太好了。我還怕我讓她弄出瘀青了。她有張漂亮的臉蛋。」

安娜沒看我。她正撥弄著欄杆上的木頭。她試著想要套我的話，但我不知道她想聽的是什麼。

「我需要妳告訴我妳出了什麼事。我需要妳告訴我妳是怎麼死的。」

「為什麼你會要我回想起那些？」她輕聲說。

「因為我需要了解妳，我需要知道妳為什麼會這麼強。」我開始一邊想，一邊說，「據我所知，妳被謀殺的方式並沒有特別奇怪或可怕，甚至稱不上殘忍，所以我想不通妳為什麼會變成這樣。一定發生過什麼事……」我閉上嘴，安娜張大眼睛，厭惡地瞪我。「怎麼了？」

「我只是開始後悔我沒殺了你。」她說。我睡眠不足的腦袋過了一分鐘才聽懂，然後不禁覺得自己真是個混球。我看過太多的死亡，看過太多變態、扭曲的死法，讓我居然就這樣毫不修飾地平舖直述，漫不經心到彷彿只是在唱童謠。

「你知道多少？」她問，「關於發生在我身上的事？」

她的聲音變得輕柔。談論謀殺案，講述事實是我從小到大聽慣做慣的事。可是現在我卻不知道該如何開口。安娜就站在我眼前，不再只是書上的文字或圖片。當我最後終於開口，我又快又短地把它說完，像一把撕下身上的疼痛貼布。

「我知道妳在一九五八年，十六歲時被殺。割喉。在去學校舞會的路上。」

她的雙唇淺淺一笑，但很快收回。「我真的很想去。」她小聲地說，「那會是我的最後一次舞會。我的第一次，也是最後一次。」她低頭看自己，抓住裙襬。「這是我的洋裝。」

看起來沒什麼特別的。不過是一件普通的白色寬鬆直筒連身衣裙加了蕾絲和緞帶。不過我懂什麼呢？第一，我不是少女；第二，我對一九五八年所知不多。或許就像我母親說的，那是個最好的年代。

「它看起來不怎麼樣。」她像是看透我的心思似地說，「當時我們有個女房客是裁縫師，瑪麗亞。從西班牙來的。我覺得她很有異國風味。她來加拿大時，還有個比我小一點的女兒留在老家，所以她很喜歡和我聊天。她幫我量尺寸，還教我怎麼縫。我本來想選更優雅的款式，但我的縫紉技術一直很差。我的手指頭很笨。」她舉高雙手，彷彿這樣我就能看出它們做出的成品有多差。

「妳看起來很漂亮。」我將跳進我既笨又空的腦袋裡的第一個念頭說了出來。我真想拿出儀式刀割下自己的舌頭，她大概不會想聽這個，我的表達方式全錯了。我的聲音不聽使喚。但是沒出現奇腔怪調，沒有破音，我已經覺得自己很幸運了。「為什麼是妳最後一個舞會？」我很快地問。

「我打算離家出走。」她說。她的眼中閃爍著和當時一樣的反抗光芒，聲音裡彷彿藏著有一把憤怒的火，讓我深深地為她感到悲傷。突然間，火熄了，她似乎非常困惑。

「我不知道我是不是真的做了，當時我的確很想。」

「為什麼？」

「我想要開始自己的生活。」她解釋，「我知道如果我繼續待在這兒，就什麼都不會去做，只能接手經營民宿。而且，我也不想再吵架了。」

「吵架？」我向她再靠近一步。一綹黑髮垂掛在她肩上，她雙手環抱自己，髮絲掉落下來。她好蒼白，好瘦小，我無法想像她和別人吵架的樣子。至少不能想像她用拳頭和人吵架的樣子。

「不是吵架。」她說，「而是抗爭。和她，還有他。我躲起來，讓他們以為我是個弱者。因為那是他們所希望的。她告訴我，那也是我父親所希望的。一個安靜、聽話的女孩。不是個妓女，不是個蕩婦。」

我深呼吸，問是誰那樣叫她，是誰敢那麼說。但是她太激動了，什麼都聽不見。

「他是個騙子、遊手好閒的寄生蟲。他對我母親示愛，但不是真心的。他說他會和她結婚，然後他就能擁有其他一切。」

我不知道她說的是誰，不過我可以猜到「其他一切」指的是什麼。

「是妳。」我輕聲地說，「他真正想要的是妳。」

「他會……在廚房或在外面的井邊圍堵我，把我嚇個半死，我恨他。」

「妳為什麼不告訴妳母親？」

「我不能……」她停了一下，然後繼續說，「但是我不能讓他繼續下去，我要逃跑。我會的。」她面無表情，兩眼也失去了神采。她只是動著嘴唇，發出聲音，其他的情緒全藏了起來。

我伸出手，碰觸她臉頰，和冰一樣冷。「是他嗎？是他殺了妳嗎？那天晚上他跟蹤妳，然後……」

安娜很快地搖著頭，往後退去。「夠了。」她試著以嚴峻的語氣說。

「安娜，我必須知道。」

「你為什麼必須知道？這一切關你什麼事？」她把手放在額頭上。「我自己都不大記得了。每一件事都很模糊，很令人傷心。」她很沮喪地搖搖頭。「我沒辦法告訴你任何事！我被殺了之後，接著就一陣黑暗，我就到這兒來了。我成了現在這個樣子。殺人，再殺人，怎麼樣都停不下來。」她的呼吸急促。「他們對我動了手腳。但是我不知道是什麼，也不知道是怎麼做的。」

「他們。」我好奇地說，但心裡明白這已經是極限了。我可以看出她已經虛脫，而幾分鐘後，我試著去抓住的可能已經變成一個滿臉黑色血管、洋裝鮮血滴個不停的女孩。

「有個咒語。」我說，「有個咒語可以讓我明白。」

她稍微冷靜下來，用看到瘋子似的眼神望著我。「魔法咒語？」不相信的微笑閃過她的臉。「我會長出仙子翅膀或跳過火圈嗎？」

「妳在說什麼？」

「魔法不是真的。它是假的，是迷信，是我芬蘭老祖母掛在嘴上的詛咒。」

我無法相信一個站在我面前說話的死人居然會質疑魔法的存在。不過在我有機會說服她之前，事情起了變化，她腦袋裡有什麼抽動了一下，她痙攣了起來。她眨一眨眼，眼神感覺更加遙遠。

「安娜？」

她伸出雙手擋住我，不讓我靠近。「沒事。」

我仔細凝望。「不會沒事。妳想起了什麼，對吧？是什麼？告訴我！」

「不，我……沒什麼。我不知道。」她撫摸著太陽穴。「我不知道那是什麼。」

事情看來不會容易。如果我無法讓她配合，事情根本就不可能成功。沉重的無力感悄悄爬上我疲憊的四肢，彷彿我的肌肉就要開始萎縮，而我身上本來就沒幾塊肉。

「拜託，安娜。」我說，「我需要妳的幫助。我需要妳讓我們施咒。我需要妳讓其他人和我一起進來這裡。」

「不行。」她說，「不能施咒！也不能有其他人！你知道會發生什麼事。我根本無法控制它。」

「既然妳可以為我控制它，就可以為他們控制它。」

「我不知道為什麼我不用殺你。況且，那樣還不夠嗎？你為什麼還要求更多？」

「安娜，拜託。我至少需要湯瑪士來，或許再多個卡蜜兒，就是妳早上看到的女孩。」

安娜低頭看著腳趾。她很傷心，我知道她很傷心。但是摩爾法蘭的「不到一星期」的蠢話又在我耳邊響起。我想做個了結。我不能讓安娜再多待一個月，否則可能會有更多的屍體進到她的地下室。不論我多喜歡和她聊天，不論我多喜歡她，不論發生在她身上的事有多不公平。

「我希望你離開。」她輕聲說。當她抬頭時，我看見她幾乎快哭了，然後她看向我身後的大門或者是窗戶外面。

「妳知道我不能。」我重複她不久之前說過的話。

「你讓我想要我不能擁有的東西。」

在我弄懂她話裡的含意前，她已經沉入樓梯，往下的樓梯，沉入她知道我不會跟去的地下室。

✡

湯瑪士送我到家後，基甸的電話就來了。

「早安，西修斯。抱歉星期日還這麼早吵醒你。」

「我好幾個鐘頭前就起床了，基甸。已經在努力工作了。」

從大西洋的另一端，他對我假笑了幾聲。我走進屋裡，母親正追著堤波從樓上下來，教訓牠離老鼠遠一點。我對她點頭道早安。

「太可惜了！」基甸輕笑。「為了讓你多休息，我等了好幾個小時才打電話給你，等得好辛苦。這邊已經快下午四點了，不過，我想我幫你找到那個咒語了。」

「我不知道它能不能派上用場。我正想打電話給你，遇到難題了。」

「什麼樣的問題？」

「除了我之外，沒人進得了那棟房子，而我卻不是個巫師。」我把情況告訴他，但是不知道為什麼，我沒告訴他昨晚我和安娜聊了很久。電話那頭傳來他的嘖嘖聲。我猜他一定也同時在摸下巴，清眼鏡。

「你完全不能控制她嗎？」他終於問。

「完全不行。她就像李小龍、綠巨人浩克、《駭客任務》中的尼歐的混合體。」

「是。謝謝你的舉例，那堆流行名詞我完全聽不懂。」

我笑了。至少他很清楚李小龍是誰。

「問題是你一定要施咒。這女孩能擁有如此可怕的力量，絕對和她怎麼死的有關係。只要找出秘密就行了。我記得你父親在一九八五年時也曾為一隻鬼煩惱了一陣子。

不知道為什麼，他不需要現身就能殺人。我們舉行了三次降靈會，跑了一趟義大利邪教教堂，才發現原來是施在一個平凡石聖杯上的咒語允許它留在人間。你父親打破聖杯，鬼就消失了。你現在遇到的情況也是一樣。」

爸爸曾經說過這個故事，可是我記得事情比基甸說的複雜多了，但我沒有作聲。不管怎麼說，他是對的。每隻鬼都有一套自己的方法和把戲。他們有不同的動機、不同的需求。而當我殺了他們時，他們也得獨自上路。

「這個咒語的作用到底是什麼？」我問。

「聖石會形成一個保護圈。施咒後，她就不能傷害在保護圈內的人。不管控制房子的能量是什麼，到時主持儀式的巫師就能接收過來，將它們反射進占卜盆。占卜盆就會顯現所有你想知道的事。過程自然沒那麼簡單，還需要一些雞爪和你母親可以幫忙準備的藥草，當然還有咒語。我會把內容用電子郵件寄給你。」

聽他說，好像一切都很簡單。他會不會覺得是我反應過度了？難道他不明白要我承認安娜比我強多了，對我來說有多難嗎？她強到想怎樣就能怎樣，她可以把我像個破娃娃丟來丟去，用指節在我頭上磨擦，甚至從後面拉我的內褲固定在我頭上，然後指著我大笑，我都無力還手。

「行不通的。我沒辦法施咒，我永遠都學不會巫師的熟練手法。媽媽一定告訴過你，我七歲之前，每年都搞砸她的五朔節餅乾吧？」

我知道他會告訴我什麼。他會嘆口氣，建議我再回去圖書館，開始找可能知道發生什麼事的人聊一聊，試著解開已經冰凍超過五十年的謀殺案。我的確也打算這麼做，因為我不願意讓湯瑪士和卡蜜兒遇險。

「嗯。」

「嗯什麼？」

「我在回想以前我還在研究玄學和通靈學時做過的所有儀式……」

我可以聽到他腦袋正在「喀、喀、喀」地運作，他一定想出了什麼辦法。我的心裡重新燃起希望，我就知道他可不是個普通的英國佬。

「你說你有幾個行家可以幫忙，是嗎？」

「幾個什麼？」

「巫師。」

「實際上只有一個巫師，我的朋友湯瑪士。」

基甸吸了一口氣，滿意地停了一下。我知道這老傢伙在想什麼，他以前從沒在我嘴巴裡聽過「朋友」這個詞。他最好不要變得太情緒化。

「他還不是很厲害。」

「重點是你信任他。但是只有他還不夠。還需要你自己和另外兩個人。每個人代表魔法圈的一角。你先在房子外面施咒建立保護圈，懂嗎？然後進到房子裡，就能馬上行動了。」他停下來細想，對自己的表現頗為得意。「把鬼困在中間，你們就安全了。截取她的能量會讓咒語更有力，效用更大。它會削弱她的力量，讓你完成工作。」

我用力嚥下口水，感覺到匕首在我後面口袋的重量。「一點都不錯。」我說。他又了花十分鐘說明細節，我一邊聽，一邊想著安娜，想著占卜盆會顯現出什麼樣的故事。最後，我覺得我應該已經記得大部分的步驟了。但我還是請他寫下詳細的指示，用電子郵件寄過來。

「那麼你決定要找誰和你一起完成魔法圈了嗎？最好是和鬼接觸過的。」

「我會找一個叫威爾的人，和我的朋友卡蜜兒。」我說，「什麼都不要說。我知道我最近沒能好好阻止其他人干預我的事。」

基甸嘆口氣。「哦！西修斯，你不必為此就故意將自己與世隔絕。你父親有很多朋友。他有你母親，還有你。隨著時光流逝，你的圈子只會愈來愈大，這沒什麼好覺得丟臉的。」

圈子愈來愈大。為什麼大家一直提到這個？圈子愈大，牽絆的人就愈多。我得趕快離開雷灣，離開這團混亂，回歸我的遷移、尋找、獵殺的例行生活。

遷移、尋找、獵殺。就像塗肥皂、清洗、不斷重覆。我的一生就會在這樣的例行性中度過。我同時感到空虛和沉重兩種極端的情緒，我想到安娜說過的，想要卻不能擁有。也許我明白她的意思了。

基甸還在講。

「你需要什麼，儘管告訴我。」他說，「但是我只是在海的盡頭，一個只有舊書和老故事的老頭。真正的差事還是要你自己去做。」

「沒錯。我和我的朋友們。」

「是，太好了！你們會像電影裡的四個年輕人那樣。你知道的，就是有個超大棉花糖人的那部[13]。」

天啊！怎麼連他都這樣說！

13 即《魔鬼剋星》。

14

我和媽媽坐在學校停車場邊的汽車裡，看著一輛輛校車轉進去，打開門，學生魚貫走上在人行道，爭先恐後地擠進校門。整個過程就像倒帶中的罐頭工廠。

我告訴她基甸說的事，並請她幫忙準備藥草。她答應了。她看起來有些疲憊，好像生病了。大大的灰紫色眼圈掛在眼睛下方，髮色也顯得黯淡無光。她平時的頭髮可是亮得像銅鍋一樣。

「妳還好嗎？媽。」

她微笑，看向我。「當然，小子。只是和平常一樣擔心你，還有堤波。昨晚牠一直去撞閣樓的活板門，把我吵醒了。」

「該死！對不起！」我說，「我忘了到閣樓設陷阱。」

「沒關係。上星期我聽到閣樓有東西在動的聲音，聽起來似乎比老鼠大得多。浣熊可能跑上閣樓嗎？」

「或許只是一群老鼠。」我猜測，她打個冷顫。「妳最好找人檢查一下。」

她嘆口氣，手指敲著方向盤。「再看看吧！」她聳聳肩。

媽媽似乎不太開心。我才想到，我根本不知道她最近過得怎樣。這次搬家，不管是屋裡或其他事，我都沒有幫忙，而且還常常不在家。我看見後座放了滿滿一箱準備送到書店販賣的各色魔法蠟燭。以前我都會幫她包裝好，用色線將標籤綁上。

「基甸說你交了些朋友。」她一邊說，一邊看著走過的學生，彷彿這樣她就能從中認出哪個是我的朋友。我早該知道基甸一定會告訴她。他就像個代理監護人，並不像個繼父，而像個教父，或像一隻想把我塞進他哺育袋的公海馬。

「只是湯瑪士和卡蜜兒。」我說，「妳都見過的。」

「卡蜜兒長得很漂亮。」她滿懷希望地說。

「湯瑪士好像也這麼覺得。」

她嘆口氣，微笑。「也好，他確實需要有個女人來幫他增加一點品味。」

「媽。」我呻吟，「拜託！」

「不是你想得那樣啦！」她笑了。「我的意思是，他需要有人來幫他打扮打扮。讓他站直身邊，不彎腰駝背。那男孩身上的衣服全皺巴巴的，聞起來就像根老人的煙斗。」

她伸手在後座摸了一會兒，掏出一疊信。

「我還在想我的信怎麼都不見了。」我一邊說一邊翻。它們全被拆開了。我並不介意，它們只是關於鬼的情報，不是私人信件。其中有個大信封，是「達人」布里斯托寄來的。「『達人』寫來的。」我說，「妳看了嗎？」

「他想知道你最近過得怎麼樣，順便告訴你他在最近這個月所發生的每一件事。他希望你去一趟紐奧良，處理一隻藏在樹幹底部的女巫鬼魂，據說她活著時常在那兒祭祀。我不喜歡他描述她的口氣。」

我乾笑了兩聲。「不是每個女巫都是好人的，媽。」

「我知道。很抱歉我讀了你的信，你太忙了，根本沒時間去管。信全扔在桌上，我想幫你處理，確認一下你沒漏掉重要的事。」

「有嗎？」

「一位蒙大拿的教授要你去殺一隻雪怪。」

「他以為我是誰？《狙魔人》裡的凡赫辛嗎？」

「他說他認識荷里約克的巴洛斯博士。」

我嗤之以鼻。「要是巴洛斯博士就會知道那個怪物不是真的。」

媽媽嘆口氣。「我們怎麼知道什麼是真，什麼是假？你解決掉的東西，大部分也可能是別人口中的怪物。」

「沒錯。」我把手放在門上。「妳確定可以弄到我要的藥草？」

她點點頭。「你確定他們會幫你？」

我看著走過的學生。「到時候就知道。」

✡

今天的走廊很像電影裡的場景。你知道，就是重要人物用慢動作走進來，其他的人只剩朦朧身影和衣服顏色的那種。我在人群中瞥見卡蜜兒和威爾，但威爾愈走愈遠，而卡蜜兒則完全沒注意到我。即使跑了兩趟置物櫃，我還是沒見到湯瑪士。於是我只好留在教室，試著不要在幾何學課打瞌睡，不過我還是睡著了。學校實在不應該允許他們一大早就教我們數學的。

上證明題時，一張折成長方形的紙條被丟到我桌子上。打開一看，是一個坐在我後面三排的漂亮金髮女孩海蒂寫的。她問我學業上需不需要幫忙，要不要一起去看克里夫歐文的新電影。我把紙條塞進數學課本，假裝我待會兒才要回答。當然我不會回。如果她問我，我會告訴她，我的功課還跟得上，或許下次再一起去吧！她可能會不死心繼續再問個兩三次，但久了她就會知道我的意思了。這樣做好像我很沒禮貌，其實不然。為什麼要一起看電影？明知沒有結果，為什麼要開始？思念、被思念，我都不需要。

一下課我馬上衝出去，消失在人群中。我好像聽到海蒂叫我的聲音，但是我沒回頭。我還有工作要做。

威爾的置物櫃最近。他已經站在那裡，蔡斯就像平常一樣跟在旁邊。他看到我，眼珠馬上從東邊飄到西邊，彷彿覺得我們不該被看到在交談。「你好嗎？威爾。」我問，對蔡斯點點頭。他表情木然，好像在叫我小心一點，否則他隨時會給我一拳。威爾沒說什麼，他只朝我的方向看一眼，繼續做手邊的事，抽出下一堂課的課本。突然間，我才驚覺威爾恨我。基於對麥克的忠誠，他沒喜歡過我，而現在出了事，他更是憎恨我。我不知道為何我之前沒有察覺，我猜我在活人身上花太少心思了。不管怎樣，這反而讓我能開心地直接告訴他關於施咒的事。這會幫助他在心理上做出某種程度的了結。

「你說你要加入。現在機會來了。」

「什麼機會？」他問。他的眼神既冷漠又陰暗，既頑強又聰明。

「你可以讓你身旁的小鬼走開一下嗎？」我指向蔡斯，但沒人理我。「我們要施咒讓鬼不能動。下課後到摩爾法蘭的店和我碰頭。」

「你這個怪胎，臭小子。」蔡斯憎惡地對我說，「帶來一堆爛事。又害我們被警察盤問。」

我不知道他在抱怨什麼。如果警察的態度就像對我和卡蜜兒那麼隨便，又有什麼大不了的？而且我相信他們都是那樣，因為我很了解他們。麥可的消失只發動一小組人員在山裡搜查了一星期。媒體的報導很少，沒多久更完全從頭版消失。

每個人都相信他蹺家了。這是意料中的事，當人們遇到超自然現象時，只會照現實世界的邏輯將它合理化。巴頓魯治的警察就是這樣處理我父親的死。他們說那是件極端暴力的獨立個案，可能是某個在全國流浪的瘋子做的。至於他被吃掉的事，隻字未提，也不去管正常人怎麼可能在屍體上留下如此巨大的咬痕。

「至少警察沒有對你起疑。」我聽到自己心不在焉地說，威爾用力把置物櫃關上。

「那不是重點。」他低聲說，惡狠狠地看著我。「這最好不是另一個誤導，你最好乖乖出現。」

他們一走，卡蜜兒從我身後冒了出來。

「他們怎麼了？」她問。

「他們還在想麥克。」我說，「是不是有點奇怪？」

她嘆口氣。「好像只有我們會想到他。我以為事情發生後，我會被一群人團團圍住，被問上好幾百個問題。結果，連娜塔麗和凱蒂也沒問。她們對我和你最近怎樣，我們是不是已經是一對情侶，我什麼時候要帶你去舞會，還比較有興趣。」她看著經過的人群，許多女生對她微笑，有些還叫她名字和她揮手。不過沒人走過來，好像我身上擦了人群驅逐劑似的。

「我想她們大概有點不高興。」她繼續，「因為我最近都不想和她們出去玩，我猜我有點討人厭。她們是我的朋友，但是我想談的事都不能對她們說，感覺有隔閡，好像我摸到了什麼東西吸走了我全部的色彩。也可能是我的世界突然變成彩色的，而她們的卻還是只有黑和白。」她轉向我，「這秘密我們都有分，對吧？卡斯。它讓我們漸漸和世界脫節。」

「通常是這樣。」我輕聲地說。

✡

放學後來到店裡，湯瑪士在櫃台後面忙進忙出。不是摩爾法蘭賣防風油燈、瓷製臉盆後結帳的櫃台，而是在店後方堆滿裝了污水裡頭還漂著東西的罐子、抹布蓋著的水晶、蠟燭和一綑綑藥草的櫃台。仔細一瞧，我發現有些蠟燭是媽媽做的，她的手真巧。她甚至沒告訴過我她和摩爾法蘭見過面。

「給你。」湯瑪士把一堆看起來像小樹枝的東西推到我面前，過了一會兒我才發現是乾的雞爪。「今天下午剛送到。」他把它們拿給卡蜜兒看。她試著讓臉上的表情看起來像是「哇！」而不是「噁！」然後他又跳回櫃台，消失不見，不知在哪兒翻箱倒櫃。

卡蜜兒咯咯笑。「這件事結束後，你還會在雷灣待多久？卡斯。」

我看了她一眼。我希望她沒掉進自己對娜塔麗和凱蒂說的謊言裡，沒陷入她編織出的少女幻想，以為我是一個偉大的惡靈殺手，而她是一再需要英雄救援的美人。

不過她沒有。我太自作多情了，她甚至不是在看我。她看的人是湯瑪士。

「我不確定。或許會再待一陣子。」

「太好了。」她微笑，「如果你還沒注意到，我相信你離開後，湯瑪士會很想你的。」

「或許那時就會有其他人和他作伴了。」我們望向彼此。彷彿有股暖流經過，彷彿我們在這一瞬間都明白了對方的心意。然後我們後面的門震了一下，我知道是威爾來了。只希望蔡斯沒跟著來。

我轉身，願望成真了。他是單獨來的，不過看起來非常不爽。他雙手插在口袋，怒目瞪視那些骨董，大搖大擺地走進來。

「說吧！施咒是怎麼回事？」他問。我看得出來他對說出「施咒」這個詞覺得很不自在，這個詞不在他這類人的用字範圍內。他們太重視邏輯，除了清醒和現實的世界，什麼都看不見。

「我們需要四個人來完成束縛魔法圈。」我解釋。湯瑪士和卡蜜兒靠了過來。「本來只要湯瑪士一個人到屋裡設一個保護的魔法圈，但安娜顯然會把他扯得面目全非，所以我們改變了計畫。」

威爾點頭。「所以我們要怎麼做？」

「我們先練習。」

「練習？」

「你想在安娜的房子裡把事情搞砸嗎？」我問，威爾就閉嘴了。

湯瑪士茫然地看著我，我不得不對他眨眼示意。現在換他表演了。我已經先把咒語給他，讓他事先預習。他知道我們該做些什麼。

他振作精神，從櫃台抓起抄了咒語的紙，然後走到我們身邊，一一抓著我們的肩膀，調整每個人要站的位子。

「卡斯站在代表事情結束的西方。而且如果這個方法不靈，他也會是第一個走進房子的人。」他把我放在西方。「卡蜜兒，妳在北方。」他小心翼翼地扶著她的肩膀移動。「我在代表事情開始的東方。威爾你就站在南方。」他站好位置，開始唸那張他差不多已經唸了一百次的咒語紙。「我們先在車道上設好魔法圈，把十三顆石頭排好，然後各就各位。我們會把卡斯媽媽準備的藥草袋掛在脖子上，基本上，裡面就是些驅邪用的藥草。從東方開始，逆時針將蠟燭點燃。然後我們開始唸咒。」他把紙條交給卡蜜兒，她唸完，做了個鬼臉，傳給威爾。

「你他媽的是認真的嗎？」

我沒回嘴。那段咒語看起來是很蠢。我知道魔法的力量，我也知道它真的存在。但是我不知道為什麼它有時候要這麼古怪。

「我們一邊持續唸咒，一邊走進房子。雖然石頭被留在屋外，但神聖的魔法圈應該會隨著我們一起移動。我會拿著占卜盆。當我們進到裡面，我會裝滿占卜盆，然後我們就可以開始了。」

卡蜜兒低頭看著一個即將充當占卜盆的閃亮銀盤。

「你要用什麼裝滿盤子？」她問，「聖水？還是什麼？」

「可能用瓶裝礦泉水吧。」湯瑪士回答。

「你忘記最困難的部分了。」我一說完，大家都轉頭看我。「就是我們得讓安娜進到魔法圈裡，然後對她扔雞爪。」

「你是說真的嗎？」威爾再度呻吟。

「我們不扔雞爪。」湯瑪士對我們翻了翻白眼說，「我們把它們擺在身邊。雞爪對靈魂有安撫作用。」

「嗯，那部分不難。」威爾說，「難的是要怎樣讓她進到我們圍起來的圈圈裡。」

「只要她進到圈圈裡，我們就安全了。我就可以專心使用占卜盆。但是我們得維持住魔法圈。一直要等施咒結束，她變虛弱之後，才能打破魔法圈。而且即使是那時，我們最好還是趕快衝出來。」

「很好。」威爾說，「我們每樣都可以練習，但會讓我們喪命的危險部分，我們卻沒辦法練。」

「也只能做到這樣了。」我說，「那麼我們來練習唸咒吧！」我試著不去想我們全是生手，也不去想這看來有多蠢。

摩爾法蘭一邊吹著口哨，一邊穿過他的店鋪，完全無視我們的存在。不過他把店門口的牌子從「營業中」換成「休息」，表示他其實知道我們在做什麼。

「等一下。」威爾說。湯瑪士正要開始唸咒，威爾的干擾讓大家一下子全洩了氣。

「為什麼我們要馬上跑出去？她會變得很衰弱，不是嗎？為什麼我們不趁機殺了她？」

「的確是那麼計畫的。」卡蜜兒回答，「不是嗎？卡斯。」

「是。」我說，「要看當時的情況。我們也不知道它是不是真的有用。」我的說服力顯然不夠。我想我說那些話時，大部分的時間都低著頭看著鞋子。但一切卻剛好被威爾看在眼裡，他從圍好的圈圈往後退了一步。

「嘿！施咒的時候你不能這樣做。」湯瑪士大喊。

「閉嘴！怪胎。」威爾輕蔑地說，我聽得怒火中燒。他看著我。「為什麼是你？為什麼一定要是你來殺她？麥克是我最好的朋友。」

「一定要是我。」我平靜地說。

「為什麼？」

「因為我是那個可以用刀的人。」

「那有什麼難？不過就是砍和刺嘛！任何白癡都做得來。」

「你就不行。」我說，「對你而言，那只是一把普通的匕首。而普通的匕首是殺不了安娜的。」

「我不相信。」他說，穩穩地站著。

真爛。我需要威爾參加，不僅是因為要他完成魔法圈，也因為我覺得自己對他有所虧欠，應該讓他參與。在我認識的人中，安娜對他造成的傷害最大。所以，我到底該怎麼辦呢？

「我們坐你的車。」我說，「全部的人都去。走吧！立刻出發。」

✡

威爾狐疑地開著車，我坐在副駕駛座，卡蜜兒和湯瑪士坐後面。我沒時間理會湯瑪士有多緊張。我必須向他們所有人證明，我真的是個亡靈殺手。這是我的天職，也是我的使命。而且，在被安娜徹底打敗後（姑且不論我是不是潛意識裡故意放水），我也想對自己再證明一次。

「我們要去哪裡？」威爾問。

「你來告訴我。我對雷灣不熟。帶我到有鬼的地方。」

威爾仔細想著我的要求。他緊張地舔著嘴唇，從照後鏡看著卡蜜兒。雖然他表現得很不安，但我看得出來他已經知道該去哪兒了。當他出奇不意地將車子迴轉，我們全嚇得抓住手邊的東西來穩住自己。

「那個警察。」他說。

「那個警察？」卡蜜兒問，「你在開玩笑吧？那不是真的。」

「幾個星期前，這一切也都不是真的。」威爾回應。

我們開過市區，穿過商圈，進入工業區。景色每隔幾個路口就變得不一樣，從一棵棵金黃色、紅色葉子的樹，變成街燈和明亮的塑膠招牌，最後是鐵道和空盪盪沒有標記的水泥建築物。在我身邊的威爾一臉陰森，完全沒有好奇的樣子。他迫不及待想讓我面對他選擇的敵人。他希望我失敗，證明我只是在矇混欺騙，胡說八道。

相反的，坐在我身後的湯瑪士看起來卻像一隻不知道自己要被帶去看獸醫，還興奮個不停的小獵犬。我必須承認，我也有點興奮。我一直沒什麼機會炫耀我的功力。我不知道我是比較想讓湯瑪士覺得我很厲害，還是比較想挫挫威爾的銳氣。當然，威爾的問題還是得先解決才行。

車子慢到幾乎像在爬行。威爾盯著他左手邊的建築物，有些看起來像是倉庫，有些像很久沒人住的低收入社福公寓，外觀顏色都是淺砂岩。

「那裡。」他喃喃自語。「應該是吧！」他的聲音極低。車子停在一條小巷子，我們一起下車。到了目的地，威爾反而沒那麼急了。

我把儀式刀從袋子裡拿出來，把它掛在肩上，然後把袋子遞給湯瑪士，對威爾點頭示意他帶路。他帶著我們繞到建築物的前面，又走過兩棟後，來到一棟看起來像舊公寓的建物。最上面是住家式的玻璃格窗，窗下有荒廢的花盆箱。我看到側邊掛了一個防火梯。我試了一下前門。不知道它為什麼沒上鎖，但它確實是開的。很好。如果我們必須從旁邊爬進去，一定會很引起旁人注目。

我們走進建築物，威爾示意要我們往樓上走。這地方有種封閉、發酸、荒廢的氣味，像是住過許多人，每個人都留下一點互不相容的味道。

「嗯。」我說，「你們不告訴我，我們要進去的地方是什麼樣子嗎？」

威爾不出聲，他只是看著卡蜜兒。於是她很盡責地當起解說員。

「八年前，樓上的公寓發生了人質挾持事件。有個發瘋的鐵道工人把老婆和女兒鎖在浴室裡，拿著槍到處亂揮。警察接到電話，派了一個談判專家進去，但事情並沒照計劃進行。」

「妳那樣說是什麼意思？」

「她的意思……」威爾插嘴說，「就是談判專家脊椎中彈，犯罪人舉槍自盡。」

我試者消化這些資訊，而不去嘲笑威爾用了「犯罪人」一詞。

「老婆和女兒平安無事。」卡蜜兒說。她聽起來很緊張，但很興奮。

「那麼，關於這件事的鬼故事是什麼？」我問，「還是你只是帶我來某個喜歡開槍的鐵道工人的公寓？」

「不是那個鐵道工人。」卡蜜兒回答，「是那個警察。有報導指出他死後還出現在這棟建築物。有人從窗戶看到他，聽見他在和人說話，試著說服他們別做傻事，還說他甚至和街上的一個小男生說話。他把頭掛在窗戶外，對他大喊，要他離開，把小男孩嚇個半死。」

「可能只是個鄉野傳說。」湯瑪士說。

但是根據我的經驗，應該不是。我不知道當我們進到公寓，我會發現什麼。我不知道我們會不會發現什麼。如果發現了，我不知道我是不是該殺了他？畢竟沒人說過那個警察真的傷害過人。一直以來，我們的原則就是不殺無害的鬼。不管他們呻吟的多大聲，把鐵鍊拖行的多吵鬧，只要不會害人，我們就置之不理。

我們的原則。在我肩上的儀式刀很沉。打從出生起我就知道這把匕首。我看過它的刀刃劃過光和空氣，先在我父親的手中，然後是我。它蘊藏的力量流過我的雙臂，進入我的胸膛，召喚著我，十七年來庇護著我，讓我茁壯。

基甸常告訴我，是血緣關係。他說，「你祖先的鮮血鍛造了這把儀式刀。魔法師用勇士的血來鎮壓亡靈。儀式刀是你父親的，是你的，你們兩人都屬於它。」

這是他告訴我的，中間會夾雜一些好笑的手勢和默劇演出。匕首是我的，我愛它，一如你對家裡忠犬的愛。不管魔法師是誰，他們將我一位勇士祖先的血注入刀中。它可以鎮壓亡靈，但我不知道會把他們送往何處？基甸和爸爸都教我，永遠不要去問這個問題。

我太過專心想著這些事情，竟沒注意到我已經把他們帶進了那戶公寓。門是虛掩的。我們踏進空無一物的客廳，雙腳踏在地毯已被掀掉的光禿禿的地板上。看起來很像硬紙板。我突然停下腳步，湯瑪士來不及煞車，撞上我的背。我本來以為這個地方什麼都沒有。

然後我看見一個黑影蜷曲在靠近窗戶的角落。它的雙手放在頭上，前後搖晃，自言自語。

「欸。」威爾低聲說，「我不認為會有人在。」

「是沒人在。」我說。當他們聽懂我話中含意時，開始緊張了起來。不管這是不是他們想帶我來看的，都已經不重要了。親眼看見完全是另一回事。我揮手示意他們退後，然後遠遠地繞著警察走，希望能看清楚他。他睜大雙眼，一臉驚恐，像隻吱吱叫的花栗鼠，一直語無倫次地喃喃自語。想到他生前應該很正常，我心裡覺得很不舒服。我拉出我的儀式刀以防萬一，就只是拿出來，並沒有嚇他的意思。卡蜜兒倒抽了一口氣。不知道為什麼，那卻引起他的注意。

他油亮的眼睛盯著她。「不要那麼做。」他出聲恫嚇。她往後退了一步。

「嘿。」我輕聲說，卻沒得到任何回應。警察一直看著卡蜜兒，一定是她有什麼特別之處。或許她讓他想起了人質，那個太太和女兒。

卡蜜兒不知所措，嘴巴張開，卻說不出話。她很快地將視線從警察移到我身上，又馬上移回去。

我感覺到一種熟悉的「優化」。我是這麼稱呼它的，優化。並不是指我開始更用力呼吸，或是心臟在胸口加速跳動。它是一種更細膩的變化。讓我的呼吸更沉，心跳更有力。我周遭的一切全放慢速度，所有的線條變得更加清楚。我相信這一定和自信及我的天賦異稟有關，一定和我手指頭緊握儀式刀時安心的歸屬感有關。

和安娜對峙時，我完全沒有這些感覺，我失去了優化。而威爾可能會讓我因禍得福。我在找的就是這個，這種速度，這種踮起腳來奔跑的敏捷。我可以在瞬間看見所有的事，湯瑪士認真地在想要怎麼保護卡蜜兒，而威爾為了證明我不是唯一人選，正試著鼓起勇氣，要做些什麼。或許我該讓他試試。讓警察的鬼魂嚇嚇他，好壓一壓他的氣焰。

「拜託。」卡蜜兒說，「冷靜下來。我本來就不想來這兒，而且你認錯人了。我不想傷害任何人。」

接著我從未見過的有趣狀況發生了。警察的容貌變了。就像從河面看不見底下的暗流，我們幾乎看不清楚是怎麼變的。他的鼻子變寬，顴骨下移，嘴唇變薄，嘴裡的牙齒排列也不一樣了。才眨兩三次眼的工夫，一切全變了。我看到的是完全不同的一張臉。

「真有趣。」我喃喃自語，然後眼角瞄到湯瑪士對我做了個「你就只能說這個？」的表情。「這隻鬼不只是警察。」我解釋，「它是他們兩個人，警察和鐵道工人困在一個形體裡。」我猜這個是鐵道工人。我低頭看他的手，他正好舉起槍指著卡蜜兒。

她尖叫，湯瑪士抓住她，把她拉趴到地上。威爾沒什麼行動，只是開始說，「它只是個鬼，它只是個鬼。」大聲地不斷重複，看起來實在很蠢。而我卻一點也不猶豫。

儀式刀在我的掌中輕易地移轉重量，我把它翻了過來，讓刀尖朝後，就像《驚魂記》裡的瘋子要劈過厚浴簾時那樣，只不過我不是要劈東西。我把刀刃朝上，當鬼一舉起槍指著我的朋友，我的手臂便猛然往天花板揮高。儀式刀順勢切掉他大部分的手腕，幾乎把他的手切下來。

他慘叫，倒退幾步。我也後退，槍無聲地掉在地上。眼睛看到掉在地上的是個應該會發出巨響的東西，卻連一點聲音也沒有，感覺很詭異。他困惑地看著他的手。它就靠著一點點皮膚懸掛著，卻沒流一滴血。他把它扯下，斷手化成一陣油膩、病態的煙。不用我提醒，大家都摒住了呼吸。

「所以？就只是這樣嗎？」威爾慌張地問。「我以為那東西應該會把它殺了！」

「它不是『它』。」我平靜地說，「它是人，兩個人，而且他們已經死了。匕首會送他們到該去的地方。」

鬼魂現在朝我走來。我已經引起他的注意。我輕易地左閃右躲，他的攻擊完全無法靠近我。我閃到他下方，又對他的手臂割了幾刀，煙霧翻騰，隨著我身體的動作消失。

「每個鬼魂消失的方式不同。」我告訴他們，「有的以為他們還活著，所以會再死一次。」我躲過他另一次攻擊，並用手肘撞了他的後腦勺。「有的化成一灘血水，有的會爆炸。」我回頭看我的朋友，個個張大眼睛，全神貫注。「有的會留下一點痕跡，灰燼或污漬之類的，有的則什麼都不留。」

「卡斯。」湯瑪士指著我後面。不過我早就知道鬼又回來了。我往旁一跨，匕首劃過他的胸膛。他單腳跪下。

「每次都不一樣。」我說，「除了這一部分。」我直視威爾，準備下手。這時，我卻感覺到鬼魂的雙手抓住我腳踝，將我拉倒。

你聽到了嗎？雙手。可是我清清楚楚地記得我明明已經切斷一隻手了。嗯，真有趣，我心想，然後我的頭就撞到硬紙板似的地板。

鬼跳起來攻向我的喉嚨，我差點沒閃過。看他的雙手，兩隻明顯不同，一隻手比較黝黑，形狀也不一樣：手指較長、指甲粗糙。我聽到卡蜜兒對湯瑪士和威爾大喊，叫他們幫助我。但我一點都不需要他們的幫忙，那會讓整件事失去意義。

但在我仍緊咬牙根，到處閃躲，想找機會將匕首瞄準那傢伙的喉嚨時，我還是忍不住希望我有威爾足球隊員般的魁梧體格。我的身材纖瘦，身手敏捷，但我是屬於瘦長結實型的，在貼身近搏的情勢下，要是能把對方摔到房間的另一頭，自然更占上風。

「我沒問題。」我對卡蜜兒說，「我只是在測試他的能耐。」我一邊呻吟一邊勉強吐出這句話，非常不具說服力。他們全張大眼睛瞪著我，然後威爾衝動地往前跨了一步。

「退後！」我大喊，同時踢中那傢伙的肚子。「只是要多花點時間。」我解釋，「這軀體裡有兩個人，懂嗎？」我的呼吸沉重，汗水流進頭髮裡。「沒什麼大不了的……只是每個步驟都要做兩次罷了。」

至少我是這麼希望。這也是我唯一可以想到的方法，雖然說到底也不過是同樣拼命地又砍又刺。這和我當初建議獵鬼時想像的畫面不大一樣。當你需要溫順好抓的鬼時，它們都跑到哪兒去了？

我站穩，奮力一踢，將警察兼鐵道工從我身上踢開。我爬起來，握緊儀式刀，重新集中注意力。他正要發動攻擊，等他一出手，我便變身為行動食物調理機，瘋狂地亂切亂砍。我希望我看起來的樣子比我想像中的酷。我的頭髮和衣服在我感受不到的微風中飄盪。黑煙從我底下不停地冒出來。

在我結束前，或者該說是在他被結束前，我聽到兩個截然不同的聲音，互相交疊，像某種陰鬱的和音。在我又切又割的同時，我發現自己正看著兩個臉孔擠在一張臉上：兩副咬牙切齒的牙，一顆藍色眼珠和一顆咖啡色眼珠。我很高興我能這麼做，剛進來時的不自在和不確定感已經完全消失。姑且不論這隻鬼是否傷過人，他一定傷害了自己。不管我將他們送到什麼地方，一定比現在的狀況好，再怎樣都比和一個你痛恨的人困在同一個形體裡，隨著每一天、每一週、每一年過去，愈來愈抓狂來得好。

到最後，只剩我一人獨自站在房間中央，盤旋的煙霧逐漸散去，緩緩飄進天花板。湯瑪士、卡蜜兒和威爾站在一起，擠成一團，猛盯著我看。警察和鐵道工人都消失了，槍也不見了。

「那就是……」湯瑪士只擠得出這幾個字。

「那就是我能做的事。」我直接了當地說，一邊說一邊希望自己沒這麼喘，聽起來會更酷一點。「所以不要再吵了。」

✡

四天後，我坐在廚房的工作台上，看著媽媽清洗一種看起來很怪的樹根，然後去皮剁碎，加到我們今晚要戴在脖子上的藥草袋裡。

終於到今晚了，像是已經等了好久好久，可是我仍然希望可以再多等一天。我發現我每晚都會到安娜家的車道上，呆呆地站在那兒，想不出可以說些什麼。而她每晚都會站到窗邊，看著外頭的我。我睡得很少，但有部分的原因其實是因為做惡夢。

自從搬到雷灣後，做惡夢的情況愈來愈糟。在最關鍵的時刻，在我最需要精力的時候，在我最負擔不起疲倦的失誤時，我卻疲憊萬分。

我不記得父親是不是也會做惡夢，不過就算會，他也不會告訴我。基甸也沒對我提起過，而我也不問，因為如果只有我才會做惡夢該怎麼辦？那麼，豈不表示我比祖先虛弱、我不像大家期望的那麼強壯。

同樣的惡夢重複著。夢裡有東西彎腰貼近我的臉，我很害怕，但是我同時知道那東西和我有關。我不喜歡它。我覺得它可能是我爸爸。

但它不是真的是我爸爸，他已經離開了。媽媽和基甸確認過了。他們連續在巴頓魯治那棟他被殺的房子裡待了好幾晚，施咒、燃燒蠟燭。但是他已經離開了，不在那房子裡了。招不到他的魂，我不知道媽媽是高興還是失望。

我看著她迅速剪斷磨碎不同的藥草，測量調配，然後從研磨的碗中倒出來。她的動作迅速俐落。因為其中的五指草很稀有，她必須透過不熟的供應商才能取得，所以不得不等到最後一刻才準備。

「這東西到底有什麼用？」我問，順手拿起一片。它被烘乾過，呈綠褐色，看起來像乾草。

「它可以保護你們不受任何有五根手指的東西傷害。」她心煩意亂地說，抬頭看我。「安娜有五根手指頭，沒錯吧？」

「每隻手都有。」我裝出輕鬆的樣子，把草放回去。

「我把儀式刀又淨化了一次。」她一邊說，一邊加入切成長片的腹痛根，她說這對防止敵人靠近很有用。「你會需要它的。我看過那個咒語，它會削去她極大的力量。你應該能完成任務。做完你來這兒要做的事。」

我注意到她沒微笑。即使我不常在家，媽媽還是很了解我。有什麼不對勁她都能察覺，而且通常都很清楚是什麼事。她說那是媽媽的直覺。

「這次又有哪裡不對了？卡西歐。」她問，「有什麼不一樣嗎？」

「沒有。應該沒什麼不一樣。她比以前我遇過的任何鬼都危險。或許也比爸爸見過的都危險。她殺的人數比其他的多。她的力量也比其他的強。」我低頭看著那堆五指草。「但她也比其他的鬼像活人，她的腦子很清楚。她不是飄蕩虛無的游魂，單純為了恐懼或憤怒就殺人。她一定發生過什麼事，而且她也知道。」

「她知道多少？」

「我想她都知道，只是她不敢告訴我。」

媽媽將眼睛前的髮絲撥開。「過了今晚，你就會知道了。」

我滑下工作台。「我想我已經知道了。」我生氣地說，「我想我知道是誰殺了她。」

我沒辦法叫自己停下來不要去想，我一直在想著那個脅迫她的男人。她不過是個年輕女孩啊！我真想一拳揍在他的臉上。我以不帶感情的聲音將安娜說的故事轉述給媽媽聽。

我看向她，她的眼睛泛著淚光，睜得又圓又大。

「太可怕了。」她說。

「沒錯。」

「但是你不能改變歷史。」

我真希望我可以。我真希望這把匕首擁有殺掉死人之外的魔力，讓我穿越時間，走進那棟房子，走進他圍堵她的廚房，救她出來。我會確定她會擁有她應該得到的美好未來。

「她並不想殺人，卡斯。」

「我知道，所以我怎麼可能……」

「你能，因為你非做不可。」她直接了當地說。「你能，因為她需要你釋放她。」

我看著插在鹽罐裡的匕首。空氣中飄著灰黑色軟心豆糖的味道。媽媽又開始切起另一種藥草。

「那是什麼？」

「八角茴香。」

「做什麼用？」

她微笑。「聞起來比較香啊！」

我深吸一口氣。所有的東西在一小時內都會準備就緒，湯瑪士會來載我。我將帶著用長繩子綁好的天鵝絨小袋和四根白色精油長蠟燭，他則會帶著占卜盆和他那袋石頭。

我們即將出發，去殺死安娜・寇羅夫。

15

房子在等著我們。圍著我站在車道上的每個人都對房子裡的東西怕得要死，我卻覺得房子本身比較嚇人。我知道很愚蠢，但我就是忍不住幻想它在看，說不定還在微笑，對我們幼稚地想阻止它的行為嗤之以鼻。在我們朝它甩雞爪時，笑到連地基都在搖。

空氣冷冽，卡蜜兒的呼吸成了一團團的白霧。她穿著深灰色的燈心絨外套，紅色粗織圍巾，媽媽的藥草袋藏在圍巾底下。威爾當然是穿運動外套，湯瑪士穿著舊陸軍工作服，和平常一樣邋遢。他和威爾正喘著氣蹲在地上，把從蘇必略湖撿來的石頭在我們腳邊排成一個直徑四呎的圓。

我抬頭凝視房子，卡蜜兒站到我身邊來。儀式刀懸掛在我的肩膀上。待會兒我會把它收進口袋。卡蜜兒拿起她的藥草袋，聞了聞。

「聞起來像甘草精。」她說。然後她聞了一下我的，確定內容相同。

「你媽媽很聰明。」湯瑪士在我們背後說，「那不包括在咒語裡面，不過好運永遠不嫌多。」

皎潔的月光下，卡蜜兒對他微微一笑。「你是從哪兒學到這些的？」

「我祖父。」他驕傲地回答，將蠟燭遞給她。然後給威爾，最後才給我。「準備好了嗎？」他問。

我抬頭看看月亮。明亮而冷冽，在我的眼中，還是像個滿月。不過月曆上說它是下弦月。既然月曆是付錢請人做的，我猜我們應該是準備好了。

聖石魔法圈離屋子大約只有二十呎。我在西方站定位子，其他的人也各就各位。湯瑪士一手拿蠟燭，另一隻手試著平衡占卜盆。我看見一瓶礦泉水從他口袋探出頭來。

「不如你把雞爪交給卡蜜兒吧！」當他試著用無名指和小指夾住雞爪時，我建議。她小心地伸出手，卻表現得落落大方。她其實並不像我第一次見到她時以為的那麼像女性化。

「你感覺到了嗎？」湯瑪士張大眼睛問。

「感覺到什麼？」

「能量的移動。」

威爾懷疑地四處張望。「我只覺得冷。」他不高興地說。

「輪流點亮蠟燭。從東邊開始，逆時針。」

四個小火焰燃起，照亮了我們的臉和胸口，揭露了我們的情緒，有點驚訝，有點害怕，有點覺得自己蠢。只有湯瑪士很鎮定。他幾乎完全出了神，雙眼緊閉，說話的聲音也比平常低八度。我看得出來卡蜜兒很害怕，但是她沒說什麼。

「開始唸咒。」湯瑪士一聲令下，我們齊聲吟咒。我真不敢相信居然沒人弄錯。咒語是拉丁文，四個詞一直不斷反覆。一開始，我們聽起來很蠢。可是唸得愈久，愈不覺得蠢。連威爾也在全心全意地吟誦著。

「不要停。」湯瑪士張開眼睛說，「往房子移動，不要打破魔法圈。」

我們一起移動時，我感覺到咒語的力量。我們腳步一致，彷彿每一條腿、每一隻腳都被隱形的線綁在一起。蠟燭旺盛的火焰完全沒有搖晃，幾乎成了實心。我真不敢相信這些事都是湯瑪士做的。矮小笨拙的湯瑪士，穿著一件舊工作服，隱藏了所有的力量。

我們一起緩慢地移上階梯，不一會兒，已經站在她家門前。

門開了，安娜凝視著我們。

「你還是來了。」她哀傷地說，「你是該來的。」她掃視其他的人。「你知道他們進來會有什麼後果。」她警告。「我無法控制它。」

我想對她說沒關係的。我想請她試試看。但我不能停止唸咒。

「他說沒有關係。」湯瑪士在我背後說，我的聲音幾乎在顫抖。「他希望妳試試看。我們需要妳進到魔法圈裡。不用擔心我們，咒語會保護我們。」

我第一次對湯瑪士能讀出我的心思感到高興。安娜先看著他，又看向我，最後又看回湯瑪士，然後沉默地從門邊飄走。我一馬當先地跨過門檻。

我知道其他人何時進來，不僅因為我們的腳步一致，也因為安娜的外表開始起了變化。她的手臂和脖子爬滿了血管，甚至爬滿她整張臉。她的黑髮變得油滑光亮，眼睛變成全黑。白色洋裝被鮮紅的血浸濕，在月光的反射下，像塑膠似地閃亮。血順著她的雙腿流下，滴落到地板上。

我身後的魔法圈並不遲疑。我以他們為傲，也許他們真的是魔鬼剋星。

安娜緊握雙拳，力量大到黑色的血開始從手指間汩汩流出。她正照著湯瑪士的要求在試著控制它，試著控制想撕破他們的喉嚨、將他們的手臂從肩膀上扯下來的衝動。我領著魔法圈往前走。她緊閉雙眼。我們加快腳步。卡蜜兒和我轉身，讓大家彼此面對。魔法圈打開，讓安娜進入圈子。有好一陣子卡蜜兒完全被擋住，我只能看到安娜血淋淋的身影。然後，她進到圈子裡，魔法圈又合了起來。

差一點就來不及了。這是她所能控制的最大極限。現在，她瞪大眼睛，張大嘴巴發出了震耳欲聾的尖叫。她彎鉤似的手指在空中亂抓，我感覺到威爾的腳不自覺地往後退了一步。但是卡蜜兒的反應很快，她馬上將雞爪放在安娜漂浮的下方地板上。她安靜了下來，不再移動，只是一邊慢慢地蠕動，一邊充滿恨意地一一打量我們。

「魔法圈已經施咒成功。」湯瑪士說，「她被困住了。」

他跪下來，我們也跟著跪下。好像共用一條腿的感覺很奇怪。他把銀盤占卜盆放在地上，打開他帶來的瓶裝礦泉水。

「它的效果不會比較差。」他向我們保證。「純淨、清徹，而且具有高度傳導性。一定要聖水或地下泉水的說法……那不過是在故作姿態。」他將水注入盤中，在空中劃出一道晶瑩的線條，發出悅耳的聲音。我們等著水面完全靜止。

「卡斯。」湯瑪士叫我。我看了他一眼，驚訝地發現他並沒有真的開口。「魔法圈把我們結合在一起，我們現在心意相通。告訴我你需要知道什麼，告訴我你需要看見什麼。」

這一切實在太詭異了。咒語的力量很強大，我一邊覺得非常踏實，一邊卻又像喝醉酒似的放鬆興奮。但是我覺得很有歸屬感，很安全。

「告訴我安娜發生了什麼事？」我專心地想，「告訴我她是怎麼死的？是什麼給了她這股力量？」

湯瑪士再度閉上雙眼。安娜開始在半空中打顫，像發燒的病人。湯瑪士的頭垂了下來。我以為他暈倒了，心想我們麻煩大了，後來才發現他是在看占卜盆。

「喔。」我聽到卡蜜兒輕輕叫了一聲。

我們周遭的空氣在改變，屋裡的情景也在改變，怪異幽暗的灰色光線逐漸變亮，傢俱上的防塵布消失。我眨眨眼。我看到的一定是安娜生前房子的模樣。

客廳的地板鋪了一張編織地毯，防風油燈黃澄澄地照亮整個房間。我們身後的門被打開，然後又被關上。我仍忙著觀看屋裡的變化，牆上的照片和沙發上紅褐色的刺繡。看得仔細點，就會發現其實頗為粗糙。水晶燈黯淡無光，甚至有些水晶不見了。搖椅上的布套也裂了條縫。

一個身影穿過房間。是個穿暗咖啡色裙子、灰色素面上衣的女孩。她手上拿著課本。棕色頭髮用藍色緞帶紮成一束很長的馬尾。她轉身面對樓梯的聲響時，我看見她的臉。是安娜。

看到她還活著的感覺無法以言語形容。我曾一度以為現在的安娜不可能保有多少生前的影子，但是我錯了。當她抬頭望向樓梯上的男人時，她的眼神是這麼的熟悉。是這麼的堅毅和聰慧，是這麼的惱怒。我不用看就知道那是她之前提過的男人，那個要和她媽媽結婚的男人。

「親愛的安娜，我們今天在學校學了些什麼呢？」他的口音很重，我幾乎聽不懂他在說什麼。他走下樓梯，姿態讓人看了就生氣：懶散、自信、霸氣。

他走起路來有些跛，但沒怎麼用到拿在手中的木頭枴杖。他慢慢地繞著她轉，讓我想起在海中狩獵的鯊魚。安娜咬緊牙關。

他的手摸上她的肩膀，然後用一根手指頭劃過課本的封面。「更多妳用不著的東西。」

「媽媽希望我有好成績。」安娜回答。我認得那個聲音，只是芬蘭口音更重了些。她轉過身。我看不見她的表情，但我知道她正在瞪他。

「所以妳會拿到好成績的。」他微笑。他的臉有稜有角，牙齒相當整齊。早晨刮過的鬍子又冒出頭來，有禿頭的傾向。他把剩下不多的沙金色頭髮服貼地往後梳。「聰明的女孩。」他輕聲耳語，舉起一根手指撫摸她的臉。她用力轉身，跑上樓梯，但感覺不像逃跑，比較像是一種表態。

「這才是我的好安娜。」我心想，然後才意識到我仍在魔法圈裡。我在猜不知道我的多少想法和感覺正流過湯瑪士的腦袋。我聽見安娜的洋裝不斷地在魔法圈裡滴著血，感覺到她隨著事件的發展而不停地顫抖。

我看著那個男人，那個即將成為安娜繼父的男人。他對自己假笑了兩聲。當她關上二樓房間的門時，他伸手從襯衫裡掏出一堆白布。他把它們湊到鼻子前嗅著，我才知道那是什麼。那是她為舞會縫製的洋裝。那是她死時穿的衣服。

「他媽的，變態！」湯瑪士的想法反射到我們腦子裡。我緊握雙拳。即使明知我現在看到的是六十年前發生的事，但我還是恨不得馬上衝向那個男人。我所看到的一切就像是投影機播放出的影片。我完全無法改變任何一件事。

時間往後跳。光線變了，燈似乎比以前亮，一團團黑色模糊的人影閃過。我聽到有人壓低聲音在交談和爭吵。我努力保持自己的理性。

樓梯底下站了一個女人。她的洋裝顏色極黑，布料看起來十分粗糙，穿起來想必非常刺痛。她的頭髮整齊地在後腦梳成髻。她抬頭看著二樓，所以我不知道她臉上是什麼表情。但我看見她一隻手拿著安娜的白洋裝上下揮動，另一隻手則緊緊地握住一串唸珠。

我感覺到湯瑪士突然猛力吸了一口氣。他的雙頰激動地抽搐著。他不知道發現了什麼。

「能量。」他想著，「從黑暗來的能量。」

我不懂他的意思。但我也沒時間去細想。

「安娜！」女人大喊。安娜從樓梯上的走道出來。

「是的，母親？」

她媽媽高舉拳頭握住的洋裝。「這是什麼？」

安娜似乎嚇壞了。她的手伸向欄杆。「妳從哪兒拿的？妳怎麼找到的？」

「在她房間裡。」又是那個男人，他從廚房走出來。「我聽到她說她正在縫製。我把它找了出來是為了她好。」

「真的嗎？」母親問，「這要做什麼的？」

「要去舞會，媽媽。」安娜生氣地說，「學校的舞會。」

「這個？」她母親高舉洋裝，雙手把它拉開。「這是為了舞會？」她搖晃著洋裝。

「蕩婦！妳不可以去跳舞！被寵壞的女孩，妳不可以離開這屋子一步！」

我聽見樓梯上傳來一個比較溫柔甜美的聲音。一位黑髮長辮、淡褐膚色的女士摟住安娜的肩膀。她一定是把自己的女兒留在西班牙的瑪麗亞，安娜的裁縫師朋友。

「請不要生氣，寇羅夫太太。」瑪麗亞很快地說，「是我幫她的，是我提議的，做件漂亮的衣服。」

「妳。」寇羅夫太太咬牙切齒地說，「妳讓事情變得更糟，盡在我女兒耳邊說些西班牙骯髒齷齪的事。從妳搬來後，她就變得很任性，驕傲自大。我不會再讓妳對她說任何事了。我要妳現在就搬出去！」

「不要！」安娜大叫。

男人向他的未婚妻走近一步。「瑪爾維娜。」他說，「我們犯不著損失房客。」

「不要插嘴，伊萊爾斯。」瑪爾維娜生氣地說。我現在才開始了解安娜為什麼不敢乾脆對她母親說明伊萊爾斯的真正目的。

場景快轉。我能用感受的比親眼目睹的還要多。瑪爾維娜把洋裝丟向安娜，命令她燒了它。她試著說服媽媽讓瑪麗亞留下，她卻用力甩了她一個大耳光。安娜在哭。但只有回憶裡的安娜在哭。真正的安娜一邊看，一邊咬牙切齒，極度憤怒。而我既想哭，卻也同時火冒三丈。

時間再度快轉。我張大眼睛，豎起耳朵，看著瑪麗亞提著一只皮箱離開了。我聽到安娜問她，接下來打算怎麼辦，並請求她在附近找住處。然後所有的燈都滅了，只剩唯一的一盞亮著。窗外一片漆黑。

瑪爾維娜和伊萊爾斯坐在客廳裡。瑪爾維娜正在用深藍色的毛線編織。伊萊爾斯一邊吸菸斗，一邊看報紙。即使只是日常晚間的休閒活動，兩人的臉色卻非常陰沉。他們滿臉呆滯，百般無聊，嘴巴抿成一條冷酷的細線。我無法想像他們之間的羅曼史是怎麼發生的，但我相信應該也是超級無趣。我的心思，或者該說我們的心思，全在安娜身上。她彷彿聽到我們的召喚，從樓梯上走了下來。

突然間，我有一種奇怪的感覺。因為無法將視線移開，所以只想閉上雙眼。她穿著那件白洋裝。她死時穿的白洋裝。但它看起來和她現在穿的完全不一樣。

這女孩站在一樓樓梯前，手上拿著一個布包袱，看著瑪爾維娜和伊萊爾斯臉上既驚訝又怒不可抑的表情，是這麼有朝氣，這麼充滿了生命力。她的肩膀結實強壯，一頭黑髮呈微微的波浪狀垂在背後。她抬起下巴。我真希望能看到她的眼睛，因為我知道它們會同時表露出悲傷和勝利的光采。

「妳以為妳在做什麼？」瑪爾維娜質問。她一臉嫌惡地看著她女兒，彷彿不認識她。她周圍的空氣似乎泛起漣漪，我可以感受到一陣剛才湯瑪士提過的能量。

「我要去參加舞會。」安娜平靜地回答，「而且我不會再回家。」

「妳不能去舞會。」瑪爾維娜刻薄地說，以潛近獵物的姿態從椅子上站了起來。「妳穿著那件令人作嘔的衣服，哪兒都別想去。」她走向女兒，瞇起眼睛，使勁地嚥了一口口水，彷彿她就快吐了。「妳像新娘似的穿得一身白，但在讓男同學鑽進妳的裙底後，還有誰會要妳？」她像條毒蛇似的仰起頭，朝安娜的臉吐口水。「妳父親會覺得非常丟臉。」

安娜動也不動。她快速上下起伏的胸膛是洩漏她激動情緒的唯一破綻。

「爸爸愛我。」她輕聲地說，「我不知道妳為什麼不愛我。」

「壞女孩通常是既沒用又愚蠢。」瑪爾維娜揮著手說。我不懂她是什麼意思。我不知道是她的英文不好，或者是她笨？可能是笨吧！

在我觀看旁聽時，一陣胃酸湧上喉嚨。我從沒聽過有人這樣對他們的小孩講話。我想要伸手去搖晃她，叫她清醒一點，不然把她搖到骨折也可以。

「到樓上去把它脫下來。」瑪爾維娜下令。「然後把它拿下來燒了。」

我看見安娜把布包袱握得更緊。她所有的財產都在那一小塊用線綁住的咖啡色方巾裡。「不要。」她冷靜地回答。「我要離開這兒。」

瑪爾維娜大笑。聲音尖銳，令人惶恐。她的雙眼射出邪惡的光芒。

「伊萊爾斯。」她說，「帶我的女兒回房間，讓她脫下這件洋裝。」

「我的天啊！」湯瑪士心想，我的眼角瞄到卡蜜兒用手摀住嘴巴。我不想看。我不想知道。如果那個男人碰了她，我會破除魔法圈。我不在乎它只是回憶。我不在乎我必須了解內情。我要扭斷他的脖子。

「不要，媽。」安娜害怕地說。但是當伊萊爾斯向她靠近時，她反而站穩腳步。「我不會讓他靠近我的。」

「我很快就是妳爸爸了，安娜。」伊萊爾斯說。那句話聽起來讓我想吐。「妳必須服從我。」他的舌頭在嘴唇上來回舔著，一副迫不及待的樣子。我聽到我的安娜，血衣安娜，在我身後開始嗥叫。

伊萊爾斯一往前走，安娜立刻轉身往門口跑。但是他捉到她的手臂，把她轉了過來。距離近到她的頭髮拂過他的臉，距離近到她一定能感覺到他呼吸出的混濁熱氣。他已經開始上下其手，在她的洋裝上來回抓弄。我看到瑪爾維娜臉上竟露出憎恨被滿足的恐怖表情。安娜極力反抗，尖聲驚叫。她把頭往後一撞，剛好撞到伊萊爾斯的鼻子。雖然力道不足以讓他流鼻血，卻也非常刺痛。她趁機掙脫，慌亂地往廚房和後門的方向爬去。

「妳不可以離開這棟房子！」瑪爾維娜歇斯底里地大叫，跟了過去，伸手抓住一把安娜的頭髮，將她硬扯回來。「妳永遠永遠別想離開這棟房子！」

「我會的。」安娜大叫，出手將母親推開。瑪爾維娜撞到一座很大的木頭餐具櫃，跌倒在地。安娜繞過她，但她沒看見在樓梯口療傷的伊萊爾斯。我想大叫要她轉身，我想告訴她快跑。但是我怎麼想都沒關係了。一切都已經發生了。

「臭婊子！」他大聲地說。安娜嚇了一跳。他一邊摀住鼻子，檢查有沒有流血，一邊瞪著她。「我們供妳吃，我們供妳穿，而這就是妳的回報！」他伸出手掌，上面什麼都沒有。然後他用力掌摑她的臉，抓住她的肩膀猛力搖晃，用我聽不懂的芬蘭話對她尖聲叫罵。她的頭髮紛亂，開始哭了起來。瑪爾維娜看到這一切似乎感到非常興奮，興奮到雙眼發亮。

安娜還不放棄。她頑強抵抗，奮力反擊，將伊萊爾斯撞向樓梯牆壁。他們身後的餐具櫃上擺了個陶壺。她舉起陶壺砸向他的側臉，痛得他大叫並鬆開了手。瑪爾維娜一邊大喊，一邊朝房門跑。這時尖叫聲此起彼落，我根本分不清楚是誰的聲音。伊萊爾斯把安娜撲倒，捉住她小腿後方，她跌倒在客廳的地板上。

在瑪爾維娜拿著刀從廚房走出來之前，我就知道結局了。我們都知道。我可以感覺到他們，湯瑪士、卡蜜兒、威爾，每個人都無法呼吸，只想閉上眼睛，或是大叫，叫到安娜能聽到。他們從沒見過這樣的事，他們可能連想都沒想過。

我看見安娜，臉朝下，倒在地板上，一臉驚嚇，卻還不知道大禍臨頭了。我看著這個拚命掙扎想脫逃出去的女孩，不僅想從伊萊爾斯的手中逃走，還想從所有的一切中逃走，包括這棟讓人窒息的房子，以及宛如千斤重擔壓在她肩上，將她不斷往下拖，令她窒息的生活。我看著這個女孩，看著她眼中盡是怒氣的母親手握菜刀朝她彎下腰。愚蠢的怒氣，完全不合理的怒氣。接著刀子架上了她的喉嚨，劃過皮膚，切開一條很深的紅線。「太深了。」我心想，「太深了。」我聆聽著安娜的尖叫，直到她無法再發出任何聲音。

16

突然間，我身後傳來一聲巨響，我轉過頭，很高興可以暫時避開場景。魔法圈內，安娜已經不再飄浮。她徹底崩潰，雙手雙腳蹉曲地跪在地上。扭曲的黑髮抽動著。她張開嘴巴，好像要呻吟或哭泣，卻沒發出半點聲音。炭水般的深灰色淚珠在蒼白的臉頰上滑落。她看著自己的喉嚨被切開，看著自己失血至死，鮮紅色的血滲進了客廳地板，浸濕了白色的舞衣。所有消失的記憶瞬時重擊在她臉上。她變得虛弱了。

即使千般不願，我還是回頭看著安娜死去。瑪爾維娜一邊把屍體的衣服脫下來，一邊狂吼命令伊萊爾斯。伊萊爾斯鑽進廚房，拿出一條看起來很粗糙的毛毯。她叫他把屍體包起來。他照做了。我看得出來，他對剛才發生的事同樣無法置信。然後，她叫他上樓，再另外拿一件安娜的洋裝來。

「另一件洋裝？要做什麼？」他問，但是她發火了。「叫你去就去！」於是他慌慌張張加跌跌撞撞地跑上樓。

瑪爾維娜把安娜的洋裝平攤在地。它現在浸滿了鮮血，實在很難想像之前的純白模樣。她走向房間另一頭的衣櫃，拿出兩支黑色蠟燭和一個黑色的小袋子。

「她是個女巫。」湯瑪士在心裡咬牙切齒地對我說。詛咒。完全符合邏輯。我們早該猜到凶手是個巫師。但再怎麼猜，也絕對想不到居然會是她的親生媽媽。

「注意看。」我在心裡對湯瑪士大喊，「我可能需要你幫我弄懂到底發生了什麼事。」

「我沒把握。」他說。看到瑪爾維娜點燃蠟燭，跪在洋裝上，一邊搖晃身體，一邊用芬蘭話低聲唸起咒語，我也很懷疑湯瑪士能看懂多少。她的聲音是如此輕柔，想必安娜一輩子都沒聽過她用這種語氣說話吧？燭火愈燃愈亮。她先舉起左邊的蠟燭，然後換右邊的。黑色的燭蠟滴滿染血的衣服，然後她在上面吐了三次口水。她唸咒的聲音愈來愈大，但我一句也聽不懂。我試著記下隻字片語，好在結束後查詢。這時，我聽到湯瑪士的聲音，他正輕柔地朗誦著。剛開始我沒聽懂他在說什麼。事實上我已經張開嘴，準備叫他別吵，別妨礙我。然後，我發現他居然是在用英文覆誦出她的咒語。

「親愛的魔王席西，求您聆聽，我謙遜卑微地請求您。請您享用這份鮮血，請您吸收這份能量，讓我女兒永遠留在這棟屋子裡。請用痛苦、鮮血和死亡餵養她。席西，偉大的魔王，萬惡之神，請聆聽我的祈禱。享用這份鮮血，吸收這份能量。」

瑪爾維娜閉上眼睛，舉起菜刀，劃過燭火。真是難以置信，它燃燒了起來。然後，她猛然揮刀，刀尖刺穿洋裝，刺進了地板。

伊萊爾斯出現在樓梯頂端，手上握著一塊長寬潔白的布，應該是安娜的另一件洋裝。他畏怯而害怕地看著瑪爾維娜。他顯然不知道她的這一面。現在知道了，他心懷恐懼，從此以後更是再也不敢違抗她。

地板的洞透出火光，瑪爾維娜緩緩地移動刀子，一邊唸咒，一邊把沾滿血的洋裝塞進地板。洋裝的最後一角消失時，她把整隻刀子也推進去，頓時火光四射。地板的洞隨之關上。瑪爾維娜吞了口口水，從左到右輕輕吹熄了蠟燭。

「現在，妳再也不能離開我的房子了。」她喃喃自語。

我們施的咒結束了。瑪爾維娜的臉像惡夢中的記憶慢慢糢糊，灰白憔悴，像她殺死安娜的客廳地板。我們周遭的場景失去了色彩，四肢也被鬆綁了。大家散開，魔法圈解除。我聽見湯瑪士呼吸沉重。我聽見安娜也是。我無法相信剛才目睹的一切。感覺如此不真實。我不能理解瑪爾維娜怎麼能殺了安娜。

「她怎麼能？」卡蜜兒輕聲地問，我們彼此對望。「太可怕了！我再也不想看見那樣的事。」她搖頭說，「她怎麼能？她是她女兒啊！」

我看著一身血衣、滿臉血管的安娜。灰黑色的眼淚已經乾了。她太累了，累到已經哭不出來了。

「她知道後來會發生什麼事嗎？」我問湯瑪士，「她知道她把安娜變成了什麼嗎？」

「我認為她不知道。或者說，至少不是完全清楚。當你對惡魔祈求時，你無法決定細節。你只能請求，其他的事由惡魔決定。」

「我不在乎她是不是完全清楚。」卡蜜兒咆哮，「真是令人作嘔！真是太可怕了！」

大家額頭上掛滿汗珠。威爾不發一言。我們看起來好像才和重量級拳擊手大戰了十二回合。

「接下來我們該怎麼辦？」湯瑪士問。不過他這時候看起來不像能做任何事，我想他回家後至少會睡上一星期。

我轉過頭，站起來。我必須讓腦袋清醒一下。

「卡斯！小心！」

卡蜜兒對著我大喊，可惜太遲了。有人從我後面推了一下，我感覺到熟悉的重量從我後面的口袋被抽出來。當我轉過身，我看見威爾站在安娜身旁，他手中握著我的儀式刀。

「威爾。」湯瑪士開口，但威爾已經將匕首拔出劍鞘，伸長手臂揮舞著，嚇得湯瑪士跌坐地上，趕緊閃開。

「你就是這樣做的，不是嗎？」威爾的聲音已瀕臨瘋狂。他看著刀子，眼睛直眨。

「她很虛弱，我們現在可以下手了。」他幾乎是在自言自語地說。

「威爾，不要。」卡蜜兒叫道。

「為什麼？那是我們來這兒的目的啊！」

卡蜜兒無助地看了我一眼。那是我們來這兒的目的，但是在目睹了六十年前的慘劇後，再看看躺在那兒的安娜，我知道我下不了手。

「把刀子還我。」我鎮定地說。

「她殺了麥克。」威爾說，「她殺了麥克。」

我低頭看著安娜。她的黑眼睛張得大大的，瞪著地上，可是我不確定它們是不是真的還看得見什麼。她虛弱地癱坐在地上。可以輕易捏碎煤渣磚的雙手抖個不停，試著將自己的身體從地板撐起。我們讓怪物變成一具顫抖的空殼。如果要殺她，沒有比現在更安全的時候了。

何況威爾說得沒錯。她確實殺了麥克，殺了好幾打的人，而且還會繼續。

「妳殺了麥克。」威爾咬牙切齒地說，然後開始嚎啕大哭。「妳殺了我最要好的朋友。」他動手了，舉起刀子往下刺。我想都沒想就衝了出去。

我往前衝，將他挾在腋下，避免刀子插入她的背部，但卻來不及阻止它劃過她的肋骨。安娜輕輕哭喊了一聲，試著想爬開。我聽到卡蜜兒和湯瑪士大喊，叫我們住手，但是我們仍然繼續纏鬥。

威爾齜牙咧嘴地舉刀劃過空中，再向她刺去。我勉強抬起手肘，撞擊他的下巴。他踉蹌往後退了幾步。當他再度攻擊時，我朝他的臉揮拳，不是很用力，但足以讓他暫停，稍微清醒一下。

他用手背抹過嘴巴，沒再逼進。他的視線從我身上移到安娜，他知道我不會讓路給他。

「你到底有什麼毛病？」他問，「這應該是你的工作，不是嗎？現在我們抓到她了，你卻什麼也不做？」

「我還不知道我要怎麼做。」我坦言，「但是我不會讓你傷害她。不過，反正你也殺不死她。」

「為什麼不行？」

「因為，有魔力的不只是匕首。它是我的，驅動它的是我和刀子間的血緣關係。」

威爾不屑地說，「她流了夠多的血了。」

「我沒說刀不特別，但是只有我才能給予致命的一擊。不管讓它發生的條件是什麼，你身上都沒有。」

「你在說謊。」他說。也許我真的是在說謊。我從沒看過別人用我的匕首。除了我爸爸，沒有其他的人。或許這一切，包括命中注定和亡靈殺手的血脈，其實都是胡說八道。不過威爾信了。他開始後退，離開屋子。

「把匕首還給我。」我又說了一次，卻眼睜睜地看著它被帶走，刀身發出詭異的閃光。

「我會殺了她。」威爾堅定地說，然後帶著我的儀式刀轉身就跑。我的心裡有一部分單純而直率地在啜泣。這就像《綠野仙蹤》裡，老婆婆把小狗丟進她的腳踏車籃，然後騎走的那一幕。我的雙腳告訴我去追他，撲倒他，揍他的頭，搶回我的儀式刀，再也不讓它離開我的視線。但是卡蜜兒正在對我說話。

「你確定他殺不了她嗎？」她問。

我回頭一看，她居然跪在安娜身旁。她居然有那個膽子敢碰她，扶著她的肩膀，檢查威爾造成的傷口。滲出的黑色血液產生奇怪的效果，黑色血液和她洋裝上流動的鮮紅血液混在一起，宛如將墨汁攪入紅色水中製造出來的漩渦。

「她非常虛弱。」卡蜜兒低聲說，「我想她傷得很嚴重。」

「不應該嗎？」湯瑪士問，「我的意思是，我不想站在幻想自己是電影男主角的威爾那邊，但是，這不是我們此行的目的嗎？她難道不是還很危險嗎？」

答案是「對」，「對」，還是「對」。我完全明白，只是我似乎無法正常思考。躺在我腳邊的女孩受了重傷，我的匕首不見了，而《如何謀殺你的女兒》的節目影像還不停地在我腦子裡播放。這裡就是事發現場，這裡就是她生命結束的地方，她變成怪物的地方，她母親用刀劃過她的喉嚨，詛咒她和她的洋裝的地方。

我的眼睛盯著地板，往更深處走。然後我開始用力踩地，用力跺腳，努力跳上跳下，希望能找到鬆動的地方。可是沒什麼用。我真笨，我不夠強壯，我甚至不知道自己在做什麼。

「不是那裡。」湯瑪士說。他瞪著地板，然後指向我的左方。

「是這裡。」他說，「而且你需要工具。」他起身往外跑。我還以為他應該連一丁點力氣都沒了呢！這小子真是出人意料，而且還真他媽的能幹，因為四十秒後他就拿著鐵撬和換輪胎用的扳手回來了。

我們一起在地板上狂敲，一開始連個痕跡都弄不出來，接著木頭逐漸裂開。我用鐵撬把最鬆的一端撬開，然後跪了下來。敲開的洞既黑且深。我不知道它是怎麼形成的。我應該看到椽架和地下室，但觸目所及只有一片漆黑。我只猶豫了片刻，便將手伸進洞裡搜索，立刻感覺到一陣刺骨的寒氣。我覺得我錯了，又做了蠢事，然後我的手指刷過了某樣東西。

那塊布料感覺起來很硬，很涼，還有點潮濕。我把它從塵封了六十年的地板下拉了出來。

「是那件洋裝。」卡蜜兒深吸了一口氣，「怎麼會？」

「我不知道。」我據實以告。我走向安娜。我不知道這件洋裝對她有沒有幫助，如果有的話，會對她起什麼作用。它會讓她變得更強大嗎？它會讓她恢復正常嗎？如果我把它燒了，她會化成一縷輕煙嗎？湯瑪士大概會比我有概念。他應該可以和摩爾法蘭一起找出正確答案。如果連他們都不行，至少基甸可以。但是我沒時間，來不及了。我跪下來，把血衣拿到她眼前。

一開始，她動也不動，然後她掙扎地站了起來。我跟著她的速度移動血衣，讓它保持在她眼睛的高度。占據眼白的黑色褪去了。安娜清澈、好奇的眼睛出現，卻框在那張怪物般的臉孔裡。那個模樣真是讓人感到極度的不舒服。我雙手顫抖。她就站在我眼前，不再飄浮在空中，眼睛盯著被血染紅、只剩一點點地方露出骯髒白色的皺巴巴洋裝。

我還是不確定自己在做什麼，或我正在試著做什麼，我抓起它的裙擺，套過她扭動的黑色頭顱。我只知道這立刻起了作用，雖然我不曉得到底是怎麼了。空氣中突然有股張力，一股寒氣飄盪。很難解釋，就像有一陣微風吹過，卻沒有任何東西在動。我將舊洋裝套在她滴著血的洋裝外，往後退了一步。安娜閉上眼睛，深呼吸。她媽媽詛咒時蠟燭滴下的黑蠟仍緊緊地黏在衣服上頭。

「現在會怎麼樣？」卡蜜兒小聲地問。

「我不知道。」湯瑪士幫我回答。

就在我們的注視下，兩件洋裝開始對抗。鮮血和黑色不斷滴落，兩件洋裝試著要融在一起。安娜雙眼緊閉，雙手握拳。我不知道會發生什麼事，但不管是什麼，發生的速度都很快。每次我一眨眼，張開眼睛看到的洋裝都不一樣。白色。紅色。帶血的黑色。它不停地交融，飛快地轉變。安娜的頭突然往後一仰，被詛咒的洋裝碎裂開來，化為灰燼落在她腳邊。

黑暗女神佇立看著我。黑色的長捲髮在微風中靜止不動。爆起的血管潛回手臂和脖子。她的洋裝變成純白色的，一點污漬都沒有。被我的儀式刀割到的傷口也一併消失了。

她不可置信地用手摸摸臉頰，害羞地看著卡蜜兒，再看看我，然後看著往後退了一步的湯瑪士。她慢慢轉身，走向敞開的大門。在踏出門檻前，她回頭看我，微微地露出了笑容。

17

這是我要的嗎？我釋放了她。我是來殺她的，但是我卻把她從監牢裡放了出來。她輕盈地走過門廊，腳尖輕觸台階，凝望外頭漆黑的夜色。她就像隻剛被從籠子裡放出來的野生動物，既小心又期待。她的指尖滑過變形的欄杆木頭，彷彿那是她摸過最美好的東西。一部分的我覺得很開心，一部分的我知道發生在她身上的事有多不公平，我想給她的不只是這個破舊的門廊。我想給她完整的人生，所有的人生，從今晚開始。

但另一部分的我也知道她的地下室裡埋了許多屍體，許多被她偷來的靈魂，而它們也同樣是無辜的。我不能把安娜的人生還給她，因為她的生命早已結束。也許我犯了一個天大的錯誤。

「我覺得我們應該離開這裡。」湯瑪士小聲地說。我看向卡蜜兒，她點點頭。於是我走向門口，試著阻擋在他們和安娜之間，即使失去匕首的我其實已經沒什麼保護力了。聽見我們走出門口，她轉身揚起一邊眉毛看著我。

「沒事的。」她說，「我現在不會傷害他們了。」

「妳確定嗎？」我問。

她的視線轉向卡蜜兒，點點頭。「我確定。」我身後的卡蜜兒和湯瑪士吐出一大口氣，尷尬地從我背後走出來。

「妳還好嗎？」我問。

她想了幾秒鐘，彷彿在找適當的形容詞。「我覺得心智正常。你覺得可能嗎？」

「大概不是百分之百！」湯瑪士脫口而出。我用手肘戳了一下他的肋骨，但安娜卻笑了。

「你是第一次進來救他的那個人。」她仔細端詳湯瑪士。「我記得你，是你把他拉出去的。」

「反正我也不覺得妳會殺他。」湯瑪士回答。他臉紅了，他喜歡當英雄的感覺，他喜歡在卡蜜兒面前被人稱讚的感覺。

「為什麼不會？」卡蜜兒問，「為什麼不殺卡斯？是什麼讓妳決定殺麥克而非卡斯？」

「麥克。」安娜輕聲地說，「我不知道。也許是因為他們很邪惡，我知道他們騙他，我知道他們很殘忍。也許我覺得……他很可憐。」

我嗤之以鼻。「我很可憐？我可以解決他們的。」

「他們拿我房子的木板砸了你的後腦勺。」安娜再度抬起眉毛看我。

「妳一直說『也許』。」湯瑪士插嘴。「妳不能確定嗎？」

「我不能。」安娜回答，「我無法確定。但是我很開心結果是這樣。」她補上一句，然後微笑。她好像想再說些什麼，但反而把頭轉開，是因為尷尬，還是因為困惑，我看不出來。

「我們該走了。」我說，「施咒掏空了我們的精力，我們都需要回去睡一下。」

「不過你會回來吧？」安娜問，彷彿擔心再也見不到我。

我點點頭。我會回來。但回來做什麼？我不知道，但我知道我不能讓威爾留著我的匕首。而且我不確定如果刀在他手上，安娜會不會有危險。不過那聽起來非常蠢。誰又能說，如果刀在我手上，她就安全了？我需要睡一下。我需要重新評估、整理、思考所有的一切。

「如果我不在房子裡。」安娜說，「叫我。我不會走太遠的。」

想到她可以在雷灣自由來去，我不禁有點擔心。我不知道她能做出什麼。我心中猜疑的部分小聲地告訴我，我被騙了。不過，現在我也無法再做些什麼了。

「這樣算贏了嗎？」我們走下車道時，湯瑪士問。

「我不知道。」我回答。不管是不是贏，我一點也感覺不到勝利的喜悅。我的儀式刀不見了，安娜自由了。我腦袋中唯一確定的是，這一切還沒結束。不僅我後面的口袋、我的肩上感到空虛，我全身每個地方都感到空虛。我覺得很虛弱，彷彿身上有一千個傷口正不斷地漏出我的精力。那個混蛋，居然敢拿走我的匕首。

「我不知道你會說芬蘭話，湯瑪士。」卡蜜兒在他身旁說。

他揚起一邊嘴角笑了一下。「我不會。你找來的咒語實在太厲害了，卡斯。我真想和提供你咒語的人見個面。」

「以後我會幫你介紹。」我聽見自己說。不過，不是現在。我剛弄丟了匕首，現在的我完全不想和基甸講話。我的耳膜一定會被他的叫聲震破。儀式刀，爸爸的遺物。我一定要把它拿回來，而且要快。

✡

「儀式刀不見了，你弄丟了。它在哪裡？」

他勒住我的脖子，要我回答，他用力地把我扔回枕頭上。

「笨蛋！笨蛋！大笨蛋！」

我掙扎地醒過來，像手機遊戲「機器人競技場」裡的機器人筆直地從床上跳起來。房間裡空無一人。「當然空無一人。笨蛋！」對自己辱罵相同的字眼，又將我帶回夢境。我還沒完全清醒，他的手鎖在我脖子上的感覺仍然存在。我說話的能力還沒恢復。我的脖子、我的胸口全繃得緊緊的。我深呼吸，吐出的卻是刺耳到近乎啜泣的聲音。儀式刀的重量不在了，我的身體只剩一具空殼。我的心跳得好厲害。

是我父親嗎？想到這兒，不禁讓我回想起十年前，孩子般的罪惡感突然在心裡擴散。但是不對。不可能。我惡夢裡的人說話帶著美國南方口音，而我父親卻是在沒有特殊口音的伊利諾州芝加哥長大的。它只是另一個惡夢，和其他的沒什麼兩樣。而且我至少知道做這個惡夢的原因。用不著佛洛伊德的分析，我就知道這是對丟掉儀式刀的內疚。

提波跳到我大腿上。幽暗的月光穿透窗戶照進房裡，剛好讓我看見牠綠色的橢圓瞳孔。牠把一隻爪子放在我胸前。

「什麼事？」我說。黑暗中，我的聲音聽起來格外清亮。不過這也將我的惡夢趕遠了些。夢境如此逼真，我還記得夢中刺鼻、苦澀的味道，煙霧的味道。

「喵。」提波叫。

「西修斯．卡西歐不能再睡下去了。」我同意，一把將牠抱起，走下樓。

我在一樓倒了杯咖啡，屁股靠在餐桌上。媽媽將儀式刀的鹽罐留在上面，還放了乾淨的布和準備塗抹的油，等著讓它煥然一新。它就在某個地方，我可以感覺得到，我可以感覺到它被某個不該觸摸它的人握在手裡。我簡直恨不得把威爾．若森伯格殺了。

三個小時後，媽媽下樓了。廚房裡的光線愈來愈強，我還是坐在餐桌旁瞪著鹽罐。雖然我在打瞌睡時，頭在餐桌上撞了一兩次，不過我喝了半壺咖啡，所以覺得還好。媽媽裹著藍色睡袍，散亂的頭髮反而給了我需要的安全感。她看見鹽罐裡沒有刀子，順手把它蓋了起來。為什麼人在看到媽媽時，就會覺得很溫暖、很開心呢？

「你偷了我的貓。」她幫自己倒了杯咖啡。提波一定是感受到了我的不安，斷斷續續地在我腳邊繞來繞去。通常牠只會對我媽媽這麼做。

「在這兒，還妳。」她走近餐桌，我對她說。

我一把將牠抱起。牠不斷嘶吼，直到她把牠放上大腿才安靜下來。

「昨晚運氣不好？」她問，然後朝空罐子的方向點點頭。

「不盡然。」我說，「是有些運氣，只是好運、壞運都有。」

她坐到我身旁，聽我一五一十地陳述。我告訴她我們所看到的一切、所知道關於安娜的一切，以及我怎麼破除詛咒，讓她重獲自由。我以最令我尷尬的事做結尾，我告訴她，我把爸爸的儀式刀弄丟了。我幾乎不敢抬頭看她。她試著控制臉上的表情，我不知道那是代表它不見了讓她很沮喪，還是代表她知道遺失它對我的打擊有多大。

「我不覺得你做錯了，卡斯。」她溫柔地說。

「但是那把匕首。」

「我們會把刀子拿回來的。必要的時候，我會打電話給那男孩的媽媽。」

我呻吟。必要的時候，她會從一個冷靜、溫柔的媽媽變身為強悍的女王。

「但是關於你所做的。」她繼續說，「你對安娜做的事，我不覺得是錯的。」

「殺死她是我的任務。」

「是嗎？還是說，你的任務是阻止她？」她的身體離開餐桌，雙手捧著咖啡杯往後靠。

「不管是你現在做的，還是你爸爸從前做的，從來不是為了報復。從來不是為了復仇，甚至不是為了站在正義的那方。那不是你們的職責。」

我用手抹臉。我的雙眼累到看不清楚，頭腦疲倦到無法運轉。

「但你確實阻止她了。不是嗎？卡斯。」

「是的。」我說，但是我也不曉得。事情發生地如此迅速。我是不是真的把安娜邪惡的那一半趕走了？還是我只是讓它藏了起來？我閉上雙眼。「我不知道，我想是的。」

媽媽嘆了一口氣。「不要再喝咖啡了。」她推開我的杯子。「再去睡一下吧！然後，回去找安娜，看看她究竟變成了什麼樣子。」

✡

我看過許多季節更替。當你沒被學校、朋友和下星期什麼電影要上映這些事干擾時，你當然有時間欣賞樹木。

雷灣的秋天比其他地方漂亮。色彩繽紛，樹葉沙沙聲此起彼落。但它更善變。有時又冰又濕，烏雲籠罩。有時卻像今天，艷陽高照，宛如七月，微風輕拂吹動樹葉，閃閃發亮。

我借了媽媽的車。送她到城裡買東西後，我便開車去找安娜。媽媽說她的朋友會送她回家。聽到她交了朋友，我很開心。她開朗隨和，很容易交到朋友。不像我。我覺得自己也不像爸爸，但是我發現其實我已經不大記得他了。這個想法讓我心裡很不舒服，於是我決定不強迫自己去想。我寧願相信我的記憶仍然存在，就像藏在表面下，只要我用力想，還是可以想得到，姑且不去管是不是真的這樣。

當我走向房子時，感覺西側似乎有個黑影閃過。我以為是眼睛過度疲勞眼花了，所以眨眨眼，希望讓它消失，但影子反而變成白色，還隱約可以看見她蒼白的皮膚。

「我沒離開太遠。」我走近時，安娜說。

「妳在躲我。」

「我一下子認不出來是誰。不能不小心，我可不想被其他人看見。就因為我可以離開房子，不代表我就不是個死人。」她聳聳肩。真是坦白，發生過那些事，她應該受到很大的傷害才是，甚至精神失常都不會令人意外。「我很高興你回來了。」

「我必須來確認一下。」我說，「看看妳是不是還有危險性。」

「我們應該進去屋裡。」她說。我也同意。看到她在戶外的大太陽下，感覺很奇怪。她就像個在晴朗午後出來採花的小女孩，好奇地觀察周遭的世界。但是如果旁人看仔細點，就會發現，在這種天氣只穿了件白色洋裝，未免也太冷了。

她領著我進到屋裡，然後像個盡責的女主人，隨手把門關上。屋子裡變了。詭異的陰森光線不見了。雖然玻璃還是覆蓋著厚厚的一層灰，但正常的耀眼陽光已經可以穿透窗戶射進屋子裡了。

「你到底想確認什麼，卡斯？」安娜問，「你是想知道我還會不會繼續殺人？還是你是想知道我還能不能這麼做？」她將手舉到面前，黑色血管爆起蔓延直至指尖。她的眼白變黑，白色的洋裝上噴出血來，血滴四處飛濺，比從前更加誇張。

我嚇得往後跳。「天啊！安娜。」

她浮在空中，小小地轉了個圈，彷彿在隨她最喜愛的樂曲起舞。

「很醜吧？對不對？」她皺起鼻子。「屋裡沒有留下任何鏡子。不過月光夠亮時，我可以從玻璃窗上看到自己。」

「妳還是這個樣子。」我驚懼地說，「什麼都沒有改變。」

她聽到我這麼說，眼睛瞇了起來，但她接著吐出一口氣，試著對我微笑。不過她現在的模樣就像個少女版的針頭鬼[14]，所以微笑起來還是蠻可怕的。

「卡斯，你不明白嗎？一切都變了！」她降落在地板上站好，但黑油油的眼睛和扭動的頭髮依然存在。「我不會再殺人了。我從來不想殺人。但不管這是什麼，這就是我。我本來以為是因為那個詛咒，或許真的是。但是……」她搖搖頭。「你離開後，我必須試試看我還剩下多少能力。我非確認不可。」她直視我的雙眼。墨汁般的黑眼睛消失，藏在底下的安娜出現了。「抗爭已經結束，我贏了。因為你，我才能贏的。我不再是兩個一半。我知道你一定會覺得我還能變成這樣，真是個怪物。但是我感到……很強壯，我感到很安全。我沒辦法把自己的感受講得很清楚。」

事實上，我立刻就懂了。對一個以那種方式被謀殺的人來說，安全感可能比任何事都重要。

「我懂。」我輕聲地說，「那股力量是唯一的支撐點。和我的情況有點像。當我握著儀式刀走進鬧鬼的屋子時，我會覺得自己很強壯、不可侵犯。那種感覺很興奮，我不知道大多數的人一輩子是否有過一次這種感受。」我慢慢走向她。「然後我遇見了妳，這些感覺全被丟進了糞坑。」

她大笑。

「我自以為強壯、不可一世地來到你家，妳卻把我拿來當球打。」我露齒微笑。「真是一個讓男孩子覺得自己很有男子氣概的好辦法。」

她也露齒微笑。「至少讓我覺得自己很有男子氣概啊！」她的微笑消失了。「你今天沒帶著你的儀式刀。只要它在附近，我向來可以感覺到的。」

「沒有，威爾拿走了，但我會把它要回來。那是我父親的遺物，我絕不會放棄它的。」然後我突然想到，「妳怎麼能感覺到它？妳對它的感覺是什麼？」

「第一次遇見你時，我不知道它是什麼。我的耳朵、我的胃裡有種低沉的嗡鳴聲。它的力量強大。雖然知道它是要來殺我的，還是把我引出來了。然後，當你的朋友割到我……」

「他不是我朋友。」我咬牙切齒地說，「不算是。」

---

14 Pinhead，《養鬼吃人》（*Hellraiser*）裡的男主角。

「我可以感覺到自己被它吸入，開始往它要把我們送去的地方移動。但是錯了，它有自己的意願，它想要被握在你的手中。」

「所以它無法殺死妳。」我鬆了一口氣，我可不希望威爾真的能使用我的匕首。我不在乎聽起來有多幼稚，但它是我的匕首，我一個人的。

安娜轉身，繼續想。「不對，它還是有可能可以殺死我。」她一臉嚴肅地說，「因為它不僅和你有連結，也和另一個東西有連結，一個邪惡的東西。在我的血流出來時，我聞到一股味道，和我記憶中伊萊爾斯的菸斗味有點像。」

我不知道儀式刀是如何取得它的力量。如果基甸知道，他也從沒告訴過我。但是如果它的力量是來自黑暗世界，也沒什麼關係。我利用它做的全是好事。至於伊萊爾斯菸斗的味道……

「那可能只是在看完自己被謀殺的經過後，感到害怕時的自然聯想吧？」我溫柔地說，「妳知道的，就好像妳剛看完《活屍禁區》後，就會夢見殭屍。」

「《活屍禁區》？那就是你的惡夢嗎？」她問，「專職殺鬼的小男孩？」

「不是。我夢到的是一群企鵝在造橋，不要問我為什麼。」

她嫣然一笑，將髮絲順到耳後。我望著她，內心深處突然揪了一下。我在做什麼？我來這裡做什麼？我幾乎什麼都不記得了。

房子裡的某扇門突然「砰」地關上，安娜嚇得跳起來。我記得她以前總是不動如山的。她的頭髮往上飄，開始扭動。她簡直像隻拱起背、豎直尾巴的貓。

「那是什麼？」我問。

她搖搖頭，我無法分辨她是尷尬還是害怕，看起來好像兩者都有。

「你還記得你在我家地下室看到的景象嗎？」她問。

「死人高塔？不記得了，全忘了！開玩笑，怎麼可能忘得掉？」

她緊張地笑了兩聲，想表現出輕鬆的樣子。

「它們還在這兒。」她耳語。

聽到這個，我的胃全縮了起來，不由得往後退了一步。那些屍體的可怕模樣仍歷歷在目，我還聞得到綠色的污水和腐爛的味道。她的意思是，它們現在有了自己的意識，可以自由地在屋裡閒晃。這可不是我樂見的事。

「我猜它們正在找我。」她輕聲地說，「那就是為什麼我會跑到外面去。我不怕它們。」她很快加上，「但是看到它們我會受不了。」她停頓了一下，雙手交叉抱在肚子上，環抱著自己。「我知道你在想什麼。」

真的？我都不知道自己在想什麼。

「我應該把自己和它們一起鎖在屋子裡，畢竟一切都是我的錯。」她的聲音中沒有一點不高興的成分。她並不期待我的反駁，盯著地板的眼睛十分認真。「我真希望我可以告訴它們，我願意把生命還給它們。」

「有差別嗎？」我靜靜地說，「如果瑪爾維娜對妳說她很抱歉，有用嗎？」

安娜搖搖頭。「當然沒用，我真是太蠢了。」她很快地往右看了一眼，很短暫，但我知道她是在看昨晚我們拿出洋裝的那個破洞，她似乎對它十分懼怕。也許我應該找湯瑪士來把它封了。

我的手抖了一下。我鼓起勇氣，將手搭上她的肩。「妳不蠢。我們會想出辦法的，安娜。我們會把它們驅除的。摩爾法蘭應該知道該怎麼送它們上路。」每個人都需要安慰，不是嗎？她已經解脫了。做了的事無法改變，她必須讓自己接受。但即使是現在，我都看得出來，她從前做過的事變成了邪惡和混亂的記憶正不斷地糾纏著她。她怎麼可能放下，怎麼可能不胡思亂想呢？

告訴她別再虐待自己只會讓事情更糟。我無法免除她的罪。但我想讓她忘記，即使只是一會兒也好。她曾經是如此純潔，想到她再也與天真瀾漫無緣，就令我心痛萬分。

「妳必須想辦法回歸正常的世界。」我溫柔地說。

安娜張開嘴巴想說話，但是我卻永遠不能知道她到底要說什麼了。因為整棟房子彷彿被巨型千斤頂拔起似地突然搖晃了起來。安靜下來後，又震了一下。一個影子在震動中出現在我們面前。靜止的空氣中，一具蒼白、宛如石膏塑成的屍體慢慢從影子中逐漸成形。

「我不過是想找個地方睡一覺。」他說話的樣子彷彿嘴裡塞滿了小石頭。但我仔細一瞧，才發現是因為他的牙齒都掉光了。掉光的牙齒加上鬆垮的皮膚讓他看起來比實際年齡大，然而他絕不會超過十八歲。又是一個闖錯門的蹺家小孩。

「安娜。」我抓著她的手臂，但她卻不願意被我拖走。她毫不退縮地站著，看他張開雙臂。血開始從他破爛的衣服滲出，染紅了布料和四肢，耶穌受難似的姿勢讓它看起來更是恐怖。他的頭垂下來，前後劇烈擺動。突然間，他的頭被硬生生地往上拉斷，他放聲尖叫。

接下來被扯開的可不只是衣服。腸子像條奇怪的繩索飛了出來，掉在地板上。他開始朝著安娜的方向往前倒下。我抓住她，用力一拉，將她拉入我的懷裡。我把自己阻隔在她和他之間，這時另一具屍體穿牆而出，掉在地上，大量的灰塵和碎片到處亂飛。屍體的殘骸和不完整的手腳滑過地板。他的頭一邊滑，一邊瞪著我們，不懷好意地露出牙齒。

我不想面對已經變黑、腐爛的舌頭，於是我一手護住安娜，一手拉著她穿過房間。她輕聲呻吟，但任由我拉著她衝出門口，回到安全的陽光下。當然，我們再回頭看時，什麼東西都沒有了。房子沒有變，地板沒有血，牆壁也沒有裂縫。

安娜回頭往屋裡看的模樣好悲慘，一臉的罪惡感和驚恐。我連想都沒想就把她拉得更近，緊緊抱住她。我急促的呼吸吹動她的髮絲，她抓住我的上衣，拳頭抖個不停。

「妳不能待在這兒。」我說。

「我沒有別的地方可以去。」她回答，「而且其實還好。他們不太強壯，像剛才那種表演，它們要好幾天才能做得了一次。我猜。」

「妳不是認真的吧？要是它們變強了，怎麼辦？」

「我不知道我們還能期待什麼。」她說，往後退開，走到我拉不到她的地方。「這一切都是要付出代價的。」

我想反駁，腦袋裡卻想不出任何有力的論點。但是不能這樣，這樣下去她會瘋掉的。她說什麼我都不在乎。

「我要去找湯瑪士和摩爾法蘭。」我說，「他們會知道該怎麼辦。」我抬起她的下巴。「我不會讓事情繼續這樣下去的，我保證。」

她連不置可否地聳肩也沒做。對她而言，這是她應得的處罰。不過這確實把她嚇壞了，因此也沒和我多做爭辯。我走向車子，卻猶豫了。

「妳自己沒問題吧？」

她對我苦笑。「我已經死了。還能發生什麼事比這還糟的事呢？」但是我不禁覺得在我離開後，她大部分的時間還是會待在屋外。我走下車道離開。

「卡斯？」

「是。」

「我很高興你再回來。我之前並不確定你是不是真的會回來。」

我點頭，把手插進口袋。「我不會離開的。」

在車裡，我把收音機開得很大聲。當你對一片死寂感到厭煩時，這是很好的排解方式。我常這麼做。在我聽著滾石樂團的歌時，新聞插播打斷了《Paint It, Black》的旋律。

「園景墓園的大門內發現了一具可能是邪教儀式的受害者屍體。警察還未公佈受害者的身分。不過根據六號電台的初步了解，這是一宗極為殘忍的凶殺案件，年近五十的男性受害者似乎遭到肢解。」

18

眼前的景象宛如無聲的新聞畫面。巡邏警車全閃著紅白相間的警示燈，但沒有警笛聲。穿著灰黑色外套的警察四處走動，緊抿著嘴唇，臉色凝重。他們試著表現得專業而冷靜，彷彿這種事時常發生。但好幾個警察似乎受到極大的驚嚇，一副很想躲到樹叢後把剛吃下的甜甜圈吐出來的樣子。少數幾個用身體擋住討厭的攝影機鏡頭。一具被扯爛的屍體躺在中央。

我希望我能再靠近一點。如果我車上的手套箱裡有個備用記者證，或是有錢收買幾個警察就好了。但是，我只能在事故現場封鎖線外跟在記者後面走來走去。

我不想相信是安娜做的。那會表示我得對這個男人的死負責。我不想相信，因為那會表示安娜不可救藥，世界上沒有救贖。

眾目睽睽下，警察將擔架推出墓園。擔架上的黑色袋子通常會呈現出身體的線條，但現在看起來卻像一個塞滿曲棍球球具的袋子。我想他們已經盡可能地把他拼接回去了。擔架推上人行道時，屍體受到震動，透過袋子我們還是可以看見裡頭有一隻手或腳掉下來，顯然和其他部分是分開的。圍觀群眾紛紛傳出噁心的反胃聲。我用手肘推開人潮，走回車上。

✡

我轉進她家車道，停車。她看見我，一臉驚訝。我離開還不到一小時。我踩著碎石往上走，惱怒到分不清耳中聽到的是腳踩碎石的腳步聲，還是我生氣地緊咬牙關的聲音。安娜的表情從開心的驚喜轉成了擔心的憂慮。

「卡斯？出了什麼事嗎？」

「妳告訴我啊！」我很訝異地發現自己居然如此生氣。「妳昨晚去過哪裡？」

「你在說什麼？」

她需要說服我。她需要非常非常地有說服力。

「只要告訴我妳去過哪裡、妳做了什麼？」

「什麼都沒有。」她說，「我就待在房子附近。我測試了我的力量。我……」她突然停下來，不說話。

「妳怎麼樣？安娜。」我責問。

她臉上的線條僵硬。「我在我的臥室裡躲了一會兒，在我知道那些鬼魂還留在這兒之後。」她的眼神忿恨，很明顯是在說，「怎樣，你滿意了吧？」。

「妳確定妳都沒離開？沒有再到雷灣四處逛逛？也許去了墓園，嗯，我不知道，肢解某個正在慢跑的倒楣鬼？」

她臉上受傷的神情將我的怒火澆熄了一大半。我開口想挽救我說錯的話，但是我該怎麼解釋我為何如此生氣？我該怎麼解釋她必須提出更有力的不在場證明？

「我真不敢相信你竟然指控我。」

「我真不敢相信妳竟然不相信。」我反駁。我不知道我為什麼要這樣抬槓。「拜託！這城市不是天天都有人被宰的。在我釋放了西半球最強的殺人魔鬼的同一天清晨，就剛好有人丟了手腳？未免太巧合了。妳不覺得嗎？」

「但確實只是巧合。」她堅持。她纖細的雙手握成兩個小小的拳頭。

「妳不記得剛才我們看到的事了嗎？」我激動地指著房子。「扯開身體就像是妳的ＭＯ[15]。」

「什麼是ＭＯ？」

我搖搖頭。「妳不明白這代表什麼嗎？妳不明白如果妳繼續殺人，我必須怎麼做嗎？」

她沒說話，我已經莽撞地脫口而出。

「那代表我只好像《義犬耶拉》[16]那樣了。」我生氣地說。話一說出口，我就後悔了。那個比喻既愚蠢又無禮，她卻聽出了我的含意。她當然聽得出來。《義犬耶拉》大概是一九五五年左右的電影，說不定上映時她還去電影院裡看過。她看來既震驚又傷心。從來沒有一個人的表情能讓我這麼自責，但是我還是不能道歉。她可能就是凶手的想法，讓我開不了口。

「不是我殺的。你怎麼可以那麼想？對於我曾經做過的事，我都已經快受不了了！」

兩個人陷入沉默，呆立在原地。安娜很生氣，努力地控制自己不哭出來。當我們四目交接時，我身體裡不知道是什麼突然移動了，彷彿它正在游走，試圖要找到對的位子。在我的腦裡和心裡同時感覺到它的存在，就像你知道手上的這片拼圖一定能放進圖畫裡，所以你會以不同的角度去嘗試。然後，突然間，它穩合了。如此完美。如此圓滿。你簡直無法想像缺了它，整張圖是什麼樣子。雖然那也不過是幾秒鐘前的事。

「對不起。」我聽見自己低聲地說，「只是……我不知道到底出了什麼事。」

安娜的眼神軟化下來，停留許久的眼淚終於滑落。從她的站姿，從她的呼吸，我知道她想靠近我。新的感覺飄盪在我們周圍，但兩個人誰也不想承認。我無法相信，我從來不是這類型的人。

「你救了我，你知道的。」安娜最後說，「你讓我重獲自由。但只因為我自由了，不代表……我可以擁有……」她停下來，欲言又止。我知道她心裡還有話。但是就像我知道她心裡還有話，我也知道她不會說出來了。

我看得出來她說服自己不要再靠過來。她整個人冷靜了下來，掩蓋住悲傷，放棄想

15 為拉丁文modus operandi的縮寫，警察辦案用語，意思是凶手的犯罪模式。

16 *Old Yeller*，電影中的狗最後得了狂犬病，主人不得不親手殺了牠。

要不同的奢望。我想和她爭辯，但我只是緊緊閉上嘴，什麼都不能說。我們都不是小孩了。我們不相信神話。即使相信，我們又能是誰呢？不會是白馬王子，也不會是睡美人。我切斷謀殺案受害者的頭。安娜扯開皮膚，把人撕成碎片，像折斷嫩枝似地將人骨折成一小段又一小段。我們只能是醜陋的恐龍和邪惡的妖精。我知道。我都知道。但是，我還是得告訴她。

「這不公平。」

安娜勉強擠出微笑。那應該是個苦笑，應該是個冷笑，但它不是。

「你知道你是誰，不是嗎？」她問，「你是我的救星。讓我得以贖罪，為我做過的事付出代價。」

當我發現她的意圖時，心痛得彷彿有人在我胸口踢了一腳。我不意外她不願意出去約會或有更親蜜的接觸。但是我從沒想過，在發生了這麼多事後，她還會希望我把她送走。

「安娜。」我說，「不要求我這麼做。」

她沒有回答。

「這一切到底為了什麼？我為何而戰？我們為什麼要施咒？如果妳只是想……」

「去拿回你的匕首。」是她唯一的回答，然後迅速地從我眼前消失，退回到那個我無法跟隨的世界。

19

自從安娜重獲自由後，我一直睡不好。我不停地做惡夢和不斷地看到床邊有黑影，揮之不去的甜膩煙霧氣味，還有該死的貓在我房門口喵喵喵喵地叫。我一定要想個辦法才行。我不怕黑，我向來睡得很沉。我到過的幽暗險境多不勝數，我見過世上最令人害怕的東西。但老實告訴你，最可怕的反而是在光亮處才會讓你嚇得要死。你親眼看過又無法忘記的東西，遠比憑空想像的一團黑影來得更糟。想像無法在記憶中存留太久，它總會逐漸沉沒，慢慢模糊。但眼睛看到的記憶卻能長存。

那麼，我為何會因為做惡夢就嚇得要死？因為它太真實。而且它停留了太久。我睜開眼睛，沒看到任何東西。但是我知道，我知道如果我把手伸進床底下，一隻腐爛的手臂便會破牆而出把我拖進地獄。

我先試著把惡夢怪罪到安娜頭上，然後我試著努力不去想她。不去想我們最後一次的對話。不去想她要我找回儀式刀，然後殺了她的要求。我不以為然地從鼻子裡哼了一聲。我怎麼可能那麼做？

我不會做。我也不去想。我會暫時戒掉最近新養成的習慣，不再有事沒事就去找安娜。

上世界史時，我忍不住打起瞌睡。但是我運氣不錯，沒被班歐胡先生發現，因為我坐在最後一排，而他卻站在白板前口沫橫飛、全神貫注地講述布匿戰爭。如果我維持清醒的時間能長到將他的話聽進去，我應該會很感興趣。但我卻陷入聽得模模糊糊、開始打盹、完全聽不見、然後突然驚醒的惡性循環。整堂課都是如此。下課鈴響時，我最後一次驚醒，眨了眨眼，才把手撐在桌子上爬起來，走向湯瑪士的置物櫃。

我靠在隔壁置物櫃的門上，看著湯瑪士把書塞進去。他故意迴避我的視線，顯然有心事。他的衣服不像以前那麼皺。不但看起來比較乾淨，甚至還搭配過。他特地為卡蜜兒打扮了。

「你頭髮上的是髮膠嗎？」我揶揄他。

「你怎能表現得這麼愉快？」他問，「你沒看到新聞嗎？」

「你在說什麼？」我問，決定裝無辜，或裝無知，或兩者皆是。

「那個新聞。」他咬牙切齒地說。他降低音量。「墓園裡那個男的，被肢解的。」他環顧四周，但就和平常一樣，根本沒人注意他。

「你認為是安娜幹的。」我說。

「你不認為嗎？」有個聲音在我耳邊問。

我轉身，卡蜜兒就站在我後方。她走過去站在湯瑪士身邊。從他們對待我的方式，我知道他們已經詳細討論過這件事了。我有點受到打擊，心裡不禁覺得難過。他們孤立了我。我覺得自己像一個任性的小孩，這種感覺也同樣讓我很不爽。

卡蜜兒繼續說，「你不能否認，一切實在太巧合了。」

「我不否認。但真的只是巧合，不是她做的。」

「你怎麼知道？」他們齊聲發問。哼！這麼齊心，還真是可愛。

「嗨！卡蜜兒。」

凱蒂和一群聒噪的女生走過來，打斷我們的談話。有幾個我不認識，但其中兩三個和我有課重疊。一個褐色波浪捲髮的嬌小雀斑女孩對著我笑了一下，所有的人都裝作沒看到湯瑪士。

「嗨！凱蒂。」卡蜜兒神色自若地回應。「有事嗎？」

「妳會幫忙準備聖誕舞會嗎？還是我、莎拉、納特和凱西得自己動手？」

「妳說『幫忙』是什麼意思？我可是舞會的總幹事。」卡蜜兒裝出一臉困惑的樣子輪流看著其他的女孩。

「嗯。」凱蒂直接瞄了我一眼之後說，「那是在妳成了『大忙人』之前。」

我覺得我和湯瑪士都想趕快抽身。這比談安娜還令人不自在，但卡蜜兒可不會就此讓步。

「噢，凱蒂，妳是要造反嗎？」

凱蒂眨眨眼。「什麼？妳是什麼意思？我只是問一下。」

「那麼，放輕鬆點，舞會是三個月後的事。我們這個星期六再見面討論。」她稍微轉身，明白地表示出解散的意思。

凱蒂臉上掛著尷尬的笑容。她咕噥了幾句，臨走前居然還告訴卡蜜兒她今天穿的毛衣很可愛。

「別忘了，每個人要想出兩個募款的點子喔！」卡蜜兒大喊。她回頭看看我們，抱歉地聳聳肩。

「哇！」湯瑪士誇張地裝出鬆了一口氣的樣子。「女生真是可怕。」

卡蜜兒張大眼睛，露齒一笑。「當然囉！不過言歸正傳。」她看著我。「告訴我們是怎麼回事？你怎麼知道那個慢跑的人不是安娜殺的？」

我真希望凱蒂待久一點。

「我知道。」我回答。「我去找過她了。」

他倆交換了一個「你看吧！」的眼神，顯然認為我很容易受騙。或許我是吧！因為實在是太巧合了。儘管如此，我花了大半輩子和鬼打交道。在他們能證明我是錯的之前，至少應該先假設我是對的吧？

「你怎麼能夠肯定？」湯瑪士問，「而且我們怎麼可以冒險？我知道發生在她身上的事很殘忍，但她也犯下不少恐怖的罪行。或許我們應該送她……到你送其他的鬼去的地方。或許那樣對大家都好。」

雖然我不同意他的說法，但湯瑪士能這樣分析事情還是令我刮目相看。不過，那類的談話顯然讓他很不自在。他開始將身體的重心在雙腳之間移來移去，然後把黑框眼鏡在鼻子上推高。

「不行。」我直接拒絕。

「卡斯。」卡蜜兒說話了，「你不知道她會不會再傷人。五十年來，她一直在殺人。那不是她的錯。但是突然要停手或許沒那麼容易。」

他們說得好像她是一頭嚐過雞血的狼。

「不行。」我又說了一次。

「卡斯。」

「不行。盡管把你們的理由和疑慮攤開來講，不過安娜不應該死。而且如果我把匕首刺進她的肚子……」光是這樣說，我就幾乎哽咽。「我不知道我會把她送去哪裡。」

「如果我們證明給你看……」

我起了防衛心。「離她遠一點。那是我的事。」

「你的事？」卡蜜兒生氣了。「需要我們幫忙的時候就不只是你的事。那天晚上在那棟房子裡，不是只有你一個人有生命危險。你沒有任何權利現在就要把我們甩開。」

「我知道。」我說，嘆了一口氣。我不知道該如何解釋。我真希望我們的關係比現在更親密，他們更早之前就是我的朋友，這樣或許不用我開口，他們就會知道我想說什麼了。或者我真希望湯瑪士的讀心術能更高明一點。說不定他真的是，因為他把手放上卡蜜兒的臂膀，小聲地對她說應該再給我一點時間。她看他的眼神彷彿覺得他突然間瘋了，但還是讓步了。

「你向來都這樣對待你的鬼嗎？」他問。

我盯著他身後的置物櫃。「你是什麼意思？」

那雙狡黠的眼睛正在挖掘我的秘密。

「我不知道。」他停了一下，「你一直都這麼……保護他們嗎？」

終於，我直視他的眼睛。實話卡在我的喉嚨裡，雖然走廊上擠滿了趕著去上第三節課的學生，但是我真想告訴他。他們從我身旁走過時，交談的隻字片語不時飄進我的耳中。聽起來是這麼正常，我才突然發現我從來沒有和任何人有過類似的對話。抱怨老師、計畫星期五晚上要做什麼、誰有時間來？我也想和湯瑪士、卡蜜兒聊那些。我也想要策畫一個派對，或者決定租哪張DVD，到誰家去看。

「或許你以後也可以和我們聊這些。」湯瑪士說。從他的聲音聽得出來，他了解的。我很欣慰。

「現在最要緊的是把你的儀式刀拿回來。」他建議。我輕輕點頭。以前爸爸是怎麼說的？脫離小難，又罹大災。他向來愛自嘲他根本是活在地雷區。

「有人看見威爾嗎？」我問。

「我打了幾次電話，但他不肯接。」卡蜜兒說。

「我必須和他正面衝突了。」我有些遺憾地說，「我喜歡威爾，我也知道他一定很生氣，但是他不能留著我爸爸的匕首。絕不可以。」

第三節課的鈴聲響了。整個走廊都空了，我們卻沒注意到，我們的聲音突然間顯得很大聲。我們不能一群人站在這兒，不然不久之後一定會有太過熱心的糾察隊追著我們跑。湯瑪士和我想得到的地方只有自修室，可是我不想去。

「想蹺課嗎？」他問。不知道他是又接受到我的心聲，還是只是一般青少年就會想到的好主意。

「當然。妳呢？卡蜜兒。」

她聳聳肩，把她肩上的嫩黃色開襟羊毛衫拉緊。「我有代數課。不過誰需要那種東西？而且到目前為止，我還沒缺過課。」

「好極了。我們去吃點東西吧！」

「壽司缽？」湯瑪士建議。

「比薩。」卡蜜兒和我異口同聲地說，湯瑪士笑了。我們從走廊往外走，心裡輕鬆許多。不用一分鐘，我們就能走出學校，走進十一月寒冷的天氣裡，任何試著要阻攔我們的人都會被我們比中指。

這時有人拍了拍我的肩膀。

「嘿！」

我轉身，只看見眼前有個拳頭。更正確地說，那是在鼻子被結結實實地打上之前。剎時我眼冒金星。我痛得彎下腰，雙眼緊閉。嘴唇有種溫暖潮濕的黏膩感。我流鼻血了。

「威爾，你幹什麼？」我聽見卡蜜兒大喊，然後湯瑪士也加入。蔡斯不知道在喃喃唸著什麼。旁邊傳來了扭打的聲音。

「不要護著他。」威爾說，「你沒看新聞嗎？他害死了一個人。」

我張開眼睛。威爾貼在湯瑪士肩後瞪著我。蔡斯穿著緊身T恤，一頭金髮像刺蝟般張開，他已經準備好，只要他的老大一聲令下，他就要一手將湯瑪士推開，向我撲來。

「不是她做的。」我將血從鼻子吸進喉嚨。感覺髒髒鹹鹹的，很噁心。我用手背抹過鼻子，留下一塊紅色的血痕。

「不是她幹的。」他以嘲笑的語氣說，「你沒聽目擊者說的嗎？他們說他們聽到哀嚎、咆哮的聲音，但是確實是人發出來的。他們說他們聽到說話的聲音，卻完全不像人類。他們說屍體被撕成了六塊。不覺得聽起來像你認識的某個人嗎？」

「聽起來和很多人很像。」我咆哮。「聽起來像任何一個神經病。」但是那並不是真的。不像人的說話聲這一點，更是讓我脖子後面的汗毛都豎了起來。

「你真是昏頭了。」他說，「這都是你的錯。從你到這兒來後，先是麥克，再來是墓園裡倒楣的蠢貨。」他停了下來，手伸進外套，拿出我的匕首。他用它指著我，指責我。「去做你該做的事！」

他是白癡嗎？他一定是精神錯亂了，居然在學校裡拿刀出來。他會害它被沒收，害自己被迫去參加每週一次的心理輔導，甚至被退學。天知道我之後可能要闖進什麼地方，才能把它拿回來。

「把它還我。」我說。我的聲音聽起來很奇怪。我的鼻血止住了，但我可以感覺到血塊還堵在我的鼻腔裡。如果為了說話正常而用力呼吸，我就會吞下它，但那樣鼻血又會立刻回來。

「為什麼？」威爾問，「既然你不用它，那麼也許我來用它。」他將匕首指著湯瑪士。「如果我割的是活人，你覺得會發生什麼事？它會把他們也送到鬼魂去的地方嗎？」

「你離他遠一點。」卡蜜兒咬牙切齒地說。她往前一步，擋在刀子和湯瑪士之間。

「卡蜜兒。」湯瑪士把她往回拉。

「現在對他忠誠了唷？」威爾問，然後緊抿雙唇，彷彿沒見過比這還噁心的畫面。「但是以前妳從未對麥克忠誠。」

我不喜歡事情這樣演變。事實上，我不知道儀式刀如果用在活人身上會發生什麼事。據我所知，它從沒這樣被使用過。我不想去想它可能造成的傷口，它可能會把湯瑪士臉上的皮膚劃開，留下一個大黑洞。我一定得做些什麼，雖然有時候這表示我得暫時當個混球。

「麥克是個爛人。」我大聲說。威爾一聽，震驚到愣住了。這正是我的目的。「他不值得任何人對他忠誠。不管是卡蜜兒，甚至是你們。」

他的注意力全轉移到我身上。在學校的日光燈下，匕首的刀鋒閃閃發亮。我也不想要自己的臉被劃開，不過我很好奇。我在想，血統賦予我支配它的力量，憑我和匕首的關係，是不是能對我產生某種程度的保護。我在腦子裡衡量著可能性。我應該直接衝向他呢？還是應該和他搏鬥？

但是威爾卻不生氣，反而咧開嘴笑了。

「我會把她殺了，你知道的。」他說，「你親愛的小安娜。」

我親愛的小安娜。我那麼容易被看穿嗎？有這麼明顯嗎？難道這段時間大家都看出來了，只有我一個人沒發現？

「她已經不再虛弱了，你這個白癡。」我嚴厲斥責他，「有沒有魔法匕首都一樣，你連她六呎之內都無法靠近。」

「等著瞧吧！」他回應。眼睜睜地看我的儀式刀，爸爸的儀式刀，被他藏回外套裡，我的心不禁直往下沉。我現在只想直接向他衝過去，但我又不願連累其他人。湯瑪士和卡蜜兒怕我衝動，走過來站在我身後，準備隨時拉住我。

「不能在這兒。」湯瑪士說，「我們會把它拿回來的，別擔心。我們會想出辦法的。」

「我們最好趕快。」我說，因為我不知道我剛才對威爾說的是不是真的。安娜心裡已經認定自己應該受死。她可能會為了免除我親自動手的痛苦，而主動開門讓威爾進去。

✡

我們決定不去吃比薩了。事實上，我們決定今天剩下的幾堂課也不上，直接到我家去。我成功地把湯瑪士和卡蜜兒變成一對典型的少年犯了。在回家的路上，我搭乘湯瑪士的小黑貂，卡蜜兒則開著自己的車子跟在後頭。

「那麼……」他開了頭，卻又立刻停下，咬著嘴唇。我等他繼續說下去，但是他反而開始抓弄灰色連帽外套的袖子。我看到它太長的袖口已經有磨損的痕跡。

「你知道關於安娜的事。」為了讓他好過一點，我先開口。「你知道我對她的感覺。」

湯瑪士點點頭。

我用手指耙過頭髮，但它立刻掉回到眼睛前面。「是因為我一直想著她嗎？」我問，「還是你真的可以聽到我的腦袋在想什麼？」

湯瑪士噘起嘴唇。「都不是。自從你叫我離你的腦袋遠一點後，我就盡量不那麼做了。是因為我們是……」他又停下，再咬著嘴唇，小羊般搧著睫毛含情脈脈地看著我。

「因為我們是朋友。」我說，推了他臂膀一下。「你可以說出來的，老兄。我們是朋友。你大概是我最要好的朋友了。你和卡蜜兒。」

「沒錯。」湯瑪士說。我們臉上一定露出了相同的表情：有點尷尬，但很開心。他清了清喉嚨。「那麼，總而言之，我會知道你和安娜的事，是因為能量，還有氣場。」

「氣場？」

「不是什麼太神祕的事。大部分的人多多少少都可以感應到。只不過我看得比較清楚。一開始，我還以為你對所有的鬼都是這樣。當你提到她時，身上就散發出一種興奮的光芒。當你靠近那棟房子時也會。但是你現在無時無刻都散發著那種光芒。」

我沉默地微笑了。她無時無刻都在我的心裡。我居然到現在才發現，真蠢。不過，至少我們以後就有不尋常的故事可以說了，愛情、死亡、鮮血和父女情結。媽的，我一定是心理醫生最夢寐以求的精神病個案了。

湯瑪士轉進我家車道。幾秒鐘後，卡蜜兒的車也在大門前停下。

「東西隨便放。」進門時我招呼他們。我們脫下外套，把書包丟向沙發。黑色小腳的腳步聲宣告堤波的到來。牠爬上卡蜜兒的大腿，期待被她抱起、撫摸。湯瑪士瞪了牠一眼，但卡蜜兒一把就把這隻四腳小情聖抱了起來。

我領著他們走進廚房。他們在橡木圓桌旁坐下，我則一頭鑽進冰箱。

「裡面有冷凍比薩，還有很多午餐肉和乳酪。我可以烤一些特大號的熱三明治。」

「特大號熱三明治。」湯瑪士和卡蜜兒附議。然後他們相視微笑，兩個人都臉紅了。我低聲咕噥說氣場開始發出光芒囉，湯瑪士從流理台上抓了一條擦碗巾丟向我。二十分鐘後，我們津津有味地嚼著超好吃的特大號熱三明治。手上三明治的熱氣似乎把黏在我鼻腔裡的血塊弄鬆了。

「這會留下瘀青嗎？」我問。

湯瑪士凝視我。「不會啦！」他說，「我猜威爾根本不知道該怎麼出拳。」

「那就好。」我回答。「我覺得我媽對幫我療傷這件事已經開始覺得不耐煩了。我想她在這裡施過的療傷咒，比之前十二趟旅程加起來都要多。」

「對你來說這一次不一樣，不是嗎？」卡蜜兒在咬下另一口雞肉蒙特里傑克乳酪前問我。「安娜真的顛覆了你的世界。」

我點點頭。「安娜、妳和湯瑪士。我從沒面對過像她那樣的敵人。而且我也從不需要拜託普通人幫我一起抓鬼。」

「我覺得那是個徵兆。」湯瑪士滿嘴食物地說，「我覺得它代表你應該留下來，讓鬼魂們喘息一下。」

我深深吸了一口氣，這大概是我一輩子唯一一次對這種提議動心。我記得我小時候，在爸爸去世前，也曾想過他如果能放棄工作一段時間該有多好。能待在一個地方久一點該有多好。我可以交些朋友。爸爸可以在星期六午後陪我一起玩棒球，而不要老在和術士通電話或埋首於發霉的舊書中。不過所有的孩子對他們的父母和工作也有同樣的抱怨，並不是只有亡靈殺手的小孩才會這麼想。

現在我又開始有那種感覺。覺得能一直住在這棟屋子也不錯。溫暖舒適，還有個很棒的廚房。能和卡蜜兒、湯瑪士和安娜在一起也很棒。我們可以一起畢業，上附近的大學。幾乎和正常人差不多。只有我、我最好的朋友和我已經死了的女朋友。

這個想法實在太荒謬了，我對自己嗤之以鼻。

「怎麼了？」湯瑪士問。

「沒有人可以做我做的事。」我回應，「即使安娜不再殺人，別的鬼還是會。我必須拿回我的刀子。我最後還是得回到工作崗位上的。」

湯瑪士看起來頗為氣餒。卡蜜兒清了清喉嚨。

「那麼，我們要怎麼把匕首拿回來呢？」她問。

「他顯然不想就這樣把它交出來。」湯瑪士悶悶不樂地說。

「你知道的，我們雙方父母是朋友。」卡蜜兒建議，「我可以拜託他們對他父母施壓，你知道的，告訴他們威爾偷了同學很重要的傳家寶。這樣不算說謊啊！」

「我不想回答像為什麼重要傳家寶是一把致命的匕首之類的問題。」我說，「而且，我不覺得父母的壓力在這件事上有用。我們必須用偷的。」

「闖進去偷它？」湯瑪士問。「你瘋了。」

「也不算瘋啦！」卡蜜兒聳聳肩。「我有他家的鑰匙。我們的父母是朋友，記得嗎？怕萬一有人把自己鎖在外面、弄丟鑰匙或對方不在家時要去查看一下，我們兩家交換了鑰匙。」

「真有人情味。」我說。她假笑兩聲。

「我父母有半數鄰居家的鑰匙。每戶人家都渴望和我們交換。不過威爾家是唯一有我們家鑰匙的。」她又聳肩。「整個城市的人跟在你屁股後面，有時候是有好處的，不過大部分的時間只會覺得煩。」

當然我和湯瑪士完全不了解她的意思。我們跟著奇怪的巫師父母長大，再過一百萬年，人們也不會想和我們交換鑰匙的。

「那麼我們什麼時候動手？」湯瑪士問。

「盡快。」我說，「等沒人在家的時候。白天。一大早。他一離開家上學，我們就去。」

「但他有可能把刀子帶在身上。」湯瑪士說。

卡蜜兒拿出手機。「我馬上開始散布謠言。說他最近都帶著刀子上學，應該有人去檢舉他。他會在明天早上之前聽到傳聞，刀子就會留在家裡了。」

「除非他決定乾脆待在家裡。」湯瑪士說。

我看了他一眼。「你聽過一個詞叫『多疑的湯瑪士』嗎？」

「不適用在我身上。」湯瑪士自鳴得意地說，「那是指一個人對任何事都抱持著懷疑的態度。我不是多疑，我是悲觀。」

「湯瑪士。」卡蜜兒溫柔而低聲地說，「我沒想到你這麼有頭腦。」她的手指頭飛快地敲著手機按鍵。她已經發出三則簡訊，還收到了兩則回覆。

「夠了，你們兩個。」我說，「我們明天早上就去。我猜我們大概會錯過第一和第二堂課。」

「沒關係。」卡蜜兒說，「和我們今天上的加起來，剛剛好湊成一整天。」

✡

一大早我和湯瑪士擠在停在威爾家轉角的小黑貂裡。我們縮在運動服的連身帽底下，偷偷摸摸地張望，看起來就和那些正要犯下滔天大罪的歹徒一模一樣。

威爾住在城裡較富有的區域。那是當然的，他的父母是卡蜜兒父母的朋友嘛！這也是為什麼他家的鑰匙會在我前面的口袋裡叮噹作響。不過很不幸地，這也表示可能會有很多愛管閒事的太太和佣人站在窗邊懷疑我們在做什麼。

「是時候了嗎？」湯瑪士問，「幾點了？」

「還不行。」我試著裝出冷靜的樣子，彷彿我已經幹過幾百萬次這種勾當。實際上，我當然沒有。「卡蜜兒還沒打電話來。」

他冷靜了幾秒鐘，做了個深呼吸，然後又開始緊張，整個人縮到方向盤後面。

「我覺得我看見一個園丁。」他啞著聲音說。

我抓住他的連身帽把他拉回來。「不可能。現在草坪全枯了，或許只是來掃落葉的。反正我們又不是戴著全罩式滑雪面具和手套坐在這兒，我們沒做錯任何事。」

「只是還沒罷了。」

「嗯，不要做出什麼會讓人起疑心的舉動。」

現場只有我們兩個人。在策劃和執行的過程中，我們決定讓卡蜜兒擔任線民。她去上學，確認威爾在那兒。據她說，他父母離開家的時間比他上學早很多。

卡蜜兒抗議我們性別歧視，她覺得她應該待在現場，萬一有什麼閃失，至少她有合理的藉口假裝是來探視的，但是湯瑪士聽不進去。他試著想保護她，但看著他拼命咬下唇，一有風吹草動就嚇得跳起來，我覺得如果搭檔換成卡蜜兒，可能還比較好。我的手機開始震動，他馬上像隻受驚的貓跳了起來。

「是卡蜜兒。」我接起電話，告訴他。

「他不在這裡。」她慌張低聲地說。

「什麼？」

「他們都不在，蔡斯也沒來。」

「什麼？」我又問了一次，但我其實聽到她說的話了。湯瑪士像個焦急的小學生，不停地拉扯我的袖子。「他們沒去學校！」我生氣地說。

雷灣一定是被詛咒了。在這愚蠢的城市裡，沒有一件事是順利的。我右耳聽著卡蜜兒的擔憂，左耳聽著湯瑪士的臆測，坐在車裡太多人的七嘴八舌讓我不能好好思考。

「我們現在怎麼辦？」他們異口同聲地問我。

安娜。安娜呢？威爾拿著那把匕首，如果他聽到了卡蜜兒的誘騙簡訊攻勢，天知道他會決定做出什麼事。我知道他很聰明，聰明到可能會反過來利用卡蜜兒佈下的陷阱。至少過去幾個星期內，我就很笨地上過他的當。他說不定正在嘲笑著我們，想像著我們在他的房間裡翻箱倒櫃，而他卻帶著我的匕首和他的金髮跟班一起走上安娜家的車道。

「開車。」我大吼，同時掛了卡蜜兒的電話。我們必須趕快找到安娜。據我所知，現在去可能已經太晚了。

「去哪裡？」湯瑪士問。但他發動了車子，轉過路口，駛向威爾家的前院。

「安娜家。」

「你不會以為……」湯瑪士說，「也許他們只是待在家裡。也許他們要去上學，只是遲到了。」

他繼續說著，但在我們駛過威爾家時，我的眼睛注意到屋子有點不大對。二樓有個房間的窗簾看起來很怪。不單是因為其他窗戶都很明亮透徹，唯獨那個房間的窗簾是拉上的。主要是它們拉上的方式。它們看來似乎……很零亂，像是左右兩邊同時被匆忙拉上似的。

「停。」我說，「把車停好。」

「怎麼回事？」湯瑪士問，但我的眼睛仍盯著二樓的窗戶。他在裡面，我知道他在，突然間我火冒三丈。夠了！我受夠了！我要進去裡面，把我的匕首拿回來。威爾．若森伯格識相的話，最好不要擋路。

湯瑪士還沒把車停好，我已經跳了下來。湯瑪士手忙腳亂地解開安全帶，跟在我身後。聽起來他似乎是從駕駛座跌出來的。不過我很快聽到他熟悉而笨拙的腳步聲跟上來，開始問一大堆問題。

「我們在做什麼？你打算怎麼做？」

「我要把我的匕首拿回來。」我回答。我們走上車道，跳上門廊階梯。湯瑪士伸手要敲門，我推開他的手，拿出鑰匙。我現在心情不好，並不想給威爾任何多餘的警告。讓他把它藏起來吧！就讓他試吧！但是湯瑪士抓住了我的雙手。

「幹什麼？」我發火了。

「至少要用這個。」他一邊說，一邊拿出手套。我想對他說威爾在家，我們已經不是在闖空門了，不過直接把手套戴上會比和他爭執容易一點。他也戴上一付。我扭了一下插進門鎖裡的鑰匙，打開門。

因為要保持絕對的安靜，湯瑪士不會再用一堆問題來煩我。這是進到屋裡的唯一好處。我的心臟在胸腔狂跳，安靜但急切，緊繃的肌肉微微顫抖。這和追蹤鬼魂時完全不同。我不覺得確定，也不覺得強壯。我只覺得自己像是個天黑後還待在樹叢迷宮裡的五歲小孩。

房子的裝潢很不錯。硬木地板和厚地毯。通往二樓的欄杆是木刻的，看起來像有人天天幫它上蠟。牆上掛了幅真跡畫作，而且不是那種怪異的現代畫。你知道的，就是那種在紐約一個瘦皮猴混蛋宣稱另一個瘦皮猴混蛋是個天才，因為他畫了「非常狂熱的紅色方塊」的畫。這是幅古典油畫。法國風格，海岸景色，還有幾個穿著高雅蕾絲洋裝的仕女的小小身影。要是在平常，我會多花點時間欣賞。基甸以前帶我去過倫敦的維多利亞與亞伯特博物館，教過我如何欣賞藝術。

相反的，我低聲對湯瑪士說，「我們拿了刀子就出去。」

我領著他上了二樓，左轉，走向窗簾拉上的房間。這時我才突然想到，我可能弄錯了。那說不定根本不是間臥室。它可能是儲存室、遊戲室，或是一間本來就該拉上窗簾的房間。不過現在沒時間多想。我已經站在關起來的房門前。

我試著轉動門把，居然輕易就開了，門被稍微推開。房裡太黑，看不清楚。不過我隱約可以看到床和一個應該是衣櫃的影子。房裡沒有人，湯瑪士和我像職業竊賊般溜進去。目前為止一切順利。我決定走到房間中央。我眨著眼睛，想儘快適應黑暗。

「也許我們應該打開台燈或什麼的。」湯瑪士小聲說。

「也許。」我心不在焉地回答。我根本沒在聽。我現在看得比較清楚了，但是我並不喜歡我看到的景象。

衣櫃的抽屜開著，衣服被翻得掛在抽屜上，好像才被匆忙洗劫過。連床擺放的位置也很奇怪。它對著牆壁放，顯然被移動過了。

我在原地轉了一圈，看見衣櫥的門被拉開。旁邊的海報也被撕下一半。

「已經有人來過了。」湯瑪士不再低語，以正常的音量說。

我發現我正在流汗，還用手套背部在抹額頭。這不合理啊！誰會來呢？也許威爾有其他的仇人？如果是那樣，就實在太巧了。但是，現在似乎很流行巧合。

在黑暗中，我看見海報旁的牆上似乎有什麼東西，看起來像寫了字。我走向它，突然間腳踢到了地板上的某樣東西，它倒在地上發出熟悉的重擊聲。在我叫湯瑪士開燈之前，我其實已經知道那是什麼。光線照亮整個房間時，我不禁往後退了一步，我們才看清楚原來自己站在什麼樣的環境裡。

他們兩個都死了。我剛踢到的是蔡斯的大腿，或者該說是剩下的大腿。而我以為寫在牆上的字，其實是又長又濃的血漬。動脈噴灑的血所畫出的黑色弧線。湯瑪士從後面抓住我的衣服，發出慌亂地喘息聲。我輕輕掙脫。我的頭腦反而變得客觀而冷靜。我想調查，並不想拔腳就跑。

威爾的屍體在床的後面。他仰躺著，眼睛張開。其中一個眼睛是紅的。一開始我以為是所有的血管都爆了，後來才發現是被血噴到的。整個房間都受到破壞。床單、毯子被扯了下來，堆在威爾的手臂旁。他穿著法蘭絨長褲和T恤，我猜應該是他的睡衣。蔡斯則服裝整齊。我以犯罪現場調查人員的思緒來思考，整理線索，記下備註，以防自己被一開燈就注意到的事誤導。

傷口。兩個人的身上都有傷口。鮮明，大紅，仍滲著血。巨大而參差不齊的月牙形傷口，部分肌肉和骨頭不見了。不管在那裡，我都認得這些傷口，即使我只在想像中見過。那是咬痕。

他們被吃了。

就像它吃了我爸爸。

「卡斯！」湯瑪士大喊。從他的語氣，他應該已經叫了我好幾聲，卻都沒得到回應。「我們必須立刻離開這兒！」

我的腳釘住了，我什麼事都不能做。但他環胸抱住我，將我的雙臂拉下，把我拖了出去。直到他關上燈，房裡一片漆黑，我才甩開他，開始狂奔。

20

「我們該怎麼辦？」

湯瑪士不停地問。卡蜜兒打了兩次電話來，我都沒接。我們該怎麼辦？我也不知道。我只是呆坐在副駕駛座，讓湯瑪士毫無目的地開著車。緊張症一定就是這種感覺。我的腦袋完全感覺不到驚慌。我沒在計劃，也沒在衡量。唯一浮現在我心裡的只是一個緩慢的節奏，不停地重覆著：它來了。它來了。

我一邊的耳朵突然聽見湯瑪士的聲音。他正在講電話，向對方解釋我們剛才的發現。一定是卡蜜兒。一定是因為我不接電話，她放棄了我，改打給湯瑪士。她知道她可以從他那兒得到答案。

「我不知道。」他說，「我想他嚇壞了。我覺得他可能有點當機了。」

我的臉抽動了兩下，彷彿想做出反應，想反駁他的說法，但卻力不從心，像剛被牙醫打過局部麻醉藥似的，無法控制。各式各樣的想法慢慢在我腦中浮現。威爾和蔡斯死了。吃了我父親的那個東西。湯瑪士毫無目的地開著車。

每個想法都是獨立的，彼此毫不相關，其實也都沒有太深的含義。不過至少我不覺得害怕。接著我腦袋運作的速度變快，湯瑪士大聲喊著我的名字，用力捶打我的手臂，有效地幫助我恢復正常。

「載我到安娜家。」我說。他鬆了一口氣。至少我說話了。至少我做了決定，下了一個可以執行的命令。

「我們要動手了。」我聽見他對電話說，「對。我們現在要去那兒。到那裡和我們碰面。如果我們還沒到，妳不要自己先進屋子。」

他誤會了。我該怎麼解釋？他不知道我爸爸是怎麼死的。他不知道這表示什麼。這代表它終於追上我了，它想辦法找到我了。就在現在，在我基本上毫無抵抗能力的時候。我甚至不曉得它在找我。我幾乎要笑出來了。命運真愛開玩笑啊！

數哩的路程疾駛而過。湯瑪士喋喋不休地說著一堆鼓勵打氣的話。他開上安娜家的車道，下了車。幾秒鐘後，我這邊的車門也被打開，他拉著我的手臂把我拖出來。

「走吧！卡斯。」他說。我抬頭一臉嚴肅地看著他。「你準備好了嗎？」他問，「你打算怎麼做？」

我不知道該怎麼回應。我想趕快脫離驚嚇狀態。我想趕快恢復正常思考。為什麼它不能像狗一樣，用力搖一搖，把不要的東西甩掉，就能馬上開工？

我們的腳在冰冷的碎石地上磨擦，發出響亮的聲音。我的呼吸變成一小團明亮的霧氣。走在我右邊的湯瑪士似乎十分緊張，他呼出的霧氣出現頻率比我快多了。

「你還好嗎？」他問，「兄弟，我從沒看過像那樣的事。真不敢相信她……那實在是……」他停下腳步，彎下腰。他在回想，而如果他想得太努力或太清楚，他大概就要吐了。我伸手扶住他。

「或許我們應該等卡蜜兒。」他說，把我往回拉。

安娜家的大門打開了。她像隻母鹿般優雅地走到門廊。我看著她的春裝。雖然吹過她身上的風一定如冰鋒般刺骨，她卻沒有瑟縮，也沒伸手抱住自己。她死亡多時的裸露肩膀，完全感覺不到絲毫寒氣。

「你把它拿回來了嗎？」她問，「你找到它了嗎？」

「拿回什麼東西？」湯姆士小聲地問。「她在說什麼？」

對他們兩個的問題，我搖了搖頭算是回答，徑自走上門廊台階。我走過她身邊，進到屋裡，她跟了進來。

「卡斯。」她說，「怎麼了？」她的手指輕輕刷過我的手臂。

「退後！女鬼。」湯瑪士高聲尖叫。真不敢相信他甚至還推了她一把，然後勇敢地擋在我們中間。他用手指比出十字架的樣子看起來有夠滑稽，但是我不怪他。他嚇壞了。我也是。

「湯瑪士。」我說，「不是她。」

「什麼？」

「不是她幹的。」

我冷靜地看著他，讓他看清楚我已經從驚嚇中清醒，我正在恢復正常。

「還有，放開你的手指頭。」我補充，「她不是吸血鬼。就算她是吸血鬼，我也不覺得你的手指十字架能有什麼效果。」

他放下雙手。鬆了一口氣後，他連臉上的表情都緩和了下來。

「他們死了。」我對安娜說。

「誰死了？還有為什麼你沒有再指控我是凶手？」

湯瑪士清了清喉嚨。

「嗯，他沒有。但是我有。妳昨晚和今天早上在哪裡？」

「我在這裡。」她回答，「我一直在這裡。」

我聽到外面傳來轟隆隆的輪胎聲。卡蜜兒到了。

「當妳被困在這兒時，外面什麼事都沒有。」湯瑪士反駁，「但是現在妳自由了，妳就可以到處亂逛。妳為什麼不出去？妳為什麼要一直待在這個困住妳五十年的地方？」

他環顧四周，雖然屋裡很平靜，他還是表現地很緊張。憤怒的鬼魂並沒出現。「即使是我，現在一刻也不想待在這兒。」

腳步聲重重地踩上門廊階梯。卡蜜兒衝了進來。令人不想到的是，她居然握著一支鋁製球棒。

「離他們遠一點！」她聲嘶力竭地大喊。她揮出一個很大的弧線，打到安娜的臉。

它的效果就和像拿鉛管打魔鬼終結者一樣。安娜只是有點吃驚，覺得自己被冒犯了。我想我看到卡蜜兒倒抽了一口氣。

「沒事的。」我說。卡蜜兒的球棒放低了一寸。「不是她幹的。」

「你怎麼知道？」卡蜜兒問。她的雙眼炯炯有神，球棒在手中不停抖動。她現在純粹依靠腎上腺素和恐懼在撐著。

「他怎麼知道什麼？」安娜插嘴。「你們在說什麼？到底發生了什麼事？」

「威爾和蔡斯死了。」我說。

安娜低下頭，然後問，「誰是蔡斯？」

為什麼每個人都要問這麼多該死的問題？不然至少來個人幫忙回答啊！

「他是其中一個幫麥克整我的人，在那天晚上……」我停了下來。「他是另一個站在窗戶旁的人。」

「噢。」

湯瑪士看我沒有再往下說的意思，便接口告訴安娜所有的事情。卡蜜兒聽到殘忍的片段時，嚇得縮了起來。湯瑪士抱歉地望著她，但仍然繼續講。安娜一邊聽，一邊看著我。

「會是誰幹的？」卡蜜兒生氣地問，「你們碰了任何東西嗎？有人看見你們嗎？」她看向湯瑪士，又看向我，最後再把視線轉回湯瑪士身上。

「沒有，我們戴了手套。我不認為我們在那裡時移動了任何東西。」湯瑪士回答。他們的聲音平穩，頂多只是說話的速度快了點。他們把重點放在現實面上，因為那樣比較容易。但是我不能讓他們這麼做。我不知道到底發生了什麼事，但我們一定要弄清楚。他們必須知道所有的事，或者至少是在我能忍受的極限下，盡可能告訴他們的事。

「好多好多的血。」湯瑪士虛弱地說，「誰會那麼做？為什麼會有人……？」

「事實上，不是為什麼有人那麼做，而是為什麼有東西要那麼做。」我說。突然間，我覺得好累。罩著防塵布的沙發椅背看起來很不錯，我傾身靠向它。

「『東西』？」卡蜜兒問。

「對。東西。不是人，不再是人的東西，肢解墓園受害者的也是它。」我嚥下口水。「咬痕沒對外公佈，證據只有核心人物才知道。他們封鎖關鍵消息。所以我拖到現在才發現。」

「咬痕。」湯瑪士喃喃自語，眼睛突然張得好大。「那些就是咬痕嗎？不可能吧？太大了。被撕下來的肉可是很大塊呢！」

「我以前見過。」我說，「等一下，這麼說不對。我沒有真的親眼看到，而且我也不知道事隔十年之後，它為什麼會在這裡出現。」

卡蜜兒下意識地在地板上敲著她的鋁棒，發出的聲音彷彿走調的鐘聲在空屋裡迴盪。安娜不發一語地走過她身邊，一把抓起球棒，放在沙發上。

「對不起。」安娜小聲說，對卡蜜兒聳聳肩。卡蜜兒雙臂交叉，也對她聳聳肩。

「沒關係。我沒發現我在敲地板。還有……對不起，妳知道的，剛才用力揍了妳。」

「不會痛的。」安娜站到我旁邊。「卡西歐，所以你知道那是什麼東西。」

「我七歲時，父親到路易斯安納州的巴頓魯治殺鬼。」我低頭看著地板，看著安娜的腳。「他再也沒有回來。它殺了他。」

安娜把手放在我的手臂上。「他是個亡靈殺手，就像你一樣。」她說。

「就像我所有的祖先一樣。」我說，「他就像我一樣，只是比我更厲害。」殺死爸爸的凶手，來到這兒了。光是想就讓我覺得頭昏。不應該是這樣的。應該是我去找它，應該是我做好準備，帶齊所有的工具，然後去殺它個片甲不留。「然而最後他還是被它殺了。」

「它用什麼方法殺他的？」安娜輕聲地問。

「我不知道。」我說。我的雙手顫抖。「我以前總以為是他一時分心，或者中了埋伏。我甚至想過可能是匕首沒效了。好比說你能用它的數次是固定的，到了那個數目之後，你就不能再用它了。我也想過也許是我害了他。因為我在長大，已經準備好取代他，就害他被殺了。」

「那不是真的。」卡蜜兒說，「太荒謬了。」

「對，嗯，可能是，可能不是。如果你是個七歲的孩子，爸爸死了，而他的屍體像被西伯利亞的老虎群飽餐一頓過，你自然會有很多亂七八糟的假設。」

「他被吃了？」湯瑪士問。

「是，他被吃了。我聽到警察的描述。他被大口大口地咬下，就像威爾和蔡斯一樣。」

「那不見得就是同一個東西。」卡蜜兒分析，「也可能全是巧合，不是嗎？不然，怎麼會事隔十年之後又再度發生？」

我什麼都沒說。我無法反駁。

「也許這次不一樣。」湯瑪士建議。

「不，就是它，就是那個東西。我知道是它。」

「卡斯。」他說，「你怎麼知道？」

我還是低著頭，稍微抬起眼睛看他。「嘿，我或許不是巫師，但這怪物帶著一種特別的能量。我就是知道，好嗎？而且根據我的經驗，沒有很多鬼會吃活人。」

「安娜。」湯瑪士溫柔地說，「妳沒吃過任何東西吧？」

她搖頭。「什麼都沒有。」

「還有一點。」我補充，「我本來就打算回去找它，我一直想回去。不過這一次我是真的下定決心要回去了。」我瞄了安娜一眼，「我的意思是，我想要回去。在我做完這次的工作後，或許它發現了。」

「它是來追你的。」安娜茫然地說。

我一邊揉眼睛一邊思考。我累極了。非常的累，非常的遲鈍。但是這沒道理，因為昨晚我睡得像顆石頭似的，動都不會動，大概是這幾天唯一睡得好的一次了。

我靈光一閃，所有的環節都扣上了。

「那些惡夢。」我說，「搬到這兒後，我做惡夢的情況比以前更糟。」

「什麼惡夢？」湯瑪士問。

「我本來以為只是一般的夢，老是夢到有人彎腰看著床上的我，但一直夢到同樣的事。這一定是個預兆。」

「什麼？」卡蜜兒問。

「死神之類的。預言夢、先知夢、警告。」那個粗啞的聲音，彷彿在塵土間迴盪的溼冷空曠，又像穿過轟隆電鋸的尖嘯刺耳。那個口音，很像美國南方口音，也像加勒比海口音。「還有味道。」我皺起鼻子說，「一種甜膩的煙霧氣味。」

「卡斯。」安娜驚慌地說，「我被你的儀式刀割傷時，也聞到了煙味。你告訴我應該只是對伊萊爾斯煙斗的記憶。但是，如果不是呢？」

「不。」我說。但是我同時想起其中一個惡夢。「你弄丟了儀式刀。」那個東西說，「你弄丟了。」那個彷彿揉合了腐爛植物和尖銳刀片的聲音說。

恐懼宛如冰冷的手指爬上我的背脊。我的腦袋試著做出連結，小心地延伸，讓點和點相接。殺死我父親的東西是巫毒。那是我確定的。而巫毒的本質是什麼呢？

有什麼東西在那兒，有什麼我還沒想起來的資訊躲在暗處。而它和摩爾法蘭提過的事情有關。

卡蜜兒像在上課似地舉起手來。

「我來當『理智之聲』，分析一下現況。」她說，「不管這東西是什麼，也不管它是不是和匕首、卡斯或卡斯的爸爸有關連，它至少已經殺了兩個人，還吃了他們大部分的身體。所以，我們接下來要怎麼做？」

屋子裡一下子鴉雀無聲。沒了匕首的我毫無用處。我相信那東西可能把刀從威爾那兒拿走了，而我現在卻讓湯瑪士和卡蜜兒也捲進了這個超級大漩渦裡。

「我沒有匕首。」我咕噥著。

「不要找藉口。」安娜說，她嚴肅地從我身旁走開。「亞瑟王沒有石中劍還是亞瑟王。」

「沒錯。」卡蜜兒拉長聲音，「我們可能丟了那把儀式刀，但是如果我沒弄錯的話，我們有她。」她朝安娜的方向點點頭。「而她可是個厲害的武器。威爾和蔡斯死了。我們知道是什麼東西做的。我們可能是下一輪的目標。所以我們要趕快他媽的備好武器，團結奮戰。」

✡

十五分鐘後，我們全坐進湯瑪士的小黑貂裡。我們四個。湯瑪士和我坐前面，卡蜜兒和安娜坐後面。我不明白為什麼我們不選擇卡蜜兒空間較大、狀況較好，而且比較不顯眼的奧迪。不過我猜這就是十五分鐘匆促計畫的副作用吧？說是計畫，其實並沒有太多內容，因為我們對會發生什麼事，也還不是很清楚。我的意思是，我們有預感，我有不只一種預感，但是我們連那是什麼東西或它想要什麼都不知道，怎麼能想出任何計畫來呢？

所以，與其為不知道的事煩惱，不如對知道的事採取行動。我們要去把我的儀式刀找回來，我們要用魔法將它拿回來。湯瑪士向我保證，在摩爾法蘭的幫忙下，那是可以做得到的。

安娜堅持她要一起去，既然她對我舉了亞瑟王為例，我想她很清楚我現在幾乎沒什麼防禦能力。我不知道她對傳奇故事了解多少，不過亞瑟王最後是被一個他沒預期到的從前鬼魂殺死的，所以其實不是個恰當的比喻。我們在離開屋子前，曾經討論過在警察發現威爾和蔡斯的屍體後，我們該捏造什麼不在場證明。不過我們很快就放棄了這個話題。因為說真的，如果你可能在接下來幾天就被吃掉，誰還在乎什麼不在場證明。

我全身充滿了一種詭異的輕快感。雖然發生了那麼多事—麥克死了、看見安娜的謀殺、威爾和蔡斯被殺，甚至還知道殺爸爸的凶手追來了，極可能要來殺我——我卻覺得還好。沒什麼道理，我知道。所有的事全亂成一團，我卻覺得還好。和湯瑪士、卡蜜兒和安娜在一起，讓我覺得相當安心。

到了骨董店，我才想到我應該告訴媽媽。如果真是殺了我父親的東西追來了，她應該知道。

「等一下。」大家都下車後，我說，「我應該給我媽打個電話。」

「你乾脆去載她過來。」湯瑪士一邊說，一邊把鑰匙交給我。「她可能幫得上忙。你不在時我們可以先開始。」

「謝謝！」我說，鑽進駕駛座。「我會盡快回來。」安娜蒼白的腳跨進前座，姿態堅決地坐了下來。

「我和你一起去。」

我不想爭辯。路上有個伴也好。我發動引擎，倒車，開走。安娜一直望著沿途的樹林和建築。我猜她應該覺得景物的改變很有趣，但我倒希望她說幾句話。

「卡蜜兒剛才傷到妳了嗎？」我的問題只是為了打破沉默。

她微笑。「別傻了。」

「妳在那棟房子裡還好嗎？」

她的表情很平靜，但我猜是裝出來的。她總是這麼從容不迫，我卻覺得她的內心應該像條不停翻轉游動的鯊魚，而我能看見的部分卻只有露出的背鰭。

「他們一直在我面前出現。」她謹慎地說，「依舊很虛弱。除此之外，我就是一直在等。」

「等什麼？」我問。別指責我，有時候裝傻是唯一的辦法。很不幸的，安娜根本不上當。於是我們就這樣靜靜坐著。我繼續開車。我想告訴她，我不一定非殺她不可。話在舌尖，卻怎樣也說不出口：我的人生與眾不同，她很適合和我在一起。但是，我只是說：「當時妳沒有選擇，妳是被迫的。」

「那沒有關係。」

「怎麼會沒有關係？」

「我不知道，不過沒關係。」她回答。我的眼角瞄到她的微笑。「我只是希望送走我，不會對你造成任何傷害。」她說。

「妳這麼想？」

「當然。相信我，卡西歐。我從沒想過要扮演悲劇女主角。」

我的家就在山腳下。看見媽媽的車停在屋子前面，讓我鬆了一口氣。我可以繼續這個話題。我可以反駁，可以爭吵。但我不想這麼做。我想先把它放下，專心處理眼前更迫切的問題。說不定將來我根本不用面對這件事。說不定情況會有所改變。

我把車子轉上車道，我們下了車。但是在我們走上門廊台階時，安娜突然開始流鼻涕。她頭疼似地瞇起眼睛。

「噢。」我說，「對了。真抱歉，我忘了媽媽施了咒。」我微微聳肩。「妳知道，就是用些藥草、唸個咒語，然後死掉的東西就無法通過大門了。這樣比較安全。」

安娜雙手交叉，靠在欄杆上。「我懂。」她說，「去接你媽媽吧！」

進到屋裡，我聽見媽媽正在哼著我沒聽過的小調，也許是她自己編的吧？我看見她穿過廚房的拱門，她的襪子滑過硬木地板，綁毛衣的帶子拖在背後的地板上。我走過去，把它撿起來。

「嘿。」她惱怒地看著我，「你不是應該在學校嗎？」

「妳的運氣好。是我，不是堤波。」我說，「不然這條毛線帶子已經變成碎布了。」

她不高興地瞪我一眼，把它繫回腰上。廚房裡盡是花和柿子的香味，一種溫暖的冬天氣味。她正在做一批新的幸福薰香包。是每年這個時候，她一定會做的事。它是媽媽網站的熱銷商品。我還在遲疑，不知該怎麼開口。

「所以呢？」她問。「你不打算告訴我，為什麼你會在這個時間離開學校嗎？」

我深呼吸。「出事了。」

「什麼？」她的聲音聽起來很疲倦，彷彿這樣的壞消息早在她的意料之中。她對我在做的事相當清楚，所以下意識裡或多或少一直在等著壞消息吧？「你要告訴我嗎？」

我不知道該怎麼告訴她。她可能會反應過度。但是，話說回來，在這種情況下，再大的反應都不算過度吧？現在，在我眼前的，是一個母親極為擔心焦慮的臉。

「西修斯．卡西歐．羅伍德，你最好立刻老老實實地說出來。」

「媽。」我說，「拜託妳聽完後，不要太害怕。」

「不要太害怕？」她把兩隻手叉在腰上。「發生了什麼事？我接收到一種很奇怪的感應。」她的眼睛直盯著我，昂首闊步地走進廚房，打開電視。

「媽。」我呻吟，但是太遲了。當我走到電視機前，和她站在一起時，我看見了閃個不停的巡邏警車的警示燈，角落則是威爾和蔡斯的檔案照片。事情曝光了。警察和記者占據了他家的草坪，像一大群找到麵包屑的螞蟻，準備進攻，把它搬走、吃掉。

「這是什麼？」她用手摀住嘴巴。「天啊！卡斯。你認識這兩個孩子嗎？噢！太可怕了。這就是你離開學校的原因嗎？所以學校決定今天提早放學，是不是？」

她很努力地避開我的目光。她嘴巴上問著尋常父母會問的問題，但心裡其實知道真正的原因。她連自己都騙不了。幾秒鐘後，她關掉電視，緩緩地點了點頭，試著消化一切。

「告訴我發生了什麼事。」

「我不知道該怎麼說。」

「試試看。」

於是我試了。我盡可能地略過細節，除了非說不可的咬痕。當我告訴她時，她吃驚地倒吸了一口氣。

「你認為是同一個嗎？」她問，「跟那個……」

「我知道是同一個。我可以感覺得到。」

「可是你不能確定。」

「媽，我確定。」陳述這件事時，我試著讓態度盡量溫和。她緊閉雙唇，用力到嘴唇完全變形。我以為她大概要哭了。

「你進去過他們陳屍的房子？儀式刀在哪兒呢？」

「我不知道。請冷靜下來。我們需要妳幫忙。」

她什麼都沒說，一隻手撐在前額，另一隻手則插在腰上。她張開的眼睛什麼都看不進去。因為煩惱，一條小而深的皺紋出現在前額。

「幫忙。」她輕聲地說。然後又說了一次，不過變大聲了。「幫忙。」

我可能給了她太大的壓力，讓她的腦子暫時停工了。

「沒事的。」我溫柔地說，「妳乖乖待在這兒就好。我會處理一切的，媽。我發誓。」

安娜在外面等著。店裡的狀況也不知道怎麼樣了。我覺得自己似乎在這趟差事上花了好幾個小時，雖然我離開店裡的時間不會超過二十分鐘。

「收拾你的東西。」

「什麼？」

「你聽見了。收拾你的東西，馬上，我們要走了。」她推開我，飛奔上樓，顯然是打算立刻動手。我呻吟了一聲，跟了上去。我們沒時間搞這個了。她一定要冷靜下來，乖乖地待在這兒。她可以收拾我所有的東西，把它們都丟進箱子。她可以把全部家當搬上搬家卡車。但在處理完這隻鬼之前，我是不會離開的。

「媽媽。」我跟著她拖在地上的毛衣尾巴走進我的臥室。「妳不要發瘋好嗎？我不會走的。」我停了下來。她的效率真是無人能敵。我所有的襪子已經全被從抽屜拿了出來，整齊地堆在衣櫃上。甚至還分成了條紋的一堆、素色的一堆。

「我們要走了。」她一邊說，一邊在我房裡繼續收拾。「就算我必須把你打昏，從這房子拖出去，我們也是要走。」

「媽，冷靜一下。」

「不要叫我冷靜一下。」她的聲音激動，聽得出來她想大叫，從她緊張得不得了的胃大聲地叫出口，但勉強壓抑了下來。她停住，雙手放在我已經空了一半的抽屜，僵硬地支撐住自己。「那個東西殺了我的丈夫。」

「媽。」

「它不可以把你也帶走。」她的手又開始狂亂地抓起襪子和內褲。我真希望她開始收拾時，第一個拉開的不是我內衣褲的抽屜。

「我必須阻止它。」

「讓其他人去做。」她發火了。「我早就應該這樣告訴你。在你父親死後，我那時就應該告訴你，這不是你的責任、你與生俱來的權利或諸如此類的東西。其他的人也可以做同樣的事。」

「沒有那麼多其他人做得來。」我說。她的話讓我很生氣。我知道她沒這個意思，但我覺得她污辱了爸爸。「而且，這次一定不行。」

「你不一定要去做。」

「我選擇去做。」我說。我已經無法再控制自己的音量。「即使我們走了，它也會跟上來。如果我沒殺它，它還會再吃人。妳不明白嗎？」我終於把深藏多年的秘密告訴她。「這就是我一直在等待的，這就是我訓練的目的。從我在巴頓魯治發現那個巫毒十字架後，我就不斷地在研究這隻鬼。」

媽媽用力關上抽屜。她的臉頰漲得通紅，眼睛閃著濕潤的淚光，看起來像要一個箭步上前掐死我。

「那個東西殺了他。」她說，「它會把你也殺了。」

「謝謝！」我高舉雙手。「謝謝妳對我的信任！」

「卡斯……」

「等一下，閉嘴。」我不常叫我媽媽閉嘴。事實上，我好像從來沒對她這麼說過。但是現在她非閉嘴不可。因為我房裡發生了很不合理的事。有個不該出現在這裡的東西出現了。她順著我的視線看過去，我想看她有什麼反應，因為我不想只有我一個人看到。

我的床和我離開時一模一樣，毯子亂七八糟，半垂在地。枕頭上還留著我頭型的印子。

爸爸儀式刀的雕刻握把正清清楚楚地從枕頭下探出頭來。它不應該在這兒。它不可能在這兒。它應該在好幾哩外，藏在威爾・若森伯格的衣櫥裡，或者落在殺了他的那隻鬼的手裡。我走到床邊，伸手拿起它。熟悉的木頭滑順地貼在我的手掌上。剎那間，所有的線索全串在一起。

「媽。」我瞪著手中的刀子，小聲地說，「我們必須趕快離開這兒。」

她只是呆若木雞地站著，對我眨著眼。這時原本安靜的房子裡，傳來一個我沒聽過的喀喀聲。

「卡斯。」媽媽深吸了一口氣。「通往閣樓的活板門。」

通往閣樓的活板門。它的發音和意義，牽動了我腦子裡的某樣東西。那是媽媽說過關於浣熊的東西。那是讓堤波在我們搬進來的第一天，姿勢怪異地爬到我身上的東西。

房子靜得讓人不舒服，每個噪音都被放大。所以當我聽到一個清楚而刺耳的摩擦聲時，我便知道，我聽到的是活動梯子伸向走廊地板，正在慢慢放下的聲音。

21

我想離開。我很想現在就離開。我脖子後面的汗毛都豎起來了。如果不是我咬緊牙關，牙齒一定在打顫了。如果有可戰可逃的選擇，我會立刻從窗戶爬出去，不管我手上是不是握著匕首都一樣。但是，我反而轉身，走近媽媽，把自己擋在她和打開的門之間。

梯子傳來腳步聲，我的心臟跳得史無前例地大聲。我的鼻子聞到了甜膩的煙霧氣味。堅持住，我告訴自己。等這件事了結後，我大概會嘔吐。當然，那是指如果我還活著的話。

腳步聲的韻律，不管從梯子上下來的是什麼東西，都把我和媽媽嚇得快尿褲子了。我們不能在這個臥室裡等著被抓。我多希望一切不過是一場夢，但它確確實實地正在發生。我得想辦法逃到走廊上，趕在它擋住我們的去路之前奔向樓梯。我抓住她的手。她猛然搖頭，但我不管，還是拉著她，一寸一寸地移向房門。儀式刀像隻火把似地被握在我手中，為我們開路。

安娜。安娜，進來戰鬥。安娜，進來救我們……但這個想法太蠢了。安娜只能在該死的前廊徘徊。如果我死在這兒，身體被扯開，像一塊塑膠豬排似地被咬食，而她卻只能無力地站在外頭，事情又會變成什麼樣子呢？

好。再深呼吸兩次，然後我們就衝進走廊。也許三次。

我移動時，不但可以清楚地看到活動梯子，也同時看見了正在爬下梯子的東西。我不想看。所有的訓練和所殺過的鬼，所有的直覺和能力全被我丟到窗戶外了。我看著殺死父親的凶手，我應該要火冒三丈，我應該要偷偷地接近他。但是我現在卻嚇壞了。

他背對著我。梯子在樓梯的右手邊，離得很遠，我們應該可以比他快一步到達，如果我們不停下來的話。如果他不轉身發動攻擊的話。為什麼我要嚇自己？他看起來明明不會那麼做啊！正當我們安靜地往樓梯移動時，他已經下了梯子，踩在地板上了。他甚至還停了下來，搖搖晃晃地把梯子推回去。

我停在樓梯口，讓媽媽先下樓。站在走廊的人影似乎沒有注意到我們。他只是不斷地前後搖動，彷彿正在聽什麼死人音樂。

他穿著一件合身的深色外衣，有點像長版的西裝外套。我看不出來它是灰黑色的，還是墨綠色的。他將細長的髮辮盤在頭頂上，全扭曲糾纏在一起，有些髮辮已經半開，有些垂掉下來。我看不到他的臉，但他手上的皮膚是灰色的，而且龜裂地很厲害。他的手指間玩弄著一條長而圓、看起來像宛如黑蛇的東西。

我輕輕地推了媽媽一下，要她趕快下樓。如果她能奔到門外找安娜，她就安全了。我的勇氣稍微增加了一點點，以前的卡斯有一部分回來歸位了。

然後他轉過頭來看著我，我才發現我根本在說謊。

讓我把話說得清楚點。我不能說他是在看我，因為他的兩隻眼睛都被用線縫上了，我怎麼能夠確定他就是在看我？

那是被縫上的，絕對沒錯。因為眼瞼上清清楚楚地用黑線縫出了好幾個大大的叉。但是，我可以百分之百地確定他可以看得到我。媽媽忍不住輕輕地叫了一聲「噢！」，算是代表了我們兩個的驚訝。

「不客氣。」他說。他的聲音，就是我在惡夢裡聽到的聲音。就像是塞了滿嘴生鏽鐵釘的聲音。

「我沒有任何想向你道謝的事。」我咬牙切齒地說，他轉動他的頭。不要問我是怎麼知道的，但我就是知道他正盯著我的刀子。他走向我們，一點都不害怕的樣子。

「那麼，也許我應該謝謝你。」他說，口音明顯。「謝」聽起來像「屑」，「那麼」變成了「勒麼」。

「你來這裡做什麼？」我問，「你是怎麼進來的？你怎麼能通得過我們家的大門？」

「我一直在這裡。」他的牙齒又大又白。他的嘴巴不比別人大。他是怎麼能夠留下如此巨大的咬痕？

他露出微笑，下巴往上抬。他移動時看起來十分笨拙，許多鬼魂也有一樣的特點。彷彿他們的四肢僵硬得不得了，關節也全都腐爛了。但在他們開始攻擊你時，你就會發現他們其實還是非常靈活。我可不會上當。

「那是不可能的。」我說，「媽媽的咒語會把你擋在外面。」而且，我怎麼可能一直和殺死父親的凶手睡在同一個屋檐下卻渾然不知？他怎麼可能就在我臥室的上方，監視我，監聽我？

「把死人擋在門外的咒語一點用處也沒有，如果那個死人早就在屋子裡的話。」他說，「我高興來就來，高興走就走。我把笨男孩丟掉的東西取了回來。在那之後，我就一直待在閣樓上，吃貓當點心。」

我就一直待在閣樓上，吃貓當點心。我看清楚他的手指一直玩弄的黑蛇，居然是堤波的尾巴。

「你這混蛋……你吃了我的貓！」我大吼。謝謝你，堤波，最後還幫了我一個忙，讓我氣得腎上腺素增加了不少。突然間，敲門的聲音填補了空白。安娜聽到我的大吼，開始用力敲門，慌張地問我出了什麼事。那隻鬼的頭像蛇一樣地猛然轉動，非常不自然的角度，讓人覺得超級不舒服的。

媽媽不知道發生了什麼事。她不知道安娜在門外，所以她貼著我，不知道走廊上和大門外哪一邊比較可怕。

「卡斯，那是誰？」她問，「我們要怎麼逃出去？」

「不要擔心，媽媽。」我說，「用不著害怕。」

「我們一直在等的女孩就站在門外。」他說，往前移動。媽媽和我嚇得退下一個台階。

我將手橫過欄杆。儀式刀在我手中閃爍，我將它拉回眼睛前面。「你離她遠一點。」

「她是我們到這兒來的目的。」他移動時的聲音極為輕柔空洞，彷彿他的身體不過是個幻影，他其實只有一身的空衣服。

「我們到這兒沒有任何目的。」我咬牙切齒地說，「我是來殺鬼的。我會找到機會下手的。」我往前跳，感覺到刀子劃過空氣，銀色的刀尖抵住了他前胸的鈕釦。

「卡斯，不要！」我媽媽大叫，試著拉住我的一隻手，要把我拉回去。她不能這樣下去了。她以為我這些年都在做什麼？用繩子、夾板和在輪子上跑的老鼠來設計精巧的陷阱嗎？這是白刃戰，這才是我的專長。

安娜的敲門聲愈來愈響。她靠門那麼近，這樣敲門不會讓她偏頭痛嗎？

「那就是你來這兒的目的，小子。」他一邊恐嚇我，一邊對我揮了一拳。但他顯然並不是真的想打我，拳頭離我還遠得很。我不認為他的眼睛被縫上是他沒打到我的主因，他只是在戲弄我。我會這樣想的另一個原因是他正在哈哈大笑。

「我在想你會怎麼上路。」我說，「我在想你是會縮小變形，還是會融化。」

「我哪一種都不會。」他微笑地回答。

「那麼，如果我切斷你一隻手臂呢？」我一邊問，一邊跳上台階。我的刀子往後拉，劃出一個弧線。

「它會掉下來，然後飛起來殺了你。」

他打中我的胸部。媽媽和我四腳朝天地摔下樓梯。很痛，非常痛。但至少他已經沒在笑了。事實上，我想我終於成功地惹火了他。我扶媽媽站起來。

「妳還好吧？有什麼骨頭斷了嗎？」我問，她搖搖頭。「到大門去。」她慢慢爬開，我則站起身來。他走下樓梯，完全沒有一點鬼魂慣有的僵硬感。他就像任何活人，任何年輕人一樣靈活。

「你可能會直接氣化，你知道嗎？」我說，因為我永遠也學不會什麼時候該閉上我的狗嘴。「如果你問我，我倒是比較希望你會爆炸。」

他深深吸了一口氣，然後又再吸入另一口氣。他完全不把氣吐出來，他的胸膛像個氣球似地漲了起來。我可以聽到他裡頭的肌腱差不多要繃斷了。然後，在我知道發生什麼事之前，他的雙臂已經飛向我，他就站在我的面前。速度是這麼的快，快到我連看都看不清楚。我拿刀子的那隻手被釘在牆上，他抓住我的衣領，把我提起來。我用剩下的那隻手打他的脖子和肩膀，但看起來就像小貓玩毛線那麼沒力。

他釋放出剛才吸進去的氣。既濃又甜膩的煙霧不停地從他的雙唇中吐出了出來，噴向我的眼睛，進到我的鼻腔。如此的強烈，如此的噁心，我不禁雙膝一軟。

我的身後伸出來一雙手，是媽媽。她大叫著我的名字，努力要把我拉開。

「你會把她獻給我，小子，不然的話你就等死吧！」他放開手，我的身體往下掉，掉進了媽媽的臂彎裡。「你的內臟會受到體內毒氣的腐蝕，你的神志會隨著血液從耳朵流乾，逐漸喪失。」

我不能動，我不能說話。我還能呼吸，但除此之外，我什麼都不能做。我覺得自己的神志在遠離，麻木，有點混亂。我可以感覺到媽媽的呼喊，俯身抱我。而安娜終於把門鏈摧毀，撞開了門。

「為什麼你不自己來殺我？」我聽到她問。安娜，我強壯而可怕的安娜。我想告訴她小心，這東西心腸狠毒，暗藏許多出人意料的把戲。但是我做不到。於是媽媽和我只能擠在一起，看著兩個我們所見過最厲害的鬼魂在我們的左右互相叫陣。

「走過門檻啊！小美人。」他說。

「你走出來。」她回嘴。她努力反抗媽媽施下的阻擋咒，她現在頭顱劇痛的程度一定不下於我。一條細細的黑血從她的鼻孔流出來，往下流過她的嘴唇。「拿著刀子出來。你這個懦夫。」安娜大喊，「出來啊！出來親手殺了我啊！」

他很激動。他的眼睛盯著安娜，緊咬著牙。「妳的血要在我的刀鋒上，不然那小子明天早晨就會加入我們死人的行列。」

我試著握緊我的匕首。可是我連自己的手都感覺不到。安娜不知還在喊叫著什麼，但是我已經聽不見了。我的耳朵裡塞滿了棉花。我什麼都聽不見了。

22

這種感覺很像你在水面下待太久，愚蠢地用光了所有的氧氣，雖然知道再踢兩下就可以浮出水面，我還是差一點就無法穿過窒息的恐懼。但我的眼睛終究還是看見了朦朧的世界，我大口吸進第一口新鮮的空氣。我不知道我是不是發出了喘不過氣的嘶啞聲，但我是真的感到喘不過氣來。

我醒來時第一個見到的是摩爾法蘭的臉，而且幾乎就貼在我臉上。我直覺反應想沉回去原本包圍著我的東西裡，以避開那一大片鬍子。他的嘴巴上下動著，可是沒有聲音。四周安靜死寂，連耳鳴都沒有。顯然我的聽力還沒跟著恢復正常。

摩爾法蘭往後退了一步，感謝老天，他轉身對我媽媽說話。突然間，安娜出現了。她飄進我的視線。在我身邊的地板上蹲下。我試著轉頭看她。她只是用手指掃過我的額頭，什麼都沒說。但從她的嘴唇看得出來，她鬆了一口氣。

我的聽力恢復的過程很怪異。一開始，我聽得很不清楚，像每個人都摀著嘴在說話。然後，聲音清楚了，我卻不能了解字句的意思。我猜我的大腦大概知道它短路了，所以緩慢而小心地伸出觸角，抓住神經的兩端，對著縫隙另一邊的突觸大喊，然後很開心地發現還好所有的器官都還在原地。

「出了什麼事？」在我的腦神經終於找到舌頭之後，我開口問。

「天啊！老兄，我還以為你這次玩完了。」湯瑪士驚叫。我發現他身後的背景和我第一晚被從安娜家救回來後看到的一模一樣。所以，我是在摩爾法蘭店裡的舊沙發上。

「她們帶你回來的時候……」湯瑪士說。他沒說完，但我知道他的意思。我伸出手搭在他的肩上，輕輕地搖了一下。

「我沒事。」我一邊說，一邊有點吃力地坐起來。「比這還慘的狀況我都遇過呢！」

摩爾法蘭站在房間的另一端，背對著我們，彷彿他正在做的事比我們有趣多了。他馬上嗤之以鼻。

「那是不可能的。」他轉過身來。他的金屬眼鏡框滑到鼻頭上。「而且你也還沒有脫離這個『慘狀』。你被奧比巫術下咒了。」

湯瑪士、卡蜜兒和我臉上都露出彷彿聽到外國話的表情，轉頭看看其他的人，異口同聲地說，「什麼？」

「奧比巫術。小朋友。」摩爾法蘭惱怒地回答。「西印度群島的巫毒魔法。你的運氣很好，我曾經在安圭拉拜朱利安．巴蒂斯特為師，鑽研了六年。但是現在來的可是一個真正的奧比巫魔。」

我伸展四肢，坐直身體。除了背部和側腰有點痛，還有剛缺氧的頭腦外，我不覺得有什麼不舒服啊！

「所以我被奧比巫魔以奧比巫術下了咒。這是不是和藍色小精靈一直說變小啊變小的差不多？」

「不要開玩笑，卡西歐。」

媽媽制止我。她看起來很憔悴，很明顯才大哭過。我最討厭看她哭了。

「我還是想不通他是怎麼進到屋子裡的。」她說，「我們一直都非常小心。阻擋咒也沒失效啊！安娜不是也這麼說的嗎？」

「妳施的咒很棒。羅伍德太太。」安娜輕聲回應。「我絕對沒辦法穿過那個門檻的。不管我再怎麼想，再怎麼努力，就是做不到。」她在說最後一句話的同時，瞳孔的顏色變深了許多。

「到底出了什麼事？我昏倒後，到底發生了什麼事？」我的好奇心愈來愈強。沒死帶來的解脫感已經慢慢消退，我急著想弄清現狀。

「我叫他出來面對我。他不肯接受挑戰。他只是露出了邪惡的笑容，然後變成一陣煙，不見了。」安娜轉向摩爾法蘭，「他是什麼東西？」

「他以前是奧比巫魔。他現在是什麼，我不知道。所有的限制在他失去肉身後都跟著一併消失了。現在他只是一股能量。」

「奧比到底是什麼？」卡蜜兒問，「難道真的只有我不知道嗎？」

「它是巫毒的同義字。」我說。摩爾法蘭一拳捶在工作台的木板上。

「如果你這麼想，你就死定了。」

「你在說什麼啊？」我問。我搖搖晃晃地站起身來，安娜握住我的手。這太重要了，重要到我不能躺著聽。

「奧比是巫毒。」他解釋，「但巫毒不是奧比。巫毒只不過是加勒比海黑人的巫術。它的原則和我們施行的魔法是一樣的。奧比卻沒有原則。巫毒傳送能量。奧比本身就是能量。奧比巫魔什麼都不傳送，他把一切的能量全變成自己的。他變成了能量的源頭。」

「但那個十字架……我找到一個黑色的十字架，就像你的力格巴十字架一樣。」

摩爾法蘭揮揮手。「他一開始時可能只是施行巫毒。但他現在卻比巫毒強大許多。你把我們全拖進這個大麻煩了。」

「你說我把大家拖進來是什麼意思？」我問，「我又沒有對他大叫『喂！殺了我爸的傢伙，趕快來恐嚇我和我的朋友吧！』」

「你把他帶到這兒來。」摩爾法蘭咆哮，「他從頭到尾一直跟著你。」他的眼睛瞄向我手中的儀式刀。「他一直附在那把該死的刀子上。」

不，不對。這是不可能的。我明白他在說什麼，但那不是真的。儀式刀在我手上很沉，比以往都重得多。反射在我眼角的刀鋒光芒看起來既隱密又叛逆。他的意思是這個奧比巫魔和我的儀式刀有連結。

即使內心深處我知道他是對的，但我的大腦還是不肯接受。如果不是這樣，為什麼他要把刀送回來給我？如果不是這樣，安娜被割傷時怎麼會聞到煙味？而且她也說過，匕首不僅和我有關，也和另一個東西也有關。一個邪惡的東西。我當時以為那不過是刀子與生俱來的能量。

「他殺了我父親。」我聽見自己說。

「他當然殺了你父親。」摩爾法蘭咬牙切齒地說，「不然你認為他是怎麼建立起自己和刀子之間的關係？」

我什麼都沒說。摩爾法蘭丟給我一個「自己想一想吧！蠢蛋」的不屑眼神，大家臉上都已經露出了恍然大悟的表情。不過想想我五分鐘前才從魔咒中醒來，所以你實在不能對我太苛求。

「所以是因為你爸爸。」媽媽輕聲地說，然後直接切入重點。「因為他吃了你爸爸。」

「血和肉。」湯瑪士，眼睛亮了起來。他看向摩爾法蘭請求揭露的允許，才繼續說下去。「他是食人魔。血肉就是能量，是精髓。所以當他吃了你爸爸時，他就將你爸爸的能量收為己有。」他低頭看著我的儀式刀，彷彿他從來沒見過它。「你老愛掛在嘴上的你和匕首的血緣關係，卡斯，現在他也連結在上面了。這些年來，刀子一直在餵養他。」

「不。」我微弱地抗議。湯瑪士臉上掛著無能為力的抱歉神情，試著安慰我說我並不是故意的。

「等一下。」卡蜜兒插嘴。「你在告訴我，這東西占有部分的威爾和蔡司？像它無時無刻把他們帶在身上？」她看起來嚇壞了。

我低頭看著儀式刀。我用它送走了好幾十隻鬼。我知道摩爾法蘭和湯瑪士是對的，那麼我究竟把他們送到什麼鬼地方去了？我不想去想。我閉上眼睛，被我殺死的鬼魂的臉不斷地在我黑暗的眼瞼上浮現。我看到他們的表情，既混亂又生氣，充滿痛苦。我看到便車客害怕的雙眼，他想回家和他的女朋友團聚。我不能說我以為我送他們上了路，便讓他們安息了。我希望如此，但我不知道。可是我絕對絕對不想把他們送去奧比巫魔那兒。

「那是不可能的。」我終於說，「匕首不會和死人發生連結。它應該是拿來殺死死人的，不可能會去餵養死人。」

「你手上拿的可不是聖杯，小子。」摩爾法蘭說，「刀子是很久以前鑄的。當時打造刀子的魔法大部分都失傳了。只因為你拿它來做好事，不代表它最初被製造出來的目的就是如此。也不代表它的能力只有這樣。不管你爸爸在使用它時，它是怎麼運作的，現在已經不同了。每一隻被你殺掉的鬼都讓奧比巫魔更強大。他是個食人魔，不折不扣的奧比巫魔，貪婪的能量搜集者。」

他的指責讓我很想再回去當個小孩。為什麼我媽咪沒有出來保護我，叫他們是說謊的大騙子？而且是無可救藥、完全胡說八道的那種？但是我媽媽只是沉默地站著，聽著他們說的每一件事，並沒提出任何抗議。

「你的意思是，這些年來他一直跟在我身邊嗎？」我突然覺得想吐。

「我的意思是，那把儀式刀就像這家店買進的骨董，他就附在刀子上面。」摩爾法蘭陰沉地看著安娜。「而現在他想要她。」

「他為什麼不自己去殺她呢？」我疲憊地說，「他是個食人魔，不是嗎？為什麼他還需要我的幫忙？」

「因為我不是人。」安娜說，「如果我是，我早就腐爛掉了。」

「一語中的。」卡蜜兒評論，「她是對的。如果鬼魂有血有肉，那就變成僵屍了。不是嗎？」

我站在安娜身邊開始搖晃，四周慢慢地在旋轉，我感覺到她的手臂扶住我的腰。

「這些現在都不重要了，不是嗎？」安娜問，「我們得先想辦法應付眼前的問題，這些事以後再來討論吧？」

她是為了我好才這麼說的，她的聲音中透露了想要保護我的焦急。我開心地看著她穿著一身充滿希望的白洋裝站在我身邊。她雖然臉色蒼白，身材修長，但不會有人誤認她為弱者。對這個奧比巫魔來說，她一定像是世紀盛宴那麼的引人垂涎。他想要她當他退隱前的榮譽勳章。

「我要殺了他。」我說。

「你別無選擇。」摩爾法蘭說，「除非你已經不想活了。」

這聽起來可不太妙。「你是什麼意思？」

「奧比巫術不是我的專長。要精通它可不是六年就能做得到的，即使我的師父是朱利安．巴蒂斯特也不行。但是就算我精通奧比巫術，我也沒辦法解開你身上的詛咒。除非你做了他要你做的事，不然你黎明之前就會死。或者，除非你殺了他。」

我可以感到身旁的安娜全身緊繃，而媽媽則舉起一隻手摀住嘴巴，開始痛哭。黎明之前就會死。好吧！我目前還沒有什麼感覺，除了全身疲倦無力以外。

「接下來我到底會變成什麼樣子？」我問。

「我不知道。」摩爾法蘭回答，「可能會像自然死亡，也可能會像中毒死亡。不管哪一種，我相信你的內臟在幾小時之內就會開始衰竭。除非我們殺了他，或者你殺了她。」他朝安娜的方向點點頭。安娜握緊我的手。

「想都不要想。」我對她說，「我不會去做他想要我做的事。而這種鬼魂自願被殺的鬧劇已經拖戲拖得有點乏味了。」

她抬起下巴。「我才不會那麼建議呢！」她說，「如果你殺了我，只會讓他更加強壯，然後他一定會再回來把你殺了。」

「那麼我們該怎麼辦？」湯瑪士問。

我其實並不喜歡當個領導者，我也很少有機會當個領導者。而且我對讓別人涉險向來不大自在。但這次不同，沒有時間找藉口，也沒有時間再猜測。我曾想過各式各樣可能的後續發展，但沒有一個是這個樣子的。不過我不是一個人獨自奮戰，有這麼多人挺我，感覺還不錯。

我看著安娜。

「在我們的地盤上戰鬥。」我說，「然後我們使用『周旋戰術』。」

23

我們匆匆忙忙地上路了。開著一輛破破爛爛的休旅車，把東西堆進一路冒著黑煙的破卡車內，每個人都在不安地懷疑著自己是否真的準備好要去做我們正打算要做的事。我還沒對其他人解釋我的「周旋戰術」，但我相信摩爾法蘭和湯瑪士應該多多少少已經猜到了。

轉成金黃色的陽光灑在我們的側面，預告著它即將變成落日的餘輝。我們花了好長的時間才把需要的東西全搬上車。湯瑪士的小黑貂和摩爾法蘭的雪佛蘭貨車大概裝了骨董店裡一半左右的魔法用品。我忍不住一直想游牧民族在發現野牛後可以在一小時內就收拾好全部家當。從什麼時候開始，人類的身外之物變得這麼多而瑣碎？

到達安娜家後，我們開始卸貨，盡可能的把所有的東西都搬進去。當我說「我們的地盤」時，指的就是這裡。我自己的家感覺上已經被污染了，骨董店又太靠近其他民宅。我告訴摩爾法蘭屋子裡還有不少被謀殺的鬼魂游盪，但他似乎認為一下子來了這麼多個巫師，它們只會嚇得躲進黑暗的角落，不會有膽子出來礙事。我也只好相信了。

卡蜜兒坐進一直停在這兒的奧迪，把背袋裡的上學用品全倒出來，開始將大把的藥草、精油罐子往裡頭塞。目前為止我的狀況還好。我仍然記得摩爾法蘭說的，關於奧比巫魔更加強大的事。我的頭逐漸痛了起來，就在我的兩眼之間，但那也有可能是撞到牆的後遺症。希望我們的運氣夠好，可以加快速度，趕在他的詛咒產生實質影響之前，結束所有的戰鬥。如果我只能在一旁痛苦地蠕動，我就不知道自己可以幫上多少忙了。

我試著保持樂觀。這還蠻奇怪的，因為我向來是個憂鬱小生。大概是因為我同時也想扮演好領導者的角色吧？我必須維持住不錯的外觀。我必須看起來充滿自信。因為我媽已經擔心到白頭髮都冒出來了，而卡蜜兒和湯瑪士的臉色，即使以加拿大小孩的標準來看，也實在是太慘白了。

「你覺得他找得到我們嗎？」我們一邊從他的小黑貂搬下一大袋蠟燭，湯瑪士一邊問我。

「我相信不管我在什麼地方，他都知道。」我說，「或者我該說，不管匕首在什麼地方，他都知道。」

他轉頭看著還在小心收拾精油瓶和浮在罐子裡的東西的卡蜜兒。

「也許我們不該帶她們一起來。」他說，「我是指卡蜜兒和你媽。也許我們應該把她們送去安全的地方。」

「我不認為有什麼地方是安全的。」我說，「但你可以帶走她們，湯瑪士。你和摩爾法蘭可以帶她們去躲起來。如果有你們兩個，至少被攻擊時，你們還有能力抵抗。」

「那麼你怎麼辦？安娜怎麼辦？」

「嗯，我們似乎才是他真正的目標。」我聳聳肩。

湯瑪士壓了壓鼻樑，把眼鏡推高。他搖搖頭。

「我哪兒也不去。話說回來，她們在這兒大概和在別的地方一樣安全。雖然有可能被流彈波及，但總比孤孤單單地坐在暗處等著被攻擊來得好。」

我溫柔地看著他，他臉上的表情透露出他堅毅的決心。湯瑪士不是個天生大膽的人，卻在這個時刻表現得非常勇敢，這讓我對他的勇氣更為佩服。

「你真是個好朋友，湯瑪士。」

他咯咯笑。「對啦！多謝了。現在你可以告訴我，你打算讓我們不被吃掉的計畫到底是什麼了嗎？」

我露齒微笑，朝車子的方向看了一眼。安娜一隻手扶著我媽媽，另一隻手抓著六瓶礦泉水的包裝袋。

「我只需要你和摩爾法蘭在他來時設下束縛咒。」我繼續看著她們。「還有，如果你能想辦法引他上鉤，就算是幫了大忙了。」

「應該不難。」他回答，「光是召喚咒就有好幾百種，雖然通常不是拿來召喚能量，就是拿來召喚愛人的，你媽一定知道好幾打。我們可以稍微修改一下咒語，然後可以利用繩子施束縛咒，也可以在你媽媽本來就有的『阻擋精油』上做點手腳。」他一邊喃喃唸著施咒的要求和順序，一邊皺起眉頭。

「應該沒問題。」我回答，雖然我根本搞不清楚他到底要怎麼做。

「對。」他有點不相信地說，「現在，只要你能給我十二億一千萬瓦的電力和一個溢流容器[17]，我們就可以開張了。」

我大笑。「多疑的湯瑪士，不要這麼悲觀，計畫會成功的。」

「你怎麼知道？」他問。

「因為非成功不可。」我的頭開始痛了起來，但我還是試著張大眼睛回答。

✡

我們在屋子裡設置了兩個庇護處。這棟房子裡大概從來沒有這麼多人一起活動過吧？在二樓，湯瑪士和摩爾法蘭拿著加持過的線香沿著樓梯頂端搖來搖去。摩爾法蘭拿出自己的儀式刀，在空中揮舞著五角星的圖形。他的刀子和我的比起來差遠了。我的儀式刀正安穩地收在刀鞘裡，被背帶緊緊地縛在我的胸前。我試著不去多想摩爾法蘭和湯瑪士對它的評論，它只是一個物品，沒有所謂與生俱來的善或惡，它沒有自己的思想。這些年來，我並沒有對著它跳舞崇拜，稱它為「我的寶貝」。至於它和奧比巫魔之間的連結，今天晚上一定會做個了結。

17 Flux capacitor，電影《回到未來》裡時光機器的核心設備。

摩爾法蘭在二樓喃喃自語，慢慢地以逆時針的方向繞圈。湯瑪士拿著一隻看起來像木頭手臂的東西，上面還有伸出去的手指，在台階上拂掃，然後將它放在一旁。摩爾法蘭唸完咒語，對孫子點了點頭。湯瑪士點燃一支火柴，丟到地上。樓上的地板竄起一條藍色火焰，很快化成煙霧散去。

「聞起來好像巴布．馬利的演唱會。」湯瑪士走下樓時，我對他說。

「那叫廣藿香。」他回答。

「那個有手指的木頭掃把是幹什麼的？」

「紫草根。安宅用的。」他環顧四周。我可以看到他目光後正一項一項地在核對他心裡的待辦清單。

「你們兩個到底在二樓做什麼？」

「我們打算從那兒施束縛咒。」他的頭指向二樓的方向說，「它會成為我們的防守線。我們要把整個二樓封起來，那麼在最糟的情況下，我們還可以到那兒重新集合。他不會有辦法靠近我們的。」他嘆了一口氣。「我想我最好趕快去給窗戶畫上五星封印。」

第二個庇護處設在廚房，由我媽、卡蜜兒和安娜負責。安娜幫我媽點燃燒木頭的火爐，讓她可以製作一些防護魔法藥水。我聞到了迷迭香和薰衣草療傷水的味道。媽媽一向是「作最好的打算，作最壞的準備」的那種人。她得施咒將他引進來，當然，還要加上我的「周旋戰術」。

我不知道為什麼自己連想事情都要使用密碼？關於「周旋戰術」，現在甚至連我都在懷疑我想的到底對不對。「周旋戰術」是種欺敵戰術，它因拳王阿里的應用而聲名大噪。這個戰術的策略就是讓對手以為你快要輸了，將他們引到你想要他們去的地方，然後將之一舉殲滅。

那麼我的「周旋戰術」到底是什麼？就是殺了安娜。

我猜我應該去告訴她。

在廚房裡，媽媽正在切藥草葉。流理台上放了一個打開的大罐子，裡頭裝的綠色汁液聞起來像是醃黃瓜和樹皮的混合體。安娜不停地攪動火爐上的鍋子，卡蜜兒在通往地下室的門前探頭探腦的。

「下面有什麼東西？」她問，拉開門。

安娜整個人緊繃了起來，焦急地望向我。要是卡蜜兒下去的話，她會看到什麼？一堆困惑亂舞的屍體？

大概不會。那些死人來討命的戲碼似乎是由安娜的罪惡感主導的。如果卡蜜兒真的下去，看到的頂多是一些微弱陰冷的白霧和偶爾傳來的神秘關門聲。

「沒什麼值得擔心的東西。」我一邊說，一邊走過去關上門。「二樓進行得十分順利，這兒怎麼樣？」

卡蜜兒聳聳肩。「我沒能幫上什麼忙。這很像烹飪，而我對煮菜一竅不通。不過她們似乎做得還好。」她皺皺鼻子。「只是有點慢就是了。」

「要做出好的魔法藥水，絕對不能急。」媽媽微笑回答，「否則它的效果就會打折了。而且妳幫了很大的忙，卡蜜兒。她把所有的水晶都擦乾淨了。」

卡蜜兒對她微笑，然後對我眨眨眼。「我想，我應該上去看看湯瑪士和摩爾法蘭需不需要幫忙。」

在她一溜煙跑掉後，我真希望她沒離開。廚房裡只剩下我、安娜和媽媽，卻覺得格外擁擠。我有一些事必須要說，但不能當著我媽的面說。

安娜清清喉嚨。「我覺得這個已經快煮好了，羅伍德太太。」她說，「還有什麼需要我幫忙的嗎？」

媽媽瞄了我一眼。「現在不用，親愛的。謝謝妳。」

我們穿過客廳走向門廊時，安娜偏著頭，拉長脖子往上看，好奇地想知道二樓在幹什麼。

「你不知道這種感覺有多奇怪。」她說，「這麼多人在我家裡，但我卻不想將他們全撕成碎片。」

「所以這樣算是有進步了，不是嗎？」

她皺起鼻子。「你實在是個……卡蜜兒之前是怎麼說的啊？」她往下看，然後抬起頭來看我。「混球。」

我大笑。「妳真是跟得上時代。」

我們走到外面的門廊，我拉上外套。我一直沒把它脫下，畢竟這房子已經超過半世紀都沒開過暖氣了。

「我喜歡卡蜜兒。」安娜說，「但一開始時，我不喜歡她。」

「為什麼？」

她聳聳肩。「我以為她是你的女朋友。」她微笑。「不過，就為了這樣不喜歡一個人也未免太傻了。」

「對，嗯，我相信卡蜜兒和湯瑪士即將會擦出火花。」我們靠著屋子站。我可以感覺到背後的牆已經蛀空了，顯然非常不牢固。當我靠上它時，反而像是我在支撐它，而非它在支撐我。

我的頭痛愈來愈劇烈，甚至連橫隔膜也開始抽痛。我應該問一下有沒有人身上帶著止痛藥，不過那也太蠢了。如果痛的起因是超自然的，止痛藥又會有什麼他媽的效果？

「你開始覺得痛了，是不是？」

她一臉憂心地看著我。我猜我竟然不自覺地揉起眼睛來了。

「我還好。」

「我們得把他引來這兒，而且要快。」她走向扶手，又走了回來。「你打算怎麼引他過來？告訴我。」

「我要做妳一直想要我做的事。」我說。

她呆了一會兒，然後明白了。如果一個人能同時顯現出傷心和快樂兩種極端的表情，那就是她現在的臉了。

「不要太興奮了。我是要殺妳，但只是一點點。其實就和放血儀式差不多而已。」

她皺起眉頭。「那樣行嗎？」

「有了廚房裡正在製作的召喚咒語的幫助，我想應該沒問題。他會像卡通片裡的小狗聞到熱狗餐車的味道一樣，完全入迷地狂奔而來。」

「那會削弱我的力量。」

「削弱多少？」

「我不知道。」

該死。事實上，我也不知道。我不想傷害她，但她的血是關鍵。從我匕首刀鋒到不管它送去什麼地方的能量的流動，會像野狼首領的嗥叫一樣將他引來。我閉上眼。有太多的事可能出錯，可是現在再想別的計畫又已經來不及了。

眉心中間的疼痛逼得我一直眨眼，也大大降低了我的注意力。如果準備過程不趕快結束，我甚至不知道我能不能支撐到親手為安娜放血。

「卡西歐，我為你感到害怕。」

我咯咯笑。「的確是應該害怕啦！」我閉上雙眼。這種痛甚至不是一陣一陣的。如果是，至少它還有高有低，我還可以利用間隔休息一下，但它卻是持續的、瘋狂的痛，一點喘息的機會都沒有。

有什麼冰冰涼涼的東西碰觸到我的臉頰。柔軟的手指滑進我的髮際，停在我的太陽穴，輕輕按著。然後我感覺到她拂過我的嘴唇。小心翼翼地，我張開眼睛，發現她的眼睛直直地盯著我。我再度閉上眼睛，專心地吻她。

這一吻持續了好一會兒。結束時，我們兩個額頭靠額頭地倚著房子休息。我的雙手還抱著她的下背，而她的手還按著我的太陽穴。

「我從沒想過我還能有機會做這種事。」

「我也沒想過，我以為我是來殺妳的。」

安娜不自然地哈哈笑了兩聲，她以為一切都沒變。她錯了，一切都變了，從我來到這個城市之後。我現在知道命中注定我就是應該來的。從我聽到她的故事的那一刻，我感覺到的強烈連結和濃厚興趣，全都是注定好的。

我不害怕。雖然我兩眼之間痛得要死，而且知道有個可以隻手取出我的脾臟，再將它像水球般捏破的怪物要來找我，但是我不害怕。她和我在一起。她就是我命中注定的那個人，而我們會解救對方。然後我會說服她，告訴她，她應該繼續待在這兒，和我在一起。

東西碰撞的巨響從屋裡傳了出來，我猜是媽媽在廚房裡掉了鍋子。沒什麼大不了的，但嚇了安娜一跳，她抽離我身邊。我壓著我的側腰，畏縮了一下。我想奧比巫魔大概等不及要吃掉我的脾臟，可能決定先醃製它。話說回來，脾臟的正確位置到底在哪兒啊？

「卡斯。」安娜驚叫。她靠回來，讓我能倚在她身上。

「不要走。」我說。

「我哪兒都不去。」

「永遠都不要走。」我開玩笑。她做了個鬼臉，表示我是在討打。她又傾身吻我。我不放開她，她開始蠕動，笑出聲音。她試著擺出一臉正經的樣子。

「讓我們先把心思放在今晚。」她說。

把心思放在今晚。可是，她給我的第二個吻卻占據了我大部分的腦袋。

✡

準備完成了。我仰躺在蓋了髒兮兮床單的沙發上，把一瓶微溫的礦泉水壓在我的前額。我的眼睛是閉上的，黑暗中的世界比張開眼睛的世界感覺好得多。

摩爾法蘭試著為我再做一次清除咒或反轉咒之類的，但它的效果不像第一次那樣好。他喃喃唸著咒語，敲擊打火石，弄出不少火星，然後他在我臉上和胸口點了一些黑色的東西和聞起來像硫磺的灰。我側邊的疼痛減輕了，它也不再往上攻擊，讓我的胸膛能稍微喘口氣。頭痛則降低成中等程度的抽痛，可是還是很不舒服。摩爾法蘭似乎很擔心，對施咒的成果頗不滿意。他說如果有新鮮的雞血，效果會好很多。即使我真的很痛，我仍然忍不住暗自高興他沒有管道拿到一隻活生生的雞。不然場面會有多可怕啊！

我記得奧比巫魔說過，我的神志會隨著血液從耳朵流出去。我希望那只是一種譬喻，而不是真的會像字面那樣發生。

媽媽坐在靠近我腳邊的沙發上。她的一隻手貼在我的皮膚上，心不在焉地揉著。她還是想逃。每一個母親的直覺都在告訴她，把孩子包起來，趕快離開這裡。但她不是普通的媽媽，她是我媽。所以她坐在我身邊，準備和我一起戰鬥。

「我很難過妳的貓死了。」我說。

「牠是我們的貓。」她回答，「我也很難過。」

「牠試著警告過我們。」我說，「我們應該要聽那隻小毛球的話的。」我放下礦泉水瓶。「我真的很抱歉，媽。我會想念牠的。」

她點點頭。

「我要妳在任何事開始前，就先躲到樓上去。」我說。她又點頭。她知道如果她在場，我一定會因為擔心而分散注意力。

「你為什麼沒有告訴我？」她問，「告訴我這些年來你一直在找他？告訴我你一直打算回去報仇？」

「我不要妳擔心。」我說，覺得自己很蠢。「妳看最後結果變成什麼樣子了？」

她拂開我眼前的頭髮。她向來討厭我一直讓瀏海遮住眼睛。她的臉上出現了緊張的表情，開始仔細地檢視我。

「怎麼了？」我問。

「你的眼睛變黃了。」我以為她又要開始哭了。我聽到摩爾法蘭在另一個房間罵了一句髒話。「是你的肝。」媽媽溫柔地說，「也許是你的腎。它們慢慢在衰竭了。」

嗯，這解釋了我側腰的沉重感。

客廳裡只有我們兩個。其他人也在各自找到的角落裡等待著。我猜每個人都在想事情，或者禱告。我希望湯瑪士和卡蜜兒正躲在衣櫃裡，把握最後的時間親熱。突然間，我看到外頭有一道電光閃過。

「雷雨季節不是已經過了嗎？」我問。

摩爾法蘭一邊推開廚房的門，一邊回答我。「那不是一般的閃電，我相信我們的對手已經在聚集能量了。」

「我們應該開始施召喚咒了。」我媽媽說。

「我去找湯瑪士。」我把自己從沙發上拖起來，靜靜地走上樓。在二樓，卡蜜兒的聲音從以前客房中的一間傳出來。

「我不知道自己在這裡做什麼。」她說。她聽起來很害怕，但同時又有一點生氣。

「妳這麼說是什麼意思？」湯瑪士問。

「少來了。我是個該死的舞會皇后。卡斯就像是《魔法奇兵》裡的吸血鬼獵人。你、你祖父，還有他媽媽，全是巫師或魔法家之類的。而安娜是……安娜。我在這裡做什麼？我又有什麼用呢？」

「妳不記得了嗎？」湯瑪士問，「妳是我們的理智之聲，妳總能注意到我們忘記的事。」

「對。所以我想我會害自己喪命。只有我，還有我的鋁製球棒。」

「妳不會的。絕對不會的。妳不會發生任何事的，卡蜜兒。」

他們的聲音愈來愈低。我覺得自己彷彿是個變態的竊聽者。我不要打擾他們。只要媽媽和摩爾法蘭就能施咒了，讓湯瑪士享受這段時光吧！於是我躡手躡腳地走下樓，走出屋子。

我在想，等這件事告一段落後，事情會變成什麼樣子。假設我們都能全身而退，接下來會發生什麼事？一切會回到原本的樣子嗎？卡蜜兒會不會最後還是忘了這段和我們在一起的冒險時光？她會不會丟下湯瑪士，回去重登溫斯頓·邱吉爾爵士高中的社交女王寶座？她不會這樣吧？會嗎？我是說，她剛剛還把我比喻成《魔法奇兵》裡的吸血鬼獵人，我現在對她的評價可不是太高。

我走出門廊，把外套拉得更緊，我看見安娜蹺著一隻腳坐在扶手上。她望著天空，敬畏和擔心兩種情緒同時出現在她被閃電照亮的臉上。

「怪異的天氣。」她說。

「摩爾法蘭說這不是一般的天氣。」我回答，她做了一個「我想也是」的表情。

「你看起來比較好了。」

「謝謝。」我不知道為什麼突然害羞了起來。我們現在可沒有這種時間。我走向她，雙手環抱住她的腰。

她的身體沒有溫度。我把鼻子埋進她的頭髮裡，也沒有味道。但我可以碰觸她，了解她。而神奇的是，她居然和我有一樣的感覺。

我聞到一點辛辣的氣味。我們兩個抬頭往上看。一縷迴旋的香氣煙霧從二樓的窗戶飄了出來。它不但沒被風吹散，反而向外延伸，像一隻手指在呼喚什麼，彷彿在說著「趕快來啊！趕快來啊！」他們開始施展召喚咒了。

「準備好了嗎？」我問。

「可以說有，也可以說沒有。」她輕聲回答。「現代人是這樣講的嗎？」

「對。」我的頭還枕在她的脖子上。「是這樣講的。」

✡

「我應該從哪兒下手？」

「至少要弄出一個看起來像會致命的傷口。」

「手腕內側怎麼樣？大家都喜歡割這裡，一定有它的理由吧！」

安娜坐在客廳中央的地板上。她蒼白的手臂不停地在我已經看不大清楚的眼睛前面晃來晃去。我們兩個都很緊張，從二樓傳來的各種建議更是一點幫助也沒有。

「我不想傷害妳。」我輕聲說。

「你不會的。不會真的傷到我的。」

天色已經全黑，打雷但不下雨的烏雲在山丘上漸漸朝我們的房子移動。我握住匕首的手向來是又自信又穩定，但在刀鋒劃過安娜的手臂時，卻一直抖個不停。黑色的血濃稠地從傷口湧出，流過她的皮膚，一滴一滴地落到滿是灰塵的地板上。

我的頭好痛好痛。我必須振作，我必須打起精神。地上的血泊愈來愈大，我們一邊盯著它，一邊感覺到空氣中起了波動，某種無形的能量讓我們手臂上和脖子後面的汗毛全緊張地豎了起來。

「他來了。」我大聲說，確定所有站在二樓靠著扶手往下望的人都能聽到。「媽媽，進去後面的房間躲著，妳的工作已經完成了。」她不想去，但她只是不發一言地離開，雖然她還有一肚子的擔心和鼓勵的話還來不及說出口。

「我覺得不大舒服。」安娜小聲地說，「而且它就像上次那樣要把我拉走。你會不會割得太深了？」

我伸出手握住她的手臂。「我想不會，我不知道。」血一直流。沒錯，這是我們故意的，但這量也實在太多了。一個死掉的女孩身上能有多少血？

「卡斯。」卡蜜兒大叫，她的聲音驚慌警戒。我沒望向她，我看向了大門。

煙霧從門廊穿透門縫飄進來，像一條找尋獵物的毒蛇在地板滑行。我不知道我期待看到什麼，但不管是什麼，都不是眼前這樣。我猜我原本以為他會把整扇門吹掉，靜立在那兒，讓月光照出他的剪影，一個沒有眼睛的邪惡怪物。

霧氣環繞著我們。我們依照「周旋戰術」的計畫，雙膝跪地，精疲力盡，一副被打敗的樣子。只不過安娜看起來比平常更像死人。這個計畫說不定會產生反效果。

然後煙霧匯集拉高，我再次和奧比巫魔面對面。我瞪著他，他從他縫上的眼睛瞪回來。

我討厭他們沒有眼睛。空洞的眼窩、混濁的眼球或出現在不該出現的地方的眼睛，我全都討厭。我覺得那很可怕，總會讓我看得一肚子火。

我聽到頭上響起了唸咒的聲音，奧比巫魔放聲大笑。

「儘管施你們的束縛咒吧！」他說，「我要的已經到手了。」

「封住房子。」我往二樓大喊。我站起身子。「我希望你要的是讓我的匕首插進你的肚子裡。」

「你愈來愈麻煩了。」他說。但我沒有在聽，我沒有在想。我在戰鬥、在攻擊，同時還要對抗嚴重的頭痛，保持身體平衡。我又砍又刺，即使我的側腰和胸部都已經僵硬了。

他的動作很敏捷。而且雖然沒有眼睛，速度卻快到不可思議。但我終於有了突破，當我感覺到我的刀鋒劃過他的側身時，我的整個身子全緊繃了起來。

他往後退了一步，舉起一隻手壓住傷口。但在我知道發生什麼事之前，他已經往前衝，把我扔向牆壁。我一直等到身體從牆上滑下來，才發現自己已經撞上了牆。

「束縛他！讓他變弱！」我大叫。他像隻可怕的蜘蛛往前飛掠，毫不費力地舉起沙發，彷彿它是空氣灌的，猛力往我在二樓的魔法施咒分部扔。他們在撞擊下發出尖叫，但我沒有時間去確定他們是不是沒事。他一把抓住我的肩膀，把我抬起來，再度丟向牆壁。我聽到樹枝斷裂的聲音。我知道事實上那是我好幾根的肋骨。搞不好是全部的肋骨也說不定。

「這把儀式刀是我們兩個的。」他對著我的臉說，發臭的牙齦間噴出甜膩的煙霧。「它就像是奧比巫術。它有意志，你的、我的都有，而你認為誰的意志會比較強一點？」

意志。我看到他身後的安娜眼白變黑，身體抖動，一身血衣。她手腕上的傷口擴大了，她躺在兩英呎長的黑色血泊裡，面無表情地盯著地板。我望向二樓，只能看到被扔上去的沙發和底下被它壓著的一雙腿。我的嘴巴嚐到自己的血的味道。呼吸變得愈來愈困難。

然後女英雄突然冒了出來。卡蜜兒跳下樓梯，站在離牆一半的地方。她大聲尖叫，奧比巫魔轉身，正好讓她的鋁製球棒重重地打在臉上。它對他造成的傷害比當初對安娜大得多。也許是因為卡蜜兒這次生氣的程度也大得多吧？它讓他痛得雙膝跪地，卡蜜兒則拿著球棒一次又一次地猛打。她，我們的舞會皇后，居然會以為自己一點用也沒有。

我當然不會放過這個機會。我用儀式刀刺進他的大腿，他慘叫，但他想辦法伸出一隻手，握住了卡蜜兒的腿。我聽到水滴落的聲音。我終於知道為什麼他能在人的身上咬下那麼大塊的肉了，他的下巴像蛇一樣幾乎是沒有連結的，他咬向卡蜜兒的大腿。

「卡蜜兒！」湯瑪士一邊大叫，一邊疾衝下樓。他來不及救她，至少來不及保住她的腿。於是我往奧比巫魔身上飛撲，我的刀插進了他的臉頰。我發誓，我會把他的整個下巴鋸下來。

卡蜜兒尖叫地握住湯瑪士的手。湯瑪士使盡力氣想把她拉出鱷魚的大嘴。我把匕首在他的嘴裡扭了一下，在心裡祈禱千萬不要在打鬥的過程中誤傷了卡蜜兒。他終於滿嘴口水地放開她。他的怒氣撼動了整棟屋子。

只不過那不是他的怒氣，這也不是他的屋子，而且他逐漸在變弱了。我刺傷他的程度夠嚴重，現在我們變成了貼身肉搏的混戰。當湯瑪士把卡蜜兒拉開時，他正把我壓在地板上，所以他沒看到我看到的，一件飄在空中不停滴著血的洋裝。

我真希望他有眼睛，那麼在她從背後一把抓起他，猛力丟向欄杆時，我就能看到他眼睛裡驚訝的神情。欄杆被撞斷了。我的安娜從她的血泊中爬起來，換上戰袍，換上扭動的長髮和黑色的血管。她手腕上的傷口還在滴血。她其實還是不大舒服。

奧比巫魔慢慢地在樓梯上站了起來。他拍拍身上的灰塵，恐嚇地露出牙齒。我不懂。他側身和臉上的刀傷，還有他大腿上的傷口，所有的血全止住了。

「你不會以為你能用我自己的刀子殺死我吧？」他問。

我看向正脫下外套綁在卡蜜兒腿上的湯瑪士。如果我不能用儀式刀殺死他，我就不知道該怎麼辦了。應該有別的方法可以殺鬼，但這兒卻沒人知道。我幾乎連動都動不了。我可以感覺到我的肋骨斷了好幾根。

「那不是你的刀子。」安娜回答，「過了今晚之後就不是了。」她轉頭看著我，微微一笑。「我要把它還給他。」

「安娜。」我開口，卻不知道接下來要說什麼。就在我的注目下，在所有人的注視下，她舉起拳頭，用力擊向地板。破裂的木塊和細小碎片飛向半空中。我不知道她在做什麼。

然後我注意到了像琥珀一樣的微弱紅光從地底映照上來。

安娜臉上的表情從驚訝轉換成開心地鬆了一口氣。這個作法是場賭博。她不知道在她打開地板的洞之後，是不是真的會發生任何事。但是現在顯然發生了，她露出牙齒，伸伸她彎鉤狀的手指。

她走向前，奧比巫魔咬著牙，嘶嘶發聲恫嚇。即使雙方都變弱了，她的能力仍不及他。兩人交手，她扭轉他的頭，但他卻馬上把頭轉回原位。

我必須幫助她。不管我胸腔裡的肋骨到底斷了幾根，我必須幫助她。我把肚子貼在地上，努力往前爬，然後將匕首當成攀石釘用，把自己從地板上拖起來。

房子在搖，上千片的木頭和鏽蝕的釘子走調似地呻吟。然後它們開始齊齊出聲，彷彿正在同時裂開。密集的程度讓我心驚膽跳。我心裡不禁懷疑它們怎麼還能不垮下來？

「安娜！」我的聲音著急但微弱。我的呼吸變得很淺。他們互相抓住對方，痛苦的神情緊繃在兩張臉上。她用力將他左右扭動，他則不停咆哮，拼命把頭往前伸。她往後飄，看到了我，靠過來。

「卡斯！」她咬牙叫著，「你得趕快離開！你得讓全部的人離開這棟房子！」

「我不會丟下妳的。」我叫回去。或者應該說是，我覺得我叫了回去。我的腎上腺素不夠了，看到的影像已經是忽明忽暗。但我不會丟下她。「安娜！」

她尖叫。當她將注意力放在我身上時，那個混蛋張開了他的大嘴，現在他像一隻蛇似地整個人掛在她的手臂上。看到他的嘴唇上沾滿了她的血讓我不禁狂吼。我雙腿一蹬，向他撲了過去。

我抓住他的頭髮，死命地想將他從她身上拉開。我剛才在他臉上切開的傷口隨著我們的打鬥搖動，十分噁心。我又砍他一刀，並用匕首撬開他的牙齒。然後我們用手邊可以拿到的所有東西丟他。他撞上壞掉的樓梯，呈大字形昏了過去。

「卡西歐，你現在一定要走。」她對我說，「求求你。」

灰塵不斷地掉在我們身上。她打開了地板上的洞，她對屋子做了手腳。我知道，而我也知道她沒辦法把這一切復原。

「妳和我一起離開。」我拉住她的手臂。但她卻像希臘神殿的石柱一樣，動也不動。湯瑪士和卡蜜兒焦急地在大門邊呼喊我，但我們之間的距離卻彷彿有千哩之遙。他們可以逃得出去的。他們驚慌的腳步聲從門廊階梯上傳了過來。

整個過程裡，安娜冷靜異常。她舉起手輕撫我的臉。「我一點也不後悔。」她輕聲地對我說。她的眼裡全是滿滿的溫柔。

然後，她的眼神變得堅決，她用力把我推開，扔過整個房間，扔向我原本躺著的地方。我翻轉著，感覺到胸腔內破裂的肋骨在跳動。當我抬起頭時，看到安娜走向臉孔朝下、仍躺在樓梯底下的奧比巫魔。她抓住他的一隻手、一隻腳。她拖著他走向地板上的破洞時，他開始拼命掙扎。

他抬頭，被縫上的眼睛看到的景象令他害怕。他的拳頭不斷地打在安娜的臉和肩膀上，卻不再有力。看起來只是無謂的掙扎。她拖著他倒退著走，她的腳找到破洞，踏了進去，紅色的火光照亮了她的小腿。

「安娜！」我尖叫。房子開始劇烈搖動。可是我爬不起來。我只能眼睜睜地看著她往下沉，看著她拖著尖叫、反抗、想逃脫的他進去裡頭。

我往前撲，又開始爬。我同時嚐到了自己的血和驚恐的味道。湯瑪士的雙手抓住了我。他正試著把我拉出去，就像幾個星期前我第一次來到這棟屋子時那樣。只是幾個星期前嗎？感覺好像已經過了好幾年。但是這一次我卻試著掙脫他的手。他放棄我，跑向台階。媽媽在那兒一邊大喊救命，一邊驚恐地看著房子瘋狂搖動。厚重的塵埃遮蔽了視線，幾乎讓人無法呼吸。

安娜，請再回頭看我一眼。但是我已經快要看不見她了。她沉得如此的深，只剩下幾根扭動的頭髮還在地板之上。湯瑪士又回來了，他連拉帶拖地把我弄出屋子。我的刀不小心劃到他，我不是故意的。他拖著我走過門廊階梯時，我的肋骨受到震動跳了起來，這時我痛到倒是真的想拿刀刺他。但是他做到了。他真的把我拉到站在前院邊緣的失敗小組的身邊。媽媽扶著摩爾法蘭，而卡蜜兒跛著一條腿。

「放開我。」我哀嚎，或者是我以為我哀嚎了。我無法分辨。我連話都說不清楚了。

「噢。」有人說。

我撐起身體望向房子。屋子裡滿是紅光，它像心臟一樣地跳動著，在黑夜中散發出光芒。然後它往內聚爆，發出轟隆巨響。牆壁往裡頭倒，崩塌潰散，揚起蕈狀的灰塵和四處飛濺的碎屑和釘子。

有人掩住我，以免我受到爆炸的傷害。可是我想看，我想再看看她。最後一眼。

尾聲

你不會相信人們居然這麼輕易地就接受了我們的謊話，相信我們身上各式各樣的傷口都是野熊攻擊所造成的。尤其是卡蜜兒大腿上的咬痕還和地方史上最殘忍的犯罪現場的吻合。我只能說，人們願意接受荒謬藉口的能力，再一次地令我驚嘆。

一隻野熊。對，一隻熊咬了卡蜜兒的大腿。我則因為奮不顧身地去救她，而被熊扔向了大樹。摩爾法蘭也是，湯瑪士也是，除了卡蜜兒外，沒有人被咬，也沒有人被熊掌掃到，而我媽媽更是毫髮無傷。不過，嘿，有時事情就是這麼奇妙。

卡蜜兒和我還留在醫院裡。她需要外科縫合，而且還得要打狂犬病的預防針。真討厭，但這就是我們捏造自白的代價。摩爾法蘭和湯瑪士當天就可以回去了。我的胸部被綁帶纏著，躺在床上，試著努力呼吸，以免得到肺炎。他們抽了我的血做肝功能指數測驗，因為我被推進來時，臉色和香蕉一樣黃。不過肝沒受損，一切運作正常。

媽媽和湯瑪士輪流來醫院照顧我。他們還把卡蜜兒放在輪椅上推來陪我一起看益智競賽電視節目。沒有人來告訴我事情沒有更糟，讓他們鬆了一大口氣，或是告訴我：我們能逃出來真的很幸運。但我知道他們心裡全都這樣想，他們顯然覺得事情可能會更糟。也許吧，但是我不想聽。而且如果是真的，那麼他們只能謝謝一個人。

安娜救了我們所有人的命。她犧牲了自己，把奧比巫魔拖到只有老天才知道是哪兒的地方。我一直在想有什麼事我當時可以不同的方式處理，我試著去回想有沒有什麼辦法可以讓結果不一樣。但我沒有太努力去想，因為她犧牲了自己，我美麗的、痴情的女孩，而我不想讓她的犧牲變得毫無意義。

有人敲門。我抬頭看到湯瑪士站在門口，我按了一下自動床的按鈕，坐起來迎接他。

「嘿！」他一邊說，一邊拉椅子。「不吃你的果凍嗎？」

「我恨死綠色的果凍了。」我回答，把盤子推向他。

「我也不喜歡，我只是問問而已。」

我大笑。「不要讓我笑，我的肋骨會痛，你這混球。」他微笑。我真的很高興他沒事。然後他清清喉嚨。

「她的事，我們都很抱歉。你知道的。」他說，「卡蜜兒和我。我們還蠻喜歡她的。雖然她有時有點恐怖，而且我們知道你……」他沒把話說完，又清了清喉嚨。

我愛她。這是他剛才想說的。這是其他每個人都比我早知道的。

「那棟房子，嗯，不大正常。」他說，「簡直和《鬼哭神號》裡的一樣，不是第一集，而是有個可怕的老傢伙的那集。」他又清了清喉嚨。「摩爾法蘭和我後來再回去那兒，想去看看還有沒有任何東西留下來。可是什麼都沒有，甚至沒有一點點她剩下的靈魂。」

我嚥了一口水。我應該為他們都上路了而感到高興，但那就表示她是真的離開了。想到這是多麼的不公平，幾乎讓我哽咽。我終於找到一個我可以真心相處的女孩，而我有多久的時間？只有兩個月能和她在一起？不夠，不夠。在她受過了那麼多苦之後，在我受過了那麼多苦之後，我們應該得到比那長得多的時間才對。

或者也許我們不應該。不管怎樣，人生本來就不是那樣運作。公平不公平，它一點都不在乎。但是躺在醫院病床上卻給了我大把的時間去想。最近我想了好多好多的事，大部分都和門有關。因為基本上那就是安娜做的事。她打開了一扇門，從這裡通往別的地方。而在我的經驗裡，門可以從外面推進去，也可以從裡面推出來。

「有什麼好笑的？」

我看著湯瑪士，他一臉疑惑，我才知道自己居然笑了。「只是想到人生。」我一邊說，一邊聳聳肩。「還有死亡。」

湯瑪士嘆了一口氣，試著擠出笑容。「那麼，我猜你大概不久之後就會轉學了吧？重新出發去做你一直在做的事。你媽媽說了什麼雪怪之類的。」

我咯咯笑，然後痛得縮了一下。湯瑪士不大認真地陪我笑了兩聲。他正努力地要降低我即將離開的罪惡感，想讓它看起來像他根本不在乎我接下來要到什麼地方去。

「你覺得……」他開口，小心地看著我，試著以最不讓我傷心的方式問，「你覺得她到哪兒去了？」

我看著我的朋友湯瑪士真摯、誠懇的臉。「我不知道。」我輕聲地說，瞇起眼睛。

「但也許你和卡蜜兒可以幫我找出答案。」

致謝

要將一個故事說給全世界的人聽，需要很多很多人的努力。如果把每一個參與的人都列出來，這本書就會變成兩倍厚了。所以我會控制一下自己。首先我要謝謝我的經紀人亞卓安・倫塔（Adriann Ranta）和我的編輯瑪莉莎・法蘭恩（Melissa Frain）。妳們兩個讓《血衣安娜》變得更加精彩。沒有一本書可以擁有比你們更棒的組合。同時我也要謝謝在加拿大安大略省的雷灣市經營「溫暖鄉村民宿」（Country Cozy Bed and Breakfast）的比利和瑪莉・杰瑞特夫妻（Bill and Mary Jarrett）。你們的熱情款待和豐富的地方知識，令我深深感動。一如往常，謝謝我的工作夥伴們，蘇珊・墨瑞（Susan Murray）、蜜茜・古史密斯（Missy Goldsmith）、和我的兄弟雷恩・范達・文特（Ryan Vander Venter）。謝謝堤波特（Tybalt）的堅持，也謝謝迪倫（Dylan）帶來的好運。

最後，當然要謝謝你們，親愛的讀者。不管你們在哪裡，是哪一型的人。我們都需要你們更多的支持。